HACIA ALGÚN LUGAR

Angie Day

Hacia algún lugar

Traducción de
Elena Barrutia

Umbriel

Argentina • Chile • Colombia • España
Estados Unidos • México • Uruguay • Venezuela

Título original: The Way to Somewhere
Editor original: Simon & Schuster, Nueva York
Traducción: Elena Barrutia

© 2002 by Angie Day
All rights throughout the world are reserved to Angie Day
© de la traducción, 2003 by Elena Barrutia
© 2003 by Ediciones Urano, S.A.
  Aribau, 142, pral. – 08036 Barcelona
  www.umbrieleditores.com

ISBN: 84-95618-33-8
Depósito Legal: B - 3.028 - 2003

Fotocomposición: Ediciones Urano, S.A.
Impreso por Romanyà Valls, S.A. – Verdaguer, 1 – 08760 Capellades (Barcelona)

Impreso en España – *Printed in Spain*

Agradecimientos

Quiero agradecer la buena voluntad de todos los que han hecho posible este libro, desde Greg Battle y Tiffany Ericksen a la incomparable Jennifer Sherwood, sin la cual no habría pasado del segundo capítulo. También quiero dar las gracias a Alisa Wyatt y Katie Hobson por sus perspicaces lecturas y sus sabios consejos; a Tracy Fisher y Alicia Gordon por su constante apoyo; a mi editora, Marysue Rucci, que me ayudó a conseguir que este libro fuera más mío que al principio; a Ari, por buscar tiempo para hablar de travesaños conmigo; al clan Day, las chicas de California (Sarah Rogers, Anne Enna y Carolyn Hoecker) y Clay McDaniel por tener fe en mis decisiones; a Rob Barocci por creer en mí incluso en los tiempos de «la chica del sofá» y por ser mi fuente de signos de exclamación desde entonces; a Greg Blatt y Eric Zohn por librar mis batallas legales; a George Plamondon y Kevin Chinoy por ayudarme a desarrollar un personaje del que acabé tan cansada que creé a Taylor para superarlo, y que junto a Mike Hodge, Greg Waldorf y mi hermano Aaron tuvieron el dudoso honor de encontrarse entre los primeros que me apoyaron; a Howard Mansfield, por escribir *The Same Ax, Twice*, una conmovedora obra de no ficción que se convirtió en una fuente de inspiración para mí; y por último al señor Russell y a todos los profesores que he tenido a lo largo de mi vida que me hicieron creer que esto era posible.

Para mis dos Roberts y para Geraldine

Índice

Para construir una mecedora de estilo *shaker** se necesitan:

2 *listones traseros*
2 *patas delanteras*
1 *travesaño posterior para el asiento*
2 *travesaños laterales para el asiento*
1 *travesaño frontal para el asiento*
1 *barrote trasero*
4 *barrotes laterales*
2 *barrotes frontales*
1 *travesaño inferior para el respaldo*
1 *travesaño superior para el respaldo*
1 *respaldo*
2 *balancines*
2 *clavijas*
Cinta de tela

Es este proceso de construcción a partir de un plan o un diseño el que lleva a la gente a considerar romántico el trabajo guiado y preciso de un carpintero. Alguien que vive en un mundo donde todo tiene un propósito y un destino.

* Estilo de muebles fabricado por las comunidades *shakers*, fundadas en Estados Unidos a finales del siglo dieciocho, caracterizado por su austeridad. (N. del E.)

Todos los días me sorprende que viva sin ningún orden. Porque también hay normas que gobiernan las relaciones y las expectativas de la gente. Cómo vivimos. Cómo amamos. Cómo morimos. Y en qué orden. Algo así como:

Los primeros años están estructurados por unos padres afectuosos y sazonados con fiestas de cumpleaños.

Y luego tu primer amor llega en el instituto.
Pero lo dejas en la universidad para buscar tu primera relación sexual.
Y luego te gradúas y comienzas una carrera que te apasiona.
Y dejas tu primera relación sexual por tu primer amor verdadero.
Y después te casas.
Y tu padre viene a la boda.
Y tu madre viene a la boda.
Y juntos te entregan a tu novio.
Y tu primer año de matrimonio es duro, pero lo soportas.
Y luego tienes un hijo. O más probablemente dos.
Y perder a tus padres es horrible, pero lo soportas.
Y ver cómo tus hijos crecen y se van de casa es difícil, pero lo soportas.
Y ver morir a tu esposo es devastador, pero lo soportas.
Y luego llegas a la vejez, pero tienes dos hijos que se ocupan de ti.
Y tus nietos te llaman bela en vez de abuela.

Me asombra que tantos esperen este orden, cuando son tan pocos los que lo experimentan.

Hice mi primera mecedora cuando tenía veintidós años. Elegí el material (abedul). Yo misma corté y di forma a las piezas. Moldeé las patas, los barrotes y los travesaños. Curvé la madera del respaldo y los travesaños traseros. Hice las muescas en las patas y los listones. Lijé y monté la estructura. La barnicé. Y tejí el respaldo y el asiento hasta que acabé construyendo algo en lo que me apetecía sentarme. No era un trabajo perfecto, pero servía para su propósito. Para el descanso y la complacencia.

Sólo que nunca estaba complacida.

Me pasaba el tiempo soñando en ella. Imaginando futuro tras futuro. Futuros en los que la mecedora parecía más una butaca de cuero negro, con un soporte para las bebidas en el brazo derecho y un hueco espacioso para los mandos a distancia en el brazo izquierdo. Sería una butaca moderna que quedaría perfecta en el escaparate de una exposición. Libre de responsabilidades históricas. Con una prolongación para apoyar los pies. Y echar una siesta.

Pero cada vez que acababa de imaginar mi futuro, al despertarme me encontraba más hundida en mi asiento de rejilla.

Porque terminé dándome cuenta de que soy exactamente lo que construí.

Soy esa primera mecedora. Soy ese escritorio con la pintura desconchada y las manillas de cobre desgastadas. Soy esa puerta que arrastré por todo el país porque creía que eso era moverse. Esa puerta llena de golpes y arañazos.

Soy yo.

1

Restaurar, como su nombre implica, es el acto de reparar algo para que recobre su estado original. La restauración no permite mejoras ni cambios, lo cual significa que el restaurador debe vencer la tentación de modificar el original, aunque el cambio pueda ser ventajoso. Sería inconcebible, por ejemplo, sustituir una tarabilla deteriorada por un cierre magnético, o reemplazar el tablero deformado o agrietado de la parte posterior de un armario por una madera contrachapada. Dichos cambios reducirían en gran medida el valor de la pieza.

«Reglas y herramientas para restaurar muebles antiguos»
Guía completa para restaurar muebles antiguos
Richard A. Lyons

Bombas rojas, blancas y azules

Cuando el señor Candesa me contrató, pensaba que era un chico de doce años. Llegué recomendada por el entrenador de fútbol de la liga parroquial, en la que todos eran chicos excepto yo, así que supongo que su error era comprensible.

El señor Candesa era profesor de historia en el colegio católico. Era un hombre muy flaco con una voz débil, pero tenía los ojos tan oscuros y profundos que conseguía intimidarte. Había que andar con cuidado con él. Su mujer era como un globo que tomaba el sol con un bañador inmenso en una colchoneta para dos, pero nadie se atrevía a hacerle bromas respecto a ella. Ni sobre Vietnam. Ni sobre los helados.

—Taylor —me dijo con tono circunspecto mientras me observaba el primer día que fui a trabajar. Yo llevaba una gorra de béisbol, y las puntas del pelo asomaban un poco por los bordes.

—Sí, señor.

Me miró con disimulo el pecho y la entrepierna esperando que algún bulto en cualquiera de esos lugares revelara mi identidad. No fue así. Luego me miró a la cara más confundido aún; me habían llamado Monte Taylor el tiempo suficiente para saber que era demasiado alta para ser una chica. Por último, desconcertado, se fijó en el logotipo de Skoal de mi visera.

—¿Eres un chico, hijo mío?

—No, señor.

Cuando tuve la varicela a los seis años, le dije a mi madre que me picaba el pito, pero entonces nos explicó a mi hermano J. J. y a mí nuestras diferencias.

—Suponíamos que serías un chico —comentó el profesor.

—Eso es también lo que dice mi padre.

—¡Oh! —Era evidente que en su opinión aquello explicaba unas cuantas cosas. Como por qué jugaba al fútbol. Por qué le había partido los dientes a Mark Brocada. O por qué quería trabajar vendiendo helados en verano—. Entra —dijo señalando la furgoneta de color caramelo que estaba delante de su casa, tan reluciente que hacía daño a los ojos.

Aquel verano, el señor Candesa y yo vendimos más bombas rojas, blancas y azules que ninguna otra cosa. Lo que menos éxito tuvo fueron las orejas de Mickey Mouse. Y al cabo de tres días oía *Camptown Races* incluso cuando la furgoneta estaba aparcada por la noche frente a la casa de los Candesa.

Le esperaba todos los días delante de su casa, que tenía un jardín con tantas flores que cada vez que lo veía odiaba tener que vivir en un apartamento. Siempre salía cinco minutos tarde, con una bolsa de color vainilla llena de libros de historia. Cuando comenzábamos la ruta era yo la que servía los helados, cobraba el dinero y sudaba mientras el señor Candesa leía sus libros en el asiento delantero. Decía que estaba preparando su disertación.

Nuestra primera parada era siempre Maplewood, la inmensa piscina que había en su barrio. Era tan exclusiva que para que te dejaran entrar tenías que enseñarles una tarjeta que demostrara que eras de la zona. Los críos salían corriendo al aparcamiento en cuanto oían la cancioncilla, con las monedas a punto de caerse entre sus dedos. Luego venían algunas madres diciendo que sólo iban a tomar uno. Y después aparecían Priscilla Banks y sus amigas con sus risitas tontas, oliendo a bronceado y aceite de coco y señalando las fotos de los helados mientras unos idiotas, la mayoría de mi equipo de fútbol, les compraban lo que querían. Luego las niñas pijas se iban y los chicos se quedaban hablando conmigo.

—¿Por qué vendes helados? —me preguntó un día Jacob, nuestro portero.

—Sigo entrenando —respondí.

—No estoy hablando de eso. ¿No estás harta de oír esa canción a todas horas?

—Es *Camptown Races*, de Stephen Foster —precisé.

—Mi padre dice que no es legal trabajar antes de los dieciséis.

—Tu padre debe de ser tan bobo como tú —le contesté. Luego me di la vuelta para atender a un crío que venía todos los días sin dinero y le pregunté si quería un helado para no tener que seguir hablando con Jacob.

Al final de la primera semana, el señor Candesa me preguntó si mi padre me llevaba alguna vez a nadar. Le expliqué que mi padre era fontanero y que tenía mucho trabajo para llevarme a la piscina, pero era mentira. Debí de darle pena, porque la semana siguiente me consiguió una tarjeta. Desde entonces, un par de veces por semana, cuando estábamos en la piscina, el señor Candesa levantaba la cabeza de sus papeles y sus libros, normalmente en la segunda parada que hacíamos allí por la tarde. «Veinte minutos», decía, y yo me quitaba la camiseta y los pantalones cortos y corría hacia la piscina con el bañador naranja que llevaba siempre al trabajo por si acaso. Dejaba la toalla en una silla y luego me tiraba desde el trampolín con los chicos mientras el señor Candesa tomaba el sol en una tumbona y flirteaba con las socorristas hasta que proseguíamos nuestra ruta, que todos los días era exactamente igual. Y al principio me gustaba seguir el mismo camino, conocer cada curva.

En realidad trabajaba porque mi familia estaba sin blanca y yo quería cosas. Cosas caras, como un guante de béisbol nuevo. Mamá me había comprado uno azul teñido en un mercadillo, y por eso le había pegado a Mark Brocada, porque siempre se reía de él. También quería unos vaqueros nuevos, porque los que tenía me quedaban demasiado cortos. Y quería alejarme del divorcio. Mis padres me habían dicho una vez que jamás se divorciarían porque eran católicos, pero gritaban y hablaban de divorciarse todo el tiempo.

Cuando le hablé al señor Candesa de las peleas de mis padres, me dijo que él nunca se peleaba con su mujer. Que desde el primer día que la vio supo que era la mujer de su vida. Que fue su sonrisa lo que le había atraído y conquistado.

—¿Sabes que tienes una sonrisa muy bonita? —comentó mirándome de verdad por primera vez—. E incluso podrías ser guapa —me miró con más detenimiento—. Sí —dijo—, eres guapa.

Aquel día no dejó de mirarme y de reírse para sus adentros, hasta que las risitas acabaron estropeando el cumplido.

—Eres solitaria, ¿verdad? —me preguntó un día el señor Candesa mientras conducía la furgoneta y yo observaba cómo pisaba los pedales con sus gruesos pies descalzos.

—Tengo un hermano —respondí.

—Me refiero a amigos —precisó él.

—Tengo amigos.

Al detenernos en un semáforo se volvió hacia mí y me miró a los ojos.

—Esos chicos no son tus amigos.

—Jugamos juntos al fútbol. —Eran lo más parecido a unos amigos que tenía.

El semáforo se puso en verde y yo me sentí aliviada cuando volvió a centrarse en la carretera.

—Antes o después te darás cuenta de que los chicos no pueden ser tus amigos. Sobre todo a tu edad. Sobre todo porque eres muy guapa.

Me quedé callada. Una niña pequeña que sólo llevaba unas chancletas venía corriendo detrás de la furgoneta, pero él no la vio y yo no dije nada. Cambió de postura y movió el cuello con un gesto incómodo.

—¿Sabes qué es un deseo?

Asentí con desgana. Sabía lo que era un deseo. Como el que tenía yo de darle un golpe en la cabeza para que dejara de hablar de cosas raras.

—Muy bien —prosiguió—. Un deseo es lo que esos chicos sienten por ti aunque tú no lo sepas.

—No me ven de esa manera —contesté en voz baja pensando en las chicas con curvas y biquinis minúsculos que olían a vacaciones.

—Piensa lo que quieras —dijo con tono de indiferencia—. Pero aunque creas que no te ven de esa manera, aunque parezcas un chico, eres una chica. Y cuando un chico de doce años ve a cualquier chica siente un deseo, ¿lo entiendes?

No lo entendía.

◆ ◆ ◆

Para la última semana del verano había ganado casi trescientos dólares. No se lo dije a mi hermano porque últimamente le había dado por robar cosas. Y no se lo dije a mis padres porque mi dinero no iba a parar al presupuesto familiar. Eso lo tenía claro. Lo escondí en una caja de compresas en el cajón de arriba, debajo de la ropa interior. Al comienzo del verano había decidido que no iba a gastar nada hasta el ocho de agosto, el día que cumpliría trece años.

La mañana del ocho de agosto, antes de ir a trabajar, fui a Target y compré un guante de béisbol Spalding, unos vaqueros Lee, ocho bolsas de Fritos, una navaja, un saco de dormir y un biquini. No había planeado lo del biquini, pero no pude resistirme. Era de rayas rojas y blancas con un ribete azul en los bordes. Otra chica acababa de dejarlo en el perchero.

—Estás demasiado gruesa para llevar eso —le decía su madre mientras ella lloriqueaba que tenía que comprárselo.

Lo cogí sin pensarlo y fui al probador para probármelo. No me quedaba muy bien. La dependienta llamó a la puerta y me preguntó si necesitaba algo, probablemente pensando que iba a robarlo. Así que salí con él puesto después de meterme la ropa interior por dentro tan bien como pude.

—Madre mía —dijo—, qué bien te queda. Lo que daría yo por tener un cuerpo tan musculoso. Y unas piernas tan largas. —Y volvió a cerrar la puerta moviendo la cabeza.

Me miré en el espejo una vez más. Lo hice rápidamente, porque odiaba los espejos. Lo único que podía pensar era: «¿Cómo estoy con esto?» Puse las manos rectas a los lados y después en las caderas. Luego intenté sacar un poco una cadera y poner cara seria. Y al ver mis ojos en el espejo me sentí como una estúpida.

Sin embargo decidí comprármelo, con las palabras de la dependienta que resonaban en mi mente.

El día de mi cumpleaños comenzó como siempre en el trabajo, puesto que el señor Candesa no sabía nada. Salió de casa con la bolsa llena de libros, y su mujer le despidió sonriendo envuelta en un vestido de color melón. Fuimos a Maplewood y enseguida se agotaron las bombas rojas, blancas y azules, y la gente comenzó a quejarse porque a nadie le gustaban las de plátano y chocolate. Era un día especialmente caluroso y húmedo, uno de esos días en los que todo el mundo se altera por cualquier cosa. Por eso me quedé sorprendida cuando, después de que Priscilla se fuera con su helado de yogur, el señor Candesa dijo:

—Veinte minutos.

Me quité la camiseta y los pantalones mientras él me miraba.

—Uau —exclamó apartando la vista—. Biquini nuevo, ¿eh?

—Es mi cumpleaños —dije.

—Entonces cuarenta y cinco minutos.

Asentí encantada y me dirigí a la piscina con mi toalla de Yosemite Sam alrededor de las caderas. Miré hacia donde estaba el señor Candesa acomodándose en una tumbona y decidí que yo también iba a tomar el sol. Fui hasta el fondo, busqué una hamaca y extendí encima la toalla.

Como tenía sed me compré una limonada en el puesto de refrescos. A la vuelta le oí decir a Jacob:

—Mirad a Monte Taylor.

Fingí no oírle. Un grupo de unos ocho chicos, casi todos conocidos, me estaban mirando. Primero hablaron entre ellos, y luego centraron su atención en Jacob, que salió de la piscina y se acercó a mí.

—¿Quieres jugar a pillarse? —me preguntó mientras los demás seguían mirando.

—Si me compras una rosquilla salada lo pensaré —respondí intentando imitar a las chicas coquetas que veía allí todos los días. Nunca había hecho algo así. Pero suponía que era mi turno.

Me miró otra vez de arriba abajo y después se alejó mientras le llamaban «pelota» desde la piscina. Cuando volvió con la rosquilla le di sólo un mordisco antes de dejarla. Estuve unos minutos observando cómo se tiraban del trampolín, midiendo quién salpicaba más alto. Pero me cansé de mirar. Así que fui hacia el trampolín para ponerme en la cola, haciendo todo lo posible para ignorar sus miradas.

—¿Quién ha salpicado más alto hasta ahora? —les pregunté gritando mientras estaban cerca de la escalera donde estaba más hondo.

Señalaron a Jacob, que salió de la piscina para indicar hasta dónde había llegado. Era bastante alto, pero yo había conseguido llegar más arriba. Avancé despacio por el trampolín, cogí aire y di dos pasos largos seguidos de un doble salto. Sabía que la socorrista tocaría el silbato si me veía saltar, pero no me importaba. Salí volando y alcancé tanta altura que sentí cómo se me encogía el estómago en el aire al formar una bola. Caí con un gran estrépito. Recuerdo que sonreí debajo del agua y noté la sensación del líquido en los dientes. Luego subí y agité la cabeza al salir a la superficie. Después miré a los chicos para asegurarme de que había superado el salto de Jacob. Y entonces me di cuenta de que se estaban riendo de mí. Mi estómago volvió a encogerse, esta vez de pánico, cuando miré hacia abajo. Mi top había desaparecido.

Al meterme de nuevo debajo del agua vi que mi serpenteante top iba hacia el desagüe. Estaba casi sin aire, pero sabía que tenía suficiente para recuperarlo. De repente pasó una sombra por delante de mí. Jacob cogió el top y se lo llevó hacia arriba lentamente. Me quedé quieta unos instantes, dejándome llevar por el suave balanceo del agua. Pero entonces se me acabó el aire y subí rápidamente a la superficie, haciendo todo lo posible para mantener los hombros debajo del agua.

La socorrista estaba demasiado ocupada hablando con el señor Candesa para darse cuenta de que Jacob estaba ondeando mi top en el borde de la piscina, esperando que saliera del agua e intentara quitárselo.

—Dámelo —grité.

—Ven a buscarlo —dijo, mientras los demás seguían mirando y riéndose. Luego ondeó otra vez el top para provocarme.

Me acerqué nadando, procurando mantener el pecho escondido, y le vi tirar el top a una papelera azul oxidada.

Y luego no recuerdo que decidiera lo que iba a hacer después. Simplemente lo hice.

Salí de la piscina tan rápida como pude y comencé a correr. Corrí por delante de los chicos que me señalaban y se reían de mi pecho pálido. Corrí por delante de las madres que fruncían el ceño confundidas y preocupadas, pero sin hacer nada; sólo daban vueltas intentando buscar a alguien que pudiera ayudarme. Pero era demasiado tarde. Yo había cruzado ya la puerta y estaba en la furgoneta de los helados. Cogí la camiseta que había dejado en la parte de atrás, y al ponérmela vi las llaves que colgaban del contacto.

Estuve un minuto pensando. Pensé en esperar al señor Candesa para acabar nuestra ruta. Puede que llorara más tarde, al llegar a casa, pero no antes.

Y entonces dejé de pensar y giré la llave. Pisé el acelerador con todas mis fuerzas, como lo hacía el señor Candesa. Hizo un ruido horrible, pero el motor arrancó de todos modos. Empezó a sonar «Camptown Races». Cambié de marcha y volví a pisar el acelerador, pero por alguna razón me sorprendió que la furgoneta comenzara a moverse, que al pisar los pedales aquel trasto fuera adonde yo quería que fuese.

Cuando llegué a la salida me estaba riendo como se ríen los malos en las películas. Sólo que yo no era mala. De eso estaba segura. Era alguien que iba a ir a un sitio muy lejano, quizás a Montana. Había oído que era el Estado donde vivía menos gente, que durante kilómetros y kilómetros sólo había tierra. Aquel día las calles estaban desiertas. Nunca me encontrarían. Tenía ochenta y siete dólares en el bolso, y me iba a marchar muy lejos.

Cuando llegué al primer semáforo rojo, una señora con permanente que conducía un Cadillac se paró a mi lado, y me miró como cuando alguien te juzga y no te aprueba. Yo la miré también y luego puse los ojos en blanco.

Cinco minutos más tarde entré en la vía 6, la amplia carretera comarcal por la que nunca circulaba nadie. Seguía sonando la melodía de Stephen Foster, «Camptown Races», y de vez en cuando salía algún niño de su casa esperando que me detuviese. Pero no me detuve. Estaba demasiado ocupada pensando cómo me sentiría si tirara un ladrillo por la ventana de Jacob. Entonces noté una sacudida. La furgoneta había chocado con algo.

Y después comenzaron los aullidos.

No creo que haya oído nunca un sonido tan estremecedor. Era más fuerte que un ladrido, más fuerte aún que «Camptown Races». Aparqué la furgoneta lo mejor que pude y vi lo que había hecho. La pobre perra mestiza estaba tumbada en el suelo y apenas se movía, salvo el hocico. Aulló un minuto más y luego se quedó callada. En ese momento tenía su cabeza apoyada en mi regazo, y vi cómo pasaba todo el mundo por sus ojos.

Y entonces no podía moverme. Se quedó todo tan tranquilo cuando cesaron los aullidos que el silencio parecía un sonido. Un bello sonido. Como si el aire quieto y espeso lo absorbiera todo. Incluso a mí. Y a mi alrededor no había ningún coche ni nadie a la vista.

Sé que parecerá una tontería, pero no sabía qué hacer. Quería buscar ayuda, pero la perra ya estaba muerta. Quería marcharme, pero no podía irme aún.

Decidí enterrar a *Betsy,* que era el nombre que le había puesto. Pesaba bastante, así que tuve que arrastrarla hasta el borde de la cuneta. Luego la empujé con todas mis fuerzas y cayó rodando hasta el agua.

Y entonces apareció aquel hombre.

—¿No eres demasiado joven para estar aquí sola?

Era uno de esos tipos que siempre van vestidos como si fueran a misa. Llevaba un traje holgado, y en una mano sujetaba las llaves del Pontiac marrón que había aparcado detrás de la furgoneta. Tenía una sonrisa helada en la cara, como cuando la gente intenta meter a un animal en una jaula, moviéndose despacio para no alterar a la fiera. Me miró de un vistazo. Yo estaba llena de sangre. Asentí con la cabeza y le mentí.

—Mi padre. Acaba de atropellar a un perro.

—Así que tu padre, ¿eh? Bien, entonces ¿podrías decirme dónde está?

Le conté lo que había ocurrido. Que mientras mi padre y yo estábamos hablando de mi fiesta de cumpleaños salió de repente aquel perro callejero.

—Cruzó tan rápido que parecía un rayo.

Le dije que mi padre había intentado esquivarlo y que por poco nos caemos a la cuneta. Y que yo me asusté y grité. Y que mi padre había ido a buscar ayuda y me había dejado en la furgoneta porque no arrancaba.

—Me parece que todas las tripas se han quedado en el motor.

El hombre me miró de soslayo y luego rodeó despacio la furgoneta. Se secó el sudor de la frente y me di cuenta de que también tenía manchas de sudor debajo de los brazos.

—Voy a intentar ponerla en marcha —dijo.

Por la forma en que lo dijo era evidente que sabía que yo estaba mintiendo. Sólo quería comprobarlo antes de llamar a alguien. Me pregunté a quién llamaría antes. ¿A la policía? ¿A mi madre? ¿A mi padre?

Subió a la furgoneta y giró la llave con suavidad. Y el motor arrancó a la primera. Luego sacó la cabeza por la ventanilla y me dijo que parecía funcionar bien.

—Será mejor que vengas aquí —dijo.

Pero yo ya me había ido.

Bajé corriendo por la pendiente de tierra hasta el borde del agua, pensando en tumbarme en el suelo para que no pudiera verme. Pero entonces vi el agujero de la alcantarilla que había al lado de la cuneta, por encima del agua, y fui hacia allí.

Cuando entré en el agujero noté una sensación extraña. Sentí que la sangre fluía rápidamente por todo mi cuerpo. El metal rugoso de la alcantarilla apestaba, y al tocarlo me manché las manos de roña, pero no me importaba. Me quedé allí sentada, tan quieta como pude, un rato que se me hizo eterno.

Unas dos horas más tarde oí al señor Candesa, que había ido a recuperar su furgoneta. Y a unos policías que le preguntaron si quería poner una denuncia. Un par de horas después creí oír la voz de mi madre, pero cuando me asomé vi que era la señora Candesa.

Cuando se puso el sol cogí una rama seca de un árbol, saqué mi navaja nueva y comencé a pulir la madera. Hice una cruz para la perra atando dos palos con un trozo de cordón de mis zapatos. Y grabé en ella su nombre. Mientras tanto pensé en mi cumpleaños, en el tiempo en general. En cómo te puedes levantar un día siendo una cosa, y ser algo completamente distinto cuando acaba ese día. Puede que siempre yo hubiera sido así, que fuera capaz de huir de casa, pero era la primera vez que lo comprobaba. Puse la cruz donde había atropellado a *Betsy* y comencé a andar por el borde de la carretera, escuchando cómo crujía la hierba bajo mis pies y preguntándome cuánto tardaría en llegar a Montana.

Paseo en coche

Encontramos en el retrete una rata enorme, que había subido por la tubería y se había quedado atascada en el agujero para cagar al fondo de la taza. Tenía el cuerpo bastante largo, y cuando se estiraba apenas podía asomar la nariz fuera del agua. El primero que la vio fue mi hermano J. J., y me dijo que no mirara, que es precisamente lo que hice. Y cuando comencé no pude parar. Observamos cómo se estiraba y respiraba y volvía a estirarse y respirar, hasta que se cansó y se hundió en el fondo del retrete que se suponía que debíamos limpiar.

J. J. se puso de rodillas con torpeza para ver mejor a la rata muerta. Resultaba extraño ver a alguien tan alto como él encorvado sobre el diminuto retrete, mirando dentro como si estuviera estudiando un proyecto científico, con el pelo tan largo que parecía que iba a tocar el agua. Me arrodillé a su lado.

—Deberíamos decírselo a papá —sugerí yo.

Papá estaba fuera junto al aparcamiento cubierto jugando con sus coches. Desde que puedo recordar estaba obsesionado con los modelos de coches y camiones. Se pasaba el día montando esos estúpidos cacharros de plástico para estar un rato haciéndolos dar vueltas en el aparcamiento y guardarlos luego en su armario empotrado, en unas cajas que no nos dejaba tocar.

—Papá es idiota —dijo J. J. concentrado aún en la rata.

—Papá es fontanero —señalé.

—Bueno, pues vete a buscarle si quieres que venga —respondió.
No me moví.

—Puede que no nos haga falta —dije con tono sombrío.

Supongo que J. J. sabía que aún estaba preocupada por lo de aquella mañana, porque entonces me miró con expresión paternal.

—No debes tomártelo muy en serio —dijo.

Nos había despertado la pelea de nuestros padres. Por lo que pude oír, alguien llamó a papá a las seis de la mañana con un problema de fontanería. Él respondió que no trabajaba los domingos porque su religión no se lo permitía y volvió a la cama. Y mamá se enfadó porque sabía que estaba mintiendo para no tener que levantarse temprano. Y porque necesitábamos el dinero. Y porque ella era la única que iba a misa. Así que, media hora antes de que encontrásemos la rata, se marchó para rezar por todos. Y aunque no podía castigar a papá (al menos, no exactamente), nos castigaba a nosotros. La norma era que si decidíamos no ir a misa, teníamos que limpiar el apartamento de arriba abajo; y por eso acabábamos limpiando todos los domingos.

«Odio los domingos», estaba pensando mientras miraba la rata en el retrete y me preguntaba cuánto tardaría en hincharse como una rana. Puede que incluso explotara.

J. J. siguió hablándome de la pelea mientras buscaba algo en el armario.

—Están casados. Y, lo mires como lo mires, el matrimonio apesta.

—¿Por qué?

—Porque todo el mundo apesta un poco. Y la mayoría de la gente apesta mucho, por eso.

—¿Entonces por qué se casaron? —pregunté.

Era algo que no comprendía. Mis padres no eran de los que hablaban de «aquellos buenos tiempos». Sabía que se habían conocido porque trabajaban juntos en una fábrica de Kentucky. Suponía que la noche que se acostaron estaban borrachos, y que se casaron porque ella se quedó embarazada. Y que habían venido a Tejas porque su familia iba a salir en busca de él.

—Piensas demasiado —comentó J. J. Metió las manos en el retrete envueltas en bolsas de plástico y sacó la rata de un tirón—. Creo que le he roto la espalda a la jodida.

La rata parecía pequeña en las enormes manos de J. J. Sonrió y luego me la puso delante de la cara.

—Tócala —dijo.

—Ni hablar —respondí, pero la toqué de todos modos. Estaba fría, húmeda y muerta. Y recuerdo que entonces me di cuenta de que éramos pobres. Una vez tuve piojos, y al encontrar aquella rata sentí algo parecido. Como si la gente de la escuela lo supiera. Sabían que yo había visto a mi madre un día robando huevos en vinagre en el supermercado. Y que cuando yo tenía seis años nos habían echado de nuestro apartamento por no tener dinero. Éramos pobres. Sin más. Unas veces nos iba mejor que otras, pero siempre seríamos la clase de familia que tiene ratas en los retretes.

J. J. me miró pensando que tenía los ojos llorosos porque me había hecho tocar la rata.

—¿Quieres dar una vuelta? —me preguntó mientras la tiraba a la basura.

—Se supone que debemos limpiar —le recordé.

—A la mierda con la limpieza —dijo él.

Al bajar las escaleras que llevaban al aparcamiento vi que mi padre seguía allí. Tenía el coche teledirigido con el que había estado jugando debajo de la silla, y estaba construyendo uno nuevo sobre una mesita plegable que había sacado fuera.

Nunca olvidaré qué bien se lo pasaba cuando trabajaba en sus modelos. Con su metro noventa y seis era aún más alto que J. J., y mucho más que mamá, que era un poco más baja que yo. Y era grande. El cuello. Los dedos. Todo en él era enorme. Eso es lo que estaba pensando al pasar junto a él, esperando que no se diera cuenta de que íbamos a montarnos en el coche de J. J. Pero claro que se dio cuenta, porque estaba sentado justo al lado.

—Taylor —dijo—. Ven aquí un momento.

Al principio me asusté, creyendo que iba a meterme en un lío por marcharme. Hasta que vi que estaba trabajando en el diminuto interior de su Ferrari. Cuando me acerqué me dio una piecita.

—Va justo ahí —dijo señalando un punto que era demasiado pequeño para sus manos. Encoló la pieza que me había dado y la puse exactamente donde quería.

»¿Te das cuenta de que cuando lo acabe habré tocado todas las piezas? —comentó antes de pedirme que fuera a buscarle una cerveza.

—Es que íbamos a ir a la tienda —intervino J. J.—. Se nos ha acabado la lejía —mintió. Le miré abriendo bien los ojos para intentar decirle que no forzara las cosas. Pero mi padre ya se había olvidado del asunto.

—Muy bien —dijo sin levantar la vista de su coche deportivo de plástico—. De acuerdo.

Sabía que más tarde mi madre le echaría una bronca a J. J. Le gritaría por no cuidarme mejor. Por fumar y largarse cuando teníamos que hacer la limpieza y por ser un mal ejemplo para mí. Y mi padre estaría en su butaca viendo la televisión, como si no ocurriese nada a su alrededor. Tan centrado en la pantalla como había estado antes con sus modelos. Lo suficiente para no escuchar a mi madre.

Pero eso no había ocurrido aún. Porque en ese momento ella estaba todavía en misa. Y mi padre estaba trabajando en sus modelos. Y J. J. iba a llevarme a dar una vuelta.

J. J. trabajó un año en el Burger King para poder comprarse su desvencijado coche. Era un Monte Carlo azul con poco brillo, sólo el suficiente para que pareciera un enorme bolo abollado, de esos para el juego de bolos. El bolo de J. J. Nos montamos en él.

Dentro olía a tabaco. De un manotazo J. J. apartó la basura de los asientos: envoltorios de McDonald's, chicles pegados en hojas de cuadernos, una taza de plástico con un escupitajo seco en el fondo. Yo no había tenido nunca una cita, pero me imaginaba que era algo así, que alguien te hacía sitio para que te sentaras.

—¿Adónde vamos? —le pregunté. Esperaba que me dijera que íbamos a la tienda de discos, o a comprar un donut, pero no me respondió. Se limitó a seguir conduciendo.

Una parte de mí quería hablar con J. J., pero era de esas personas que se pasan la mayor parte del tiempo en silencio, y no quería interrumpir sus pensamientos. Así que saqué la cabeza por la ventanilla como un perro y vi pasar una larga hilera de centros comerciales. Sólo un año antes había unas tierras detrás de Sunny Acres, nuestro complejo de apartamentos, donde yo iba a coger las bayas silvestres que crecían allí. Pero los campos habían desaparecido y estaban construyendo cada vez más apartamentos y más tiendas. Decidí ponerme a contar Targets, pero antes de llegar al segundo J. J. se detuvo en una gasolinera.

—Espera aquí —me dijo.

Unos minutos después salió con unas gafas de sol y una bolsa de Fritos. Abrió los Fritos y me tiró las gafas de sol.

—¿Las has robado? —le pregunté.

—Tal vez sí, tal vez no —contestó, pero por la expresión de su cara me di cuenta de que había herido sus sentimientos—. He pensado que te harían falta.

Me miré en el espejo retrovisor para ver cómo me quedaban. Me veía igual. El coche chisporroteó al arrancar y nos pusimos en marcha de nuevo.

Agarré el volante mientras J. J. encendía un porro. Tenía la esperanza de que me lo pasara, pero no lo hizo. Como siempre. Pensaba que el hachís no era bueno para mí. Resultaba gracioso que fuera tan protector, que me mantuviera alejada de cosas que obviamente consideraba buenas para él.

—¿Adónde vamos? —volví a preguntar.

—¿Qué más da? —respondió enojado.

Me encogí de hombros y seguí mirando por la ventanilla, un poco mareada de ver cómo pasaban velozmente las líneas de trazos blancos. No me di cuenta en qué momento estábamos en la autopista. «¿Adónde vamos?» En realidad podíamos ir a cualquier parte. En quinto curso tuve que hacer un trabajo sobre Houston, en el que hablé del Astrodome, el Astroworld, la NASA, los museos. También hablé de la comida mexicana. Y de los Oilers, los Astros y un equipo de hockey. Pero eso era para un trabajo estúpido. Porque lo cierto es que para mí Houston era sólo un nudo de carreteras que llevaban a mil lugares que tenían todos el mismo aspecto.

Al menos eso era lo que pensaba.

Hasta ese día con J. J, cuando entramos en aquel barrio que parecía más un parque de atracciones que un sitio para vivir. Era una calle larga flanqueada por árboles inmensos, con casas tan grandes que no podía imaginar cómo serían por dentro, cuántos sirvientes tendrían, cómo se viviría en ellas. Al final se encontraba la mansión más grandiosa de todas, blanca e interminable. En la entrada había unas enormes columnas blancas que brotaban del suelo, que anunciaban a los visitantes que estaban en presencia de un lugar majestuoso.

Y así era.

—¡Madre mía! ¿Cuánta gente crees que vivirá en esa casa? —pregunté señalando la mansión del fondo, que también tenía un puesto de vigilancia en el camino de acceso.

—Es un club de campo, boba. Bienvenida a River Oaks —respondió J. J.

Había oído hablar de ese barrio, un sitio tan lujoso que tenías que ser alguien (muy rico) para vivir en él. Pero nunca lo había visto, ni me lo podía haber imaginado. Hasta la gente que cuidaba los jardines parecía feliz. Había árboles altísimos, pájaros, senderos para pasear y gente que sonreía, y nosotros estábamos allí viendo todo eso.

Cada vez que doblábamos una esquina veíamos una casa más grande con un jardín más extenso, o con una fachada más espectacular, que en vez de una vivienda parecía una caja decorativa.

La música del coche seguía retumbando, y yo no podía pensar. Estaba con la boca abierta, contemplando las inmensas casas con ventanas que susurraban y puertas que hacían señas. Luego miré a J. J., y entonces supe que estaba compartiendo conmigo su lugar secreto.

De repente paró el coche delante de una casa con una gran verja.

—¿Quieres conducir?

—Ya sabes que no tengo edad para eso —respondí pensando en los problemas que había tenido cuando robé la furgoneta de los helados. Pero me arrepentí inmediatamente. *Quería* conducir.

—Ya sabes que me da lo mismo —dijo burlándose de mi tono.

Me bajé del coche y fui hacia el lado del conductor. Entonces lo vi. Estaba junto a los cubos de basura en la esquina de la verja. Un álbum de fotos. Una mitad estaba dentro de un cubo de metal reluciente, y la otra colgaba por fuera. Como si alguien hubiera marcado una página al tirarlo.

—Espera un momento —le dije mientras me acercaba a investigar tras asegurarme de que no había nadie mirando. Cogí el álbum, volví al coche y me senté en el asiento del conductor como si llevara años conduciendo.

—¿Qué demonios es eso? —preguntó J. J.

Lo abrí sobre mis piernas con el motor en marcha. Era bonito, pero tenía un cierre barato que estaba roto, y la mayoría de las páginas se habían salido. Las puse bien lo mejor que pude y eché un vistazo a las fotografías.

Eran todas de la misma familia. Y parecía que estaban en un crucero. La mayor parte eran de la hija, que tendría unos once años. La niña con un collar de flores alrededor del cuello. La niña en bañador sentada en una hamaca en la cubierta. Toda la familia con el capitán frente a una puesta de sol.

—¿Por qué crees que lo han tirado? —pregunté.

—¿Cómo diablos puedo saberlo?

Dejé el álbum entre los dos asientos.

—¿Vas a quedártelo? —preguntó J. J.—. ¿Para qué coño lo quieres?

—Lo tiraré luego —respondí, pero era mentira. Sabía que por la noche lo hojearía un montón de veces preguntándome cómo me sentiría si fuese esa niña. Haciendo un crucero por todo el mundo. Con dos padres que parecían llevarse bien.

—Céntrate en la carretera, Tay —dijo J. J. ayudándome con el volante mientras el coche iba dando tumbos alrededor de la manzana. Siempre iba demasiado rápido o demasiado lento. Siempre frenaba demasiado pronto o demasiado tarde. Y cuando le había cogido el tranquillo, dijo que ya era suficiente y que debíamos volver.

—No hemos bajado por ésa —comenté señalando otra calle.

Me hizo caso y entró con el coche en una de las calles más impresionantes que habíamos visto, con casas de diferentes épocas. Unas más grandes que otras. Todas bien pintadas, con fabulosos jardines y buzones con nombres.

En un jardín había dos mexicanos podando los setos en forma de patas de caniche. Al pasar a su lado nos saludaron, como parecía ser costumbre en aquel barrio, una costumbre desconocida para mí. En el mío lo normal era que te hicieran un gesto obsceno.

—Es un mundo diferente, ¿verdad? —dijo J. J. sin pizca de amargura.

Luego pasamos por delante de una casa que tenía una fuente en el jardín delantero, donde una mujer en biquini con las tiras del sujetador caídas sobre los hombros tomaba el sol en una tumbona de madera, ajena al mundo que la rodeaba.

—Sí —afirmé—. Ya lo creo.

El encuentro de María

María era mexicana. Había vivido en un pueblo llamado Querétaro hasta los ocho años, cuando vino a Houston con su madre. Se instaló en Sunny Acres en verano, antes de que comenzara en el instituto. Fue mi primera amiga de verdad. La primera vez que la vi llevaba un niño en cada cadera, como suelen hacer las madres. Recuerdo que sentí lástima por ella al pensar que ya tenía dos hijos y no parecía tener siquiera mi edad (catorce).

Me quedé sorprendida cuando apareció en mi clase de álgebra ese otoño. Estuve dos semanas mirando su larga melena negra en el pupitre de delante hasta que me armé de valor para preguntarle:

—¿Cuántos años tienen tus hijos?

—¿Mis hijos? —dijo arqueando las cejas y mirándome como si estuviese chiflada.

Le dije que la había visto en Sunny Acres con los niños. No podía parar de reírse. Normalmente me molestaba que se rieran de mí de ese modo, pero María era de las que siempre hacía que te sintieras como si fuese tu amiga.

María tenía dos hermanos y dos hermanas, a los que llamaba con diminutivos. Carlosito. Florita. Era la mayor, y se ocupaba de ellos en sus ratos libres, según mi madre demasiado tiempo.

—Los mexicanos no son como los chinos —me dijo un día—. Los chinos sólo quieren hijos varones. Si no hay varones no hay futuro. Pero los mexicanos siempre quieren que la mayor sea una niña. Así tienen una niñera para que atienda a los veinte que vengan después.

Le dije a mamá que la madre de María le pagaba por cuidar a los niños, pero mamá respondió que eso confirmaba su teoría.

El apartamento de María era exactamente igual que el mío. Por fuera y por dentro.

Por fuera todo el edificio de tres plantas estaba pintado de marrón oscuro. Y todos los balcones estaban perfectamente alineados en la fachada, como si estuvieran clavados uno encima de otro. Y todos tenían dos ventanas en el mismo sitio, con rejas del mismo color. Y abajo había plazas de aparcamiento cubiertas para todos los vecinos. Todos teníamos dos, y todas eran del mismo tamaño.

Por dentro todo el suelo estaba cubierto con una moqueta marrón. Excepto en la cocina, donde había un linóleo de cuadros marrón y beis. Cada apartamento era un cuadrado perfecto, con tres habitaciones, dos cuartos de baño, y una sala de estar con la cocina incorporada.

Las dos teníamos una televisión mediana, un sofá cochambroso, una butaca vieja (para nuestros padres) y una mesa plegable que estaba siempre abierta. El resto de los muebles eran diferentes pero a la vez similares, porque se rompían con facilidad y no hacían juego con nada. Era como vivir en un mercado de compraventa de muebles usados todo el tiempo.

Llamábamos a los apartamentos nuestras casas de muñecas, porque parecía que los habían hecho en la misma fábrica. Pero nos habría gustado que fueran nuevos en vez de estar tan deteriorados como estaban, con las paredes sucias y la moqueta llena de manchas.

Una vez intenté arreglar nuestra casa cambiando de sitio los muebles de la sala, pero tuve tantos problemas que no volví a hacerlo nunca más.

Sin embargo a María le dejaban decorar su casa. De hecho, su madre la animaba. La mayoría de las veces adornaba el apartamento con *collages* que hacía con recortes de revistas. Podía hacer cualquier cosa con unas fotografías, papel, cola y cinta adhesiva. Lo primero que me regaló cuando nos hicimos amigas fue un *collage* con fotos de perros. Sabía que yo quería tener un perro y que no me dejaban. Ella tenía dos perros callejeros que andaban alrededor de su apartamento, a los que llamaba *Garfield* y *HK*, por Hello Kitty. Le parecía divertido poner a los perros nombres de gatos.

Solía llevar ropa de muchos colores que no hacían juego entre sí. A veces intentaba que me pusiera un jersey rosa brillante o unas sandalias amarillo chillón, pero a mí sólo me gustaban los vaqueros y las camisetas.

Los viernes por la noche íbamos juntas al cine para ver dos películas. Por la primera pagábamos, y en la segunda nos colábamos. Luego, al volver a mi apartamento, comentábamos lo que nos había gustado y lo que no nos había gustado de cada una, y decidíamos cuál de las dos era mejor usando nuestro sistema de tacos. A la mejor le poníamos tres tacos, pero sólo *Sixteen Candles* consiguió esa categoría.

Al cabo de un tiempo la gente de la escuela comenzó a llamarnos Taría, mezclando nuestros nombres como si fuésemos una sola persona. María solía poner los ojos en blanco cuando decían eso. Yo también. Pero a las dos nos gustaba. Incluso nos llamamos así una noche que se quedó a dormir en mi casa.

María decía que yo era muy graciosa. Solía darme una frase para ver si yo podía decir lo mismo pero mejor. Por ejemplo, si decía «Priscilla Banks es una bruja», yo contestaba «Prefiero limarme las uñas con un rallador de queso antes que hablar con Priscilla Banks». Y ella se reía que daba gusto.

Un día le enseñé el álbum de fotos que había encontrado en River Oaks, con mis fotos favoritas del crucero marcadas. Al principio me daba vergüenza haberme quedado con él, pero María me dijo que sabía por qué lo guardaba. Pero también dijo que me equivocaba de medio a medio.

—Si lo tiraron no será todo tan perfecto —comentó.

Comprendí lo que quiso decir, pero sólo consiguió que aumentaran mis deseos de conservarlo. Me parecía muy triste tirarlo por segunda vez.

Lo que hicimos fue enterrarlo en un descampado como parte de nuestra siguiente cápsula del tiempo.

Hacíamos esas cápsulas del tiempo una vez al mes. Metíamos en una caja de zapatos trocitos de papel en los que escribíamos nuestras predicciones, la atábamos y luego la enterrábamos. A veces yo predecía dónde estaría María en cinco, diez o quince años. A veces ella predecía dónde estaría yo. Una vez me predijo que en diez años estaría casada con un médico y viviría en River Oaks. Y yo le predije que ella sería una famosa decoradora en una gran ciudad, tal vez Los Ángeles. Estábamos casi seguras de que algunas de esas predicciones se cumplirían.

La pérdida de María

Querida María,

Me gustaría hablar contigo personalmente, pero no puedo. Estoy demasiado enfadada. No puedo creer que me dejaras tirada. No estoy enfadada contigo por permitir que Todd se sentara con nosotras en el cine. Después de todo, también él estaba allí. Pero me dejaste sola. Estaba muy preocupada. Incluso convencí al encargado del cine para que me acompañara a buscarte. Miramos en los lavabos, en el aparcamiento. Pensaba que te habían abducido o algo así.

He oído decir en clase que ahora sales con Todd. Y me parece bien. Pero si el hecho de que seáis amigos quiere decir que vas a dejarme en cualquier parte y que voy a tener que volver a casa sola mientras gente como Sheryl y Priscilla me insultan por la ventanilla del coche, entonces no me alegro por ti. Me parece que estás siendo muy egoísta, y no quiero hablar contigo hasta que te disculpes.

Tu mejor amiga,

Taylor

Mamá llamó a la puerta mientras estaba escribiendo esta carta. Le dije tres veces que se fuera, pero no me hizo caso. Así que le expliqué lo que había ocurrido. Ella intentó consolarme diciéndome que no debería sorprenderme. Porque las chicas mexicanas se desarrollan antes y empiezan a tener deseos más jóvenes, y a mí me pasaría lo mismo enseguida. Luego me habló de una pelea que había tenido con su amiga Annette por un chico llamado Dion. Yo me quedé allí sentada sin abrir la boca, deseando estar en algún lugar donde la gente no contara historias que no tenían nada que ver con tu vida.

Asentí mientras me contaba la historia de Dion y fingí que la escuchaba, porque sabía que si hacía que se sintiera mal, se quedaría más tiempo en mi habitación hablándome de su vida. Le encantaba dar la vuelta a las cosas, convertir mis problemas en sus problemas. Pero esa noche estuve tan atenta que se marchó al cabo de media hora, sintiéndose mejor consigo misma.

Entonces fui al apartamento de María y eché la carta por la ranura del buzón. Pensaba que de esa forma podríamos discutir al día siguiente. Ella me diría que lo sentía y todo volvería a ser como antes.

Así podría ser mi vida

Cuando acabé el primer curso en Jefferson, con quince años, fumaba dos cigarrillos al día. El primero lo fumaba en casa, normalmente fuera mientras mis padres discutían. La mayoría de las veces las peleas comenzaban porque él no trabajaba lo suficiente y ella no trabajaba nada. Y casi siempre terminaban así:

> *Mamá: Debería dejarte, holgazán de mierda.*
> *Papá: Estupendo. Me gustaría ver de qué vives.*
> *Mamá: No te necesito.*
> *Papá: Pues entonces dime cuándo quieres que me marche.*

Luego él encendía la televisión para fastidiarla. Y ella se iba a la iglesia, probablemente a llorar. Le encantaba llorar. A mí me ponía nerviosa, pero últimamente ocurría tan a menudo que me daba lástima. Parecía ser ella la única que no se daba cuenta de que en un momento de su vida había tenido un mejor carácter. Pero después de esforzarse durante años y no tener nunca suficiente dinero, decidió ponerse en manos del Señor, su excusa favorita para no hacer nada.

—Voy a dejar que Jesús me conduzca a partir de ahora —me dijo un día, y yo me imaginé a Jesús maldiciendo la porquería de marchas de su Chevy Citation mientras ella dormitaba en el asiento trasero.

Al volver de la iglesia, más tranquila, bebía hasta que se le trababa la lengua. Y mi padre pasaba fuera todo el tiempo que podía, trabajando o jugando con sus coches.

Mi segundo cigarrillo lo fumaba a la hora del almuerzo junto a la enfermería. Allí había un viejo generador al que me subía para mirar un dibujo que alguien había hecho con rotulador negro. Era de un hombre que caminaba por una larga carretera y miraba por encima del hombro para comprobar que estaba solo en ella, que no había nadie más para importunarle. Lo firmaba Gaff.

Fue más o menos entonces cuando mamá volvió a preocuparse por mí. Después de que María y yo dejásemos de vernos por Todd, me dijo que «había detectado señales» de que me estaba aislando. Sabía que mis compañeros no hablaban mucho conmigo, porque cada vez que venía tarde a recogerme me encontraba sola. Estoy segura de que llegaba tarde a propósito, esperando que hubiese hecho amigos durante ese tiempo. Pero lo que ella no comprendía es que no me importaba tener o no tener amigos. No me apetecía hablar de deberes, esmalte de uñas o de quién había metido la mano en los calzoncillos de George Redd. Y por lo que podía oír, esos eran los únicos temas de conversación en Jefferson. No, gracias.

También estaba sola después de clase, porque J. J. trabajaba en Texas A&M. Había decidido ir a la universidad, y cuando mi padre se negó a pagarle los estudios, nos sorprendió a todos diciendo que iba a trabajar para pagárselos él. Así que ahora estaba en A&M con dos empleos y se las arreglaba bien, como siempre. Y yo estaba aquí amargada, con mamá pendiente de todos mis movimientos porque se aburría y estaba preocupada.

Yo también me aburría. Había dejado el equipo de fútbol del instituto al cabo de dos semanas porque los equipos de chicas eran insoportables. Y me había dado por leer a Faulkner, aunque no comprendía realmente qué pasaba, sólo que uno no estaba muerto del todo y que el otro jugaba con palillos o algo así. Y me aburría.

Por eso decidí trabajar como voluntaria en la Clínica Oncológica de Houston. Cuando se lo conté a mi madre creí que iba a cantar aleluyas e incluso a abrazarme. Le dije que quería ayudar a la gente. Que me había dado cuenta de que había perdido mucho tiempo viendo la tele y que ahora quería hacer algo útil. Pensé de antemano cómo iba a decírselo, y lo planteé como un anuncio de televisión, y funcionó, porque el lunes siguiente, después de clase, me llevó hasta la clínica, que estaba a cuarenta y cinco minutos, aunque mi padre le había dicho que no le parecía bien.

—No nos sobra el dinero para trabajar gratis —repitió una y
otra vez. Pero ella estaba decidida. Iba a resultar que yo era una buena chica.

Lo que no le dije a nadie era que todo aquello tenía que ver con la
muerte. En la tele y en las películas la gente siempre se moría. No estoy hablando de morir como si entraras en la habitación de tu abuela
de noventa y cuatro años y descubrieras que ha pasado a mejor vida
por la noche. Hablo de morir ahogado en el mar cuando tu barco de
lujo se hunde. O de morir abandonado, como si Boo Radley muriera
de sida sin que nadie supiera qué le había ocurrido. Nunca me había
pasado algo así.

Y en el instituto no habíamos tenido ninguna de esas tragedias
que algunos esperan que ocurran, aunque jamás lo reconozcan. Una
historia macabra, como la de una Betty Lou que podría haber muerto en su coqueto Volkswagen Rabbit en un choque terrible. Y luego,
cada vez que la gente pasara por allí hablaría del accidente y el funeral, en el que uno de los que llevasen el féretro estaría tan afectado
que lo dejaría caer, y el ataúd se abriría delante de todo el mundo, que
juraría que la habían visto guiñar un ojo.

Pero no había nada de eso.

La idea de trabajar como voluntaria se me ocurrió durante una
clase práctica de conducir un día que llovía tanto que por el parabri-
sas sólo se veía una mancha borrosa con destellos de luces. El señor
Wu le decía a Priscilla que tuviera cuidado con la forma de conducir
porque estaba muy alterada, algo bastante habitual desde que era animadora. Yo iba atrás con Billy Talkington, que era guapo y popular
pero se hurgaba la nariz delante de mí, porque sabía que nunca saldría conmigo y Priscilla estaba demasiado ocupada conduciendo
para verle. Íbamos de un lado a otro de la carretera.

—¡No puedo ir derecho! Ayúdame, Billy.

En ese momento deseé que ocurriera algo, aunque estuviese yo
en el coche. No tenía que ser mortal. Me habría conformado con un
accidente grave para que Priscilla tuviera que hacer de animadora
con una sola pierna, y todo el mundo viniese a los partidos para de-

cirle que estaban orgullosos de ella, que no dejaría de sonreír y dar ánimos a todos los jugadores.

Fue entonces cuando lo pensé. Allí estaba yo, esperando que ocurriese un accidente, sin darme cuenta de que no se consigue nada esperando. Así que decidí no esperar más. No iba a matar a nadie. No estaba loca. Pero había sitios llenos de tragedias, en los que podías ver la muerte de cerca, y la gente pensaba que eras mejor por eso.

Mi jefe en la clínica era el señor Peabody. Cuando hablaba movía las manos como un gimnasta y ponía los ojos en blanco, y siempre parecía que estaba haciendo confidencias.

—Tu experiencia aquí, Taylor, será lo que yo denomino un reto de la vida. No es como comer helados en el centro comercial. Eso te lo aseguro.

El primer día descubrí cómo huele la muerte. Al principio huele a meado, un meado que no se sabe de dónde viene, que se queda suspendido en el aire. Y luego a leche agria con muchas vitaminas. Y un toque de comida rancia y mal aliento. La muerte.

Aparte de educar mi olfato, ese primer día me aburrí como una ostra. Estuve tres horas empujando carritos por las habitaciones, llevando cartas, periódicos o gente. Y descubrí lo que quería de verdad.

Quería el trabajo de Annie. Annie comenzó el mismo día que yo, y me pareció insoportable desde que la vi. Era de ésas que en vez de hablar gorjeaba, puntuando su estúpida conversación con «cielos» y «cáspita». Y para colmo iba vestida de rosa, así que consiguió el trabajo de hablar con los pacientes. Se pasó la tarde yendo de una habitación a otra y gorjeando a todos los moribundos.

Estoy segura de que no me dieron su trabajo porque a mí no me consideraban simpática ni agradable. El señor Peabody me apodó «la huraña» ese mismo día, y además llevaba los pantalones raídos. Mamá estuvo pensando si debía comprarme algo bonito, pero al final decidió gastar el dinero en otra cosa.

—Es increíble que me preocupe por tu aspecto —dijo—. Eres una voluntaria, por Dios. Si hay algún lugar en el que la gente puede ver tu interior y no preocuparse por tu apariencia externa, debería ser ése.

Entonces se compró un masajeador de pies para librarse de la tensión que le creaba mi padre, y me hizo prometer que no se lo diría. Así que ese primer día Annie vio la muerte de cerca y yo sólo vi algunos trocitos. Ella vio lo que pasaba por la mente de los moribundos, y yo sólo vi manos que me cogían el correo o le decían a Annie que les leyera las cartas. Yo quería hablar con ellos —«¿Cómo es eso de morir?»—, pero la que lo consiguió fue Annie, y ni siquiera estaba disfrutándolo.

La seguí al cuarto de baño y me di cuenta de que había vomitado cuando la vi enjuagarse la boca sin dejar de sonreír, aunque le temblaban tanto las manos que no podía retocarse los labios. Le dije que se acostumbraría a los muertos vivientes, y ella sonrió sin ganas. Cuando salimos del baño, el señor Peabody, que parecía saber qué estaba pasando, me dio las gracias por ayudar a Annie. Era ya la hora de salir, y mamá vino a recogerme sólo diez minutos tarde.

De vuelta a casa me llevó a McDonald's. Se inclinó sobre su bandeja de patatas fritas, sin darse cuenta de que se estaba manchando los codos con la salsa de tomate, y me felicitó.

—Hay que tener mucha madurez para hacer lo que has hecho tú hoy.

Yo asentí mientras desmenuzaba mis barritas de pollo.

Me acordé de cuando había robado la furgoneta de los helados. Entonces pensé que era muy madura, porque había conseguido despistar a todo el mundo y volver a casa sola. Pero aquella noche, cuando vi a mamá después de echarla de menos durante horas, lloré como un bebé. Y aunque sabía que ahora no iba a llorar, también sabía que todos nos comportamos a veces como niños. Como le ocurrió a mamá esa misma noche. Cuando entré en casa sintiéndome orgullosa de mí misma, la encontré borracha en el suelo de la cocina, balanceándose y estrujando mi tarta de cumpleaños. En ese instante me pareció más pequeña que yo.

Sin embargo me quedé callada, mordisqueando las patatas fritas y dejando que disfrutara de su momento, deseando que me ascendiesen después de que Annie demostrara que era una blandengue.

—¿No crees que deberías empezar a pensar con quién vas a ir al baile de Sadie Hawkins? —dijo entonces mi madre.

—El año pasado no fui —contesté.

—Por eso estaba pensando que este año podrías prepararlo con más tiempo.

—No quiero ir.

—Hay chicos altos, Taylor.

Mi madre había oído a alguien llamarme Monte Taylor, y estaba convencida de que eso me afectaba, de que toda mi vida había querido ser más bajita.

—No voy a ir.

—Una chica tan guapa como tú debería tener novio.

Quería decirle que lo último que necesitaba era un novio. Pensaba que a esas alturas ya se habría enterado, con la ayuda de mi padre, de que no necesitaba a nadie. Pero no dije nada.

—Confía en mí, Taylor, no es bueno que estés sola todo el tiempo. No puedes vivir así.

—¿Y debería buscar a alguien como papá para discutir con él?

Me miró con incredulidad. Pensé que iba a pegarme o a gritarme, pero se limitó a mover la cabeza.

—A veces eres tan infantil.

Mis deseos se cumplieron. El miércoles siguiente el señor Peabody me dijo que Annie no iba a volver. Sus padres pensaban que la clínica era demasiado traumática para ella y habían decidido que era mejor que aprendiese a montar a caballo. El señor Peabody me comentó que en su opinión yo debía continuar como voluntaria para «iluminar» a todos los pacientes.

—Tenía que haberme dado cuenta de que tú lo harías mejor. Los inadaptados siempre resisten más —dijo como si estuviera hablando consigo mismo.

Más tarde conocí al señor Reynolds. Me acuerdo de él más que de otros pacientes porque al principio no quería decirme su nombre.

—Soy el señor Idiota —dijo con voz tan baja que me costó entenderle—. Llámame Idiota.

El señor Idiota estaba mirando por la ventana hacia el aparcamiento que había en la parte posterior de la clínica, que siempre estaba vacío. Cualquiera habría pensado que los moribundos se merecían una vista mejor, pero sólo había cemento con rayas amarillas y una gran cantidad de plazas para discapacitados. El señor Idiota tenía los brazos llenos de lunares. Parecían ramas que se habían desprendido del tronco de su cuerpo y caían a los lados de su bata. El poco pelo blanco que le quedaba lo tenía enmarañado en medio de la cabeza, y le daba un aire más triste que divertido. Con un gran esfuerzo levantó el dedo hacia la ventana como E. T. y luego lo dejó caer.

—¿Eres un chico o una chica? —dijo mirándome con una voz que parecía más el boceto de un cuadro que el cuadro en sí.

Yo estaba pensando que se encontraba aún peor de lo que me imaginaba.

—Una chica.

Durante unos instantes estuvo considerando si debía decir lo que pensaba, y decidió expresarlo.

—Me acuerdo de esta habitación, ¿pero siempre ha habido ahí una ventana?

—Supongo que sí —contesté. No sabía cómo llevar una conversación como aquélla—. ¿Le gusta?

—No hay mucho que ver. Lo único que veo son esos perros.

No había ningún perro a la vista.

—Sí, menudos perros. —Al mirarle un rato a los ojos vi que estaba disfrutando realmente de su visión—. A mí el que más me gusta es el morado —comenté.

—Ah, sí —dijo sintiéndose ridículo, lo cual resulta extraño en una persona mayor—. ¿Por qué estoy aquí sin nadie de mi familia?

—Tiene cáncer.

—Es verdad —afirmó antes de hacer una pausa—. Tengo cáncer de pulmón. ¿Tú fumas?

—No —mentí.

◆ ◆ ◆

Esto es lo que averigüé del señor Idiota en las siguientes semanas:

El señor Idiota creció en Tuscaloosa, Alabama, y perdió allí su virginidad. Pero a los dieciséis años se dio cuenta de que ya no le gustaba nadie de aquel lugar.

—No me gusta mucha gente —me dijo—. Puede que te parezca desagradable, pero soy sincero. Aquí donde me ves soy un pensador. Cuando tenía tu edad pensaba en la guerra. Cuando crecí comencé a pensar en el amor. Más tarde pensé en mis escritos y mi negocio. Pero fue a los dieciséis cuando descubrí que la mayoría de la gente no piensa. Se dedica a pelear, joder y consumir. —Sonreí para mis adentros y me alegré de que hubiera dicho «joder» delante de mí. Eso era lo que me gustaba de él. Que me trataba como a una persona, no como una niña.

Así que a los dieciséis años se marchó porque nunca iba a ocurrir nada en Tuscaloosa. Porque sabía demasiado. Había visto fotografías de otros lugares. Buenos lugares en los que había que ser inteligente para adaptarse. Lugares en los que podías aprender y hacer cosas interesantes en vez de estar todo el día sentado delante de la televisión.

Dijo que se había alistado en la marina para salir de Tuscaloosa. Poco después comenzó a fumar y a flirtear con todo tipo de mujeres. Se había pasado la vida yendo de un lado a otro y escribiendo una especie de diario, hasta que se cansó de amar a tantas mujeres y decidió asentarse. Entonces montó su negocio, que tenía algo que ver con asesorar a la gente que quería poner negocios en otros países.

Luego se casó con una tal Anita, lo cual me sorprendió teniendo en cuenta lo mucho que hablaba de otras mujeres y de su «espíritu independiente», como él decía. Pero me explicó que su esposa era la única persona más independiente que él. Había creado su empresa de relaciones públicas de la nada, y ahora tenía un montón de dinero y gente que trabajaba para ella.

—Fue la primera persona aparte de mí a la que pude amar porque fue la primera persona a la que respeté más que a mí mismo. No me necesitaba.

◆ ◆ ◆

—¿Por qué estoy aquí sin nadie de mi familia? —me preguntaba todos los días. Me habría gustado decirle que era porque se había casado con una mujer que era capaz de tirar álbumes de fotos. Pero nunca se lo dije.

—Anita vendrá más tarde —le respondía esperando que fuera verdad.

—¿Han llamado los chicos?

Los «chicos» eran los dos hijos que había tenido con diferentes mujeres. Earl estaba en Japón, y Josiah vivía en Milwaukee. Reconocía que no tenía mucho contacto con ellos, aunque les escribía dos veces al año y les había mandado dinero desde que pudieron comenzar a gastarlo. Pero a pesar del dinero y las postales, nunca vi a Josiah ni a Earl.

—No —contestaba yo—. Pero estoy segura de que lo harán.

En Grecia beben un licor que sabe a regaliz, y a veces después de comer una comida típica rompen los platos en el suelo y en la cabeza de la gente. En España la gente cena a las diez de la noche y luego sale por ahí hasta la salida del sol, y duerme hasta que vuelve a cenar otra vez. En Venecia la gente anda en barco en lugar de en coche porque la ciudad está recorrida por canales. Y en México hay pirámides a las que se puede subir y que hicieron los indios hace mucho tiempo pero aún se mantienen en pie. Y el señor Idiota había visto todo aquello.

Un día terminé con los pacientes aburridos y sus parientes quejicas en una hora, con lo cual me quedaban dos horas con el señor Idiota. Ese día me pasó una hoja de papel con manos temblorosas. Al principio pensé que me había incluido en su testamento. Iba a ser tan rica que podría comer y dormir en hoteles de lujo cuando quisiera, en la ciudad donde me encontrara cada noche.

Pero no era un testamento. Era una lista.

—De lo que vas a hacer —me explicó.

Adónde debes ir: Egipto, Rusia y Austria (y otros treinta lugares que no pude localizar en el mapa).

Qué debes hacer: montar en burro, enamorarte, dejar a tu amado, luchar por tu propia causa, construir una estantería, ir en moto, gritar en una iglesia, llevar un diario y leer una vez al año el diario de hace diez años...

Sólo era un trozo de papel, pero durante tres días lo leí más veces que cualquier otra cosa que hubiera leído en mi vida. Lo pegué en la solapa de mi carpeta para poder mirarlo cuando me aburría e imaginar todas esas cosas que no había visto nunca.

En la siguiente clase de conducir ocurrió algo extraño. Priscilla estaba charlando con Billy, que permanecía callado sin mirar a ninguna de nosotras dos. Así que Priscilla dejó de hablar y yo sentí un gran alivio.

Hasta que oí la voz de Priscilla.

—Ya he estado en Austria —dijo desde el asiento de atrás. Frené en seco un metro más allá del stop y la vi fingir un bostezo por el retrovisor—. Menudo aburrimiento.

—¿Por qué hablas de Austria? —pregunté sintiendo ya la respuesta en la boca del estómago.

—Adónde iré: Egipto, Rusia, Austria... —leyó con voz maliciosa.

—Deja eso.

—Finlandia, Venezuela...

—He dicho que lo dejes.

—Esto es muy bueno —dijo con mi carpeta abierta sobre sus piernas—. Qué haré: montar en burro —se rió tan exageradamente, moviendo tanto la cabeza, que durante un minuto pensé que le había dado a otro coche.

—Nada de peleas —dijo el señor Wu—. Si os peleáis, no os apruebo la clase.

—Ya basta, Priscilla —exclamó entonces Billy.

—¿Qué me vas a hacer, Billy? —preguntó ella entornando sus ojos supermaquillados.

—Eres una hija de puta —dijo él.

Priscilla tiró la carpeta al suelo, se inclinó un poco hacia delante para rozar a Billy con su enorme pecho y me susurró al oído:

—Guárdate tu estúpida lista, chiflada.

Aquella noche tiré la lista. Primero la memoricé, y luego me deshice de ella. Le dije al señor Idiota que la había pegado en el diario que acababa de comprar, cosa que era mentira pero hizo que se sintiera mejor.

Al día siguiente, mientras estaba fumando un cigarrillo y mirando la obra de Gaff, de repente me di cuenta de que había alguien junto al generador.

—¿Tienes otro de ésos? —le oí decir a Billy detrás de mí.

—No —respondí. Me quedaba medio paquete, pero él no podía saberlo.

—¿Te importa que me quede aquí un rato? —preguntó.

—Éste es un país libre —dije echando el humo por la nariz y sintiéndome como un dragón, controlando mi reino desde lo alto de aquella pequeña atalaya.

Se apoyó en el generador, que le llegaba a la altura del hombro.

—Buen sitio —comentó, y yo asentí.

—¿Vas a ir al baile?

—¿Te refieres a ése en el que las chicas invitan a los chicos?

—Sí, ése.

—¿A ti qué te parece? —dije hundiendo las mejillas al inspirar para imitar a J. J., que fumaba con más estilo que nadie.

Él se encogió de hombros, supongo que esperando a que se lo pidiera. Durante un breve instante pensé en ello, en las chicas con vestidos caros sentadas a un lado del gimnasio mientras los chicos se quedaban en el otro, comentando adónde podían ir después a beber y quién tenía mejor las tetas. No me interesaba nada.

Esperó un poco más respirando con cierto nerviosismo, y luego le dio un golpe al generador con sus gruesos nudillos.

—Hasta pronto —dijo.

—Hasta pronto —respondí, sin darme cuenta de que sería imposible.

◆ ◆ ◆

—¿Leonard Reynolds? —dijo mi padre—. ¿Estás limpiándole el culo a Leonard Reynolds?

—Por favor, Bill —le reprendió mi madre mientras se preparaba un whisky con soda.

—No le limpio el culo, papi —dije—. Sólo charlamos, y le animo.

—Eres muchas cosas, Taylor, pero nunca te habría considerado una chica animosa —comentó él. Luego se tumbó en su butaca y encendió la televisión.

—Bill —insistió mi madre—. ¿Por qué tienes que herir sus sentimientos?

—Le caigo bien —añadí—. Además, ¿cuál es el problema? ¿Jugabas con él a los coches o algo así?

—La gente como Leonard Reynolds sólo conduce cosas auténticas.

—Bueno —dijo mi madre—, también los ricos necesitan buenos fontaneros.

—Nunca llamaría a un fontanero como yo. Los de su clase llaman a «técnicos».

—Si te levantaras de esa butaca de vez en cuando, también tú podrías ser un buen técnico —respondió ella, que nunca dejaba escapar nada.

—Puede ser —dijo él antes de bajar la cabeza y poner mala cara.

Siempre hacían lo mismo. Él la insultaba, ella contraatacaba, y luego él ponía mala cara mientras ella se emborrachaba un poco. Y por la noche, cuando yo me iba a la cama y creían que no me enteraba, ella se iba a la habitación y él se quedaba en la butaca. Y se pasaba la noche viendo esos vídeos que guardaba en una de sus cajas de herramientas, en los que la gente gritaba tanto que yo acababa oyendo los gritos en mis sueños.

Pero aunque mi padre se equivocaba en muchas cosas, tenía razón respecto al señor Idiota.

Resulta que el señor Idiota apareció una vez en el programa *Today* hablando de los años sesenta. Después de escribir sobre sus viajes durante años, publicó una colección de libros que, según mi madre, ahora parece que tienen cien años en lugar de veinte.

—Pero hizo una fortuna, eso te lo aseguro. Durante un tiempo vivió a lo grande. ¿Te imaginas viviendo así, con dinero de sobra?

Si yo fuera el señor Idiota, mi vida sería así:

No habría regresado cuando robé la furgoneta de los helados a los trece años. Al llegar a Montana mentiría respecto a mi edad para poder trabajar de camarera en una cafetería. Con los primeros cien dólares me compraría un banjo, que aprendería a tocar con afán y diligencia. Después de pasar tres años ahorrando y perder mi virginidad con un monitor de esquí, me iría de allí sin problemas. Echaría de menos a mi perro *Getgo* más que a cualquiera de las camareras que sabían mi verdadera edad pero me guardaban el secreto, o a los monitores de esquí a cuyas llamadas no respondía, o a los amigos hippies que comprendían mi poesía, que leía los jueves por la noche en un bar.

Utilizaría mis ahorros de esos tres años para comprar el billete más barato a cualquier lugar de Europa, equipada sólo con una mochila y una lengua extranjera. Regresaría diez años después con tres idiomas, ninguna atadura y ningún sitio especial adonde ir. Conseguiría un trabajo en televisión o algo parecido, y sería buena. Con el tiempo me haría famosa, no el tipo de famoso al que conoce todo el mundo, pero de vez en cuando alguien me daría un golpecito en el hombro. «¿Tú no eres Taylor Jessup?», me preguntarían, y yo les explicaría amablemente que no firmaba autógrafos pero que agradecía que les gustase mi trabajo, cualquiera que fuese. Viviría así, libre y feliz, durante muchos años. No llevaría una brújula porque nada ni nadie, ni siquiera yo misma, sabría qué montaña iba a escalar ni qué dirección seguiría.

—¿Por qué estoy aquí sin nadie de mi familia?

Había acabado dominando ese tema.

—Su familia está de gira con Michael Jackson, como usted hasta que enfermó. —Esta era una de mis respuestas que más le gustaban.

—¿Cómo era yo cuando era un Jackson? —me preguntaba, y yo le describía el traje que solía llevar, con lentejuelas púrpuras y naranjas y una cremallera en el costado. Luego le decía que el «doo-wop» era su especialidad, y él intentaba hacerlo para mí.

»Doo-wop —entonaba con su voz arrugada.

»Que jodan a Michael Jackson —dijo un día—. ¿Quién diablos eres tú?

Tenía los ojos petrificados, y le temblaban los brazos cuando intentaba moverse en la cama.

—Santo Dios —gritó—. ¡Muéveme! ¿No vas a moverme?

No me lo permitían, pero estaba tan alterado que supuse que tenía que hacer algo.

—Toca el maldito timbre, por Dios —exclamó.

Entonces le toqué la mano. No lo había hecho nunca, pero pensé que podría tranquilizarle. Él hizo un gesto de dolor al intentar librarse de mi mano.

—Santo Dios —volvió a gritar—. Lárgate de aquí de una vez. Llama a una enfermera, por Dios.

Más tarde el señor Peabody me vio llorar en silencio.

—Taylor, cielo, tendría que habértelo dicho. Ha sido culpa mía. El cáncer se ha extendido —dijo—. Puede que el señor Reynolds no esté aquí cuando vuelvas la semana que viene.

—Oh —exclamé. Luego pensé en el señor Fleming y en el señor Gilbert, otros pacientes que habían muerto en los dos primeros meses, y me pregunté por qué el señor Idiota era diferente.

—He perdido cinco amigos este año —comentó el señor Peabody dándome un pañuelo—. ¿Te lo puedes creer? Y no sólo de cáncer. ¿Sabes qué es el sida?

—Lo que está matando a los homosexuales —dije repitiendo lo que había oído en la tele.

—Cada vez más —susurró.

—¿Por qué tiene tantos amigos homosexuales?

—Pájaros de la misma bandada, nena —dijo, dando un silbido para luego echarse a reír—. He estado volando toda mi vida.

—Lo siento.

—No es momento para sentirlo, Tay —hizo una pausa para sopesar sus palabras—. ¿Has considerado alguna vez que quizá te atraigan las chicas?

Aunque había pensado en ello le dije que no. Me enteré de lo que era un homosexual cuando empezaron a llamarme así por mi aspecto atlético y porque odiaba a los chicos. Pero lo único que deduje de aquella broma era lo que siempre había sabido. Que nadie me comprendía.

—¿Te gusta el señor Reynolds, verdad?

—El señor Idiota —dije—. Es el señor Idiota.

Aquel verano acabé consiguiendo más de lo que pretendía. Supe lo que era la muerte, y me convertí en una leyenda en el instituto. Y no habría repetido ninguna de esas experiencias. Pero comprendí algo que jamás habría aprendido en la televisión: que hay algunos aspectos de nuestra muerte y de nuestra leyenda que elegimos nosotros.

Porque si yo fuera el señor Idiota, mi muerte sería así:

Mi última conversación coherente sería con una jovencita llamada Taylor. Me agarraría la mano aunque la tuviera viscosa, y me diría lo que pensaba que quería oír, como «Sus hijos acaban de llamar y van a intentar llegar lo antes posible». Volvería a presentarme a mi esposa, a la que no había visto en dos semanas a causa de una reunión muy importante en París con unos colegas. Y me diría que le habría gustado conocerme antes de caer enfermo. Antes de que viese perros morados por la ventana y pensara que era el Jackson perdido.

Yo le contaría a Taylor lo que pudiese recordar de mi vida. Y le hablaría de mis experiencias pensando que eran originales. Mencionaría los nombres de unos cuantos famosos y le diría que tuviese grandes expectativas para que también ella pudiera vivir una vida privilegiada. Le diría que no creyera en ninguna emoción que se pudiera expresar en una postal de Hallmark, que no se rindiera al ideal estadounidense, que no se casara demasiado joven ni tuviera muchos hijos, y que no fumara, la idiotez en la que yo había caído. «No creas en Dios —le diría—, pero tampoco te conviertas en un dios.»

Mi funeral sería rápido, eficaz y bien ejecutado. Cuando se hubiera dicho todo y la tierra cubriera mi féretro, el mundo no me echaría de menos más que yo a él. Sólo Taylor lloraría en mi entierro, en parte porque se sentiría culpable por ser una niña morbosa, pero sobre todo porque no habría nadie más. Y eso era lo más triste que ella podría imaginar.

Cuando Billy Talkington recibió un disparo en la espalda mientras cazaba patos con su hermanastro Coy, casi toda la ciudad de Houston se quedó conmocionada por el accidente. Fue como nuestro JFK particular. La gente colgó lazos negros en los árboles de sus jardines. Se creó una fundación en su nombre. Cosas todas que yo siempre había odiado, pero que en cierto modo eran reales. Incluso lloré en el funeral al acordarme de nuestra charla junto al generador, temiendo que mi deseo de que Priscilla tuviera un accidente se hubiera desviado, como si se hubieran cruzado las señales de un satélite dirigido a Dios. Había sido culpa mía, por querer acercarme a algo que no necesitaba ver. Hubo varios elogios, desde el de Greg Waldorf, que habló del día que Billy hizo un gran slam y ganaron el campeonato estatal, hasta el de Betsy Harris, que leyó un poema que Billy le había escrito sobre las estrellas una vez que fue de acampada. Billy no había hecho nada extraordinario en su vida. Un año fue subcampeón de lanzamientos en su equipo de béisbol, sacaba muy malas notas, fumaba mucho hachís y no se llevaba bien con su madre. Pero todo el mundo lloró, incluido el señor Wu. Y estoy segura de que todos imaginaron su propio funeral e hicieron un rápido repaso de su vida, esperando que si algún día les disparaban en la espalda, alguien se detuviera a contemplar su frío rostro en el ataúd y dijera llorando:

—No debería haber mirado. No quiero recordarla de ese modo.

El vagabundo

Sobrevivir al señor Idiota y a Billy Talkington fue como tener todo el tiempo en mi cabeza una pantalla de televisión, que repetía cada muerte una y otra vez. No dejaba de pensar en esa tarde en el generador, cuando Billy esperaba que le invitara al baile. ¿Y si lo hubiera hecho? ¿Habríamos salido juntos el fin de semana que fue a cazar y tuvo el accidente? Y me imaginaba al señor Idiota nervioso porque veía perros morados. Sin poder decirle a nadie lo que estaba pasando. Y me entraban ganas de llorar. Sólo había una forma de detener aquellas imágenes que pasaban a todas horas por mi cabeza, incluso en sueños: María. Habían transcurrido casi seis meses desde que dejamos de ser amigas. Desde entonces no había tenido ningún amigo. Y ya era suficiente. Durante una semana la seguí a casa cada día. Y el séptimo día por fin se dio la vuelta.

—Taylor, estás chiflada —gritó riéndose. Nunca me había sentido tan aliviada al oír un insulto. Se paró delante del 7-Eleven y me esperó—. Ya no salgo con Todd —me dijo sin más. Yo ya lo sabía, porque últimamente la había visto comer sola. Pero no se lo dije.

—Lo siento —respondí. Era mentira, pero supuse que le gustaría oírlo.

—Lo pillé magreando a Alaina Fontana.

—Oh. —Pensé en decirle que Todd me parecía un idiota, pero no lo hice. Lo reservaría para más adelante.

—Así que ya puedes dejar de seguirme —dijo.

—Lo siento.

—Muy bien. A ver qué te parece ésta: María dice que siente haber sido una mala amiga.

Sólo tardé un segundo en retomar nuestro antiguo juego.

—María dice que siente haber andado a gatas por el aparcamiento de la escuela, en ropa interior, cantando *Beat It* para demostrármelo.

—Qué jodida eres.

La miré con las cejas arqueadas. No solía decir tacos.

Pero ahora hacía muchas cosas que no solía hacer. Había oído decir en la escuela que una noche lo había hecho con Todd en el campo de fútbol. Y resulta que era verdad. Esa tarde me hizo prometer que no se lo diría a nadie, y luego me contó los detalles más escabrosos. Al principio fue divertido, pero cuando volvimos a casa acabé harta de oír hablar de la polla de Todd. Porque aquella charla sobre Todd y el campo de fútbol me recordó que yo estaba aún más atrasada en la vida que el año anterior. Eso es lo que estaba pensando cuando abrí la puerta del apartamento y vi a mi madre en el sofá, borracha, sin darse cuenta de que se le estaba cayendo la bata. Fue entonces cuando me lo dijo.

—Se ha ido —balbuceó—. Tu padre nos ha dejado.

—¿Qué?

Fui al armario de su habitación y vi que su ropa había desaparecido. No estaba mintiendo.

Volví junto a ella y me senté a su lado en el sofá, donde seguía inmóvil. Quería saber cómo íbamos a pagarlo todo, si tendríamos que cambiarnos otra vez de apartamento, si había dejado alguna nota para mí. Pero no se lo pregunté. En realidad no podía hablar, ni siquiera llorar.

—¿Te he dicho alguna vez que tu padre tenía un gran sueño? —Yo no sabía de qué hablaba—. Nos ha dejado para convertirse en un vagabundo. ¿Qué te parece? —Estaba tan borracha que parecía que se le iban a meter los ojos hacia dentro.

—¿De qué estás hablando?

—Va a ser camionero, cielo. Va a vivir en la carretera.

—¿Volverá algún día?

—Dice que pasará por aquí cuando pueda. Qué amable por su parte, ¿verdad?

—¿Pero ha sido para tanto la pelea que...? —ahora estaba a punto de llorar, pensando en lo que le habría impulsado a marcharse. Siempre se habían odiado. ¿Por qué tenía que irse ahora?

—No quiere vivir con nosotras, cariño —dijo—. Tiene mejores cosas que hacer.

Esa noche llamé a J. J. a la universidad. Me dijo que recordara que aquello no tenía nada que ver conmigo. Que papá y mamá vivían en un jodido mundo en el que tomaban sus jodidas decisiones. Y que ser su hijo significaba en parte que tenías que aceptar su jodido mundo, al menos durante un tiempo.

—Pero no olvides que es *su* jodido mundo. No el tuyo. Y que son *ellos* los que lo han creado, ¿vale? Mientras lo tengas presente, todo esto pasará como un suspiro, ya lo verás.

Sin embargo, aunque hablaba como un adulto, yo sabía que estaba preocupado, como si no se lo creyera del todo. Continuó diciéndose a sí mismo (y a mí) que era probable que papá sólo quisiera desahogarse. Que si mamá decía que nuestra casa iba a ser su base de operaciones sería cierto, y que ella estaba exagerando. Que papá no nos había dejado realmente. Sólo quería cambiar de trabajo sin que nadie interfiriese en su decisión, especialmente mamá. Yo sabía que J. J. quería creer todo aquello. Pero por su forma de hablar estaba segura de que se había fumado dos cigarrillos durante nuestra conversación, lo cual me inducía a pensar que no estaba demasiado convencido.

Colgué el teléfono sintiéndome mejor, sabiendo que J. J. estaba de mi parte, pero con la certeza de que no volvería a ver a mi padre.

Me senté en su vieja butaca delante de la televisión. Pensé en ir a ver a María, pero al fin y al cabo era mi problema. Por lo menos de momento. Así que me pasé la noche cambiando de canal, intentando imaginar cómo se sentía mi padre. Clic. Clic. Clic. Hasta que me quedé dormida con el ruido de la televisión.

El incendio del cobertizo

Si no hubiera quemado el cobertizo de Maplewood, no me sentiría obligada a explicar cómo monté una tienda de campaña; pero lo hice, así que lo contaré.

Fue al comienzo de mi último curso en el instituto. Tenía diecisiete años, como la revista. Esa edad en la que, según decían, las cosas empiezan a tener sentido. Era el momento de pensar en la universidad, de ponerse sentimental al decir adiós a los amigos del instituto. De comenzar a actuar como persona adulta, fuera lo que fuese aquello.

Mi vida no tenía nada que ver con la de la revista. La gente hablaba en los pasillos de solicitudes y becas para la universidad y de los clubes en los que se habían inscrito. Yo sacaba buenas notas, sobre todo porque hasta los libros de trigonometría me parecían más interesantes que mis compañeros en Jefferson. ¿Pero qué significaba eso? ¿Que estudiaba? ¿Que era buena memorizando cosas? Todo aquello me parecía ridículo. El pánico del último año. Las fiestas estúpidas. Lo cierto era que no echaría nada de menos cuando todo acabase. Y la universidad me parecía más de lo mismo.

—Quiero ir a Montana —le dije una noche a mi madre. Estaba tomando su segunda copa delante de la televisión, sentada en la butaca de mi padre que tanto solía odiar. Que seguía odiando, aunque se sentara en ella. Desde que nos abandonó, le había dado por vaguear como él, costumbre por la que antes no dejaba de quejarse. Y estoy segura de que habría comenzado a jugar con sus coches eléctricos si no se los hubiese llevado.

—¿Montana? —repitió—. ¿Es una broma? ¿Pretendes acabar conmigo? Como si no tuviera bastante con lo de tu padre. Y ahora tú también quieres marcharte. Es lo que me faltaba. ¿Lo has pensado bien?

—Tengo casi dieciocho años —afirmé, una respuesta brillante.

—¿Qué pasa con tu trabajo?

Servía mesas en Buster's, un restaurante lleno de huevos, tortitas y borrachos noctámbulos que no dejaban propina.

—Conseguiré otro cuando llegue allí —repuse.

—Así de fácil, ¿eh? —dijo con su voz más sarcástica—. ¿Y cómo vas a pagarte el viaje?

Me encogí de hombros.

—Ya se me ocurrirá algo.

Entonces su sarcasmo se desvaneció y su cara se llenó de tristeza y culpa, con esa expresión que todas las madres saben adoptar.

—Te ha ido muy bien en la escuela, Taylor. ¿Por qué quieres dejar los estudios?

—Sólo he dicho que lo estoy pensando —respondí—. No tengo ningún billete de avión ni nada por el estilo.

Aquella noche pensé en mi padre, y no se me ocurrió nada bueno. Desde que se había largado era un obstáculo. Cuando andaba por allí, podíamos ignorarle. Pero ahora que se había ido parecía estar más presente que nunca. Sobre todo para mi madre, que se aferraba a mí como si fuese su última esperanza.

A la mañana siguiente se levantó temprano para prepararme el desayuno, cosa que sólo hacía cuando quería algo. Mientras me echaba un montón de tortitas en el plato, la miré como diciéndole que sabía lo que pretendía.

—Taylor, tengo una idea.

—Me lo imaginaba —respondí.

—Quiero que vayas a ver a tu hermano a la universidad.

Mi madre no había ido a la universidad, y pronunciaba esa palabra como si contuviera una especie de misterio tan interesante para mí como las relaciones prematrimoniales.

Y en cierto modo así era. Yo le había dicho varias veces que quería ir a ver a J. J., y siempre se había negado. Desde que había descubierto el escondite secreto en el que mi hermano guardaba revistas pornográficas y hojas de marihuana en una caja de Skoal, lo consideraba una mala influencia.

—¿Por qué no le llamas?

—Más tarde —dije.

—Vamos, cielo. Llámale ahora.

—Mamá, son las siete de la mañana.

—Bueno, estoy segura de que tiene clase. Tiene que levantarse a alguna hora.

Le dije que no quería llamar dos veces más antes de acabar haciéndolo. Cuando marqué el número, J. J. cogió el teléfono medio dormido. Esto fue lo que hablamos:

J. J.: ¿Diga?

Yo: Soy Taylor.

J. J.: Son las siete de la mañana, joder.

Yo: Me ha dicho mamá que te llame.

J. J.: ¿Qué pasa?

Yo: Quiere que vaya a verte.

J. J.: ¿Por qué?

Yo: Porque estoy en el último curso de secundaria. Y eso es lo que se hace en el último curso.

J. J.: ¿Podemos hablar más tarde? ¿Cuando esté despierto?

Yo: Claro. De todas formas tengo que ir a clase.

Durante todo el día pensé que J. J. se inventaría una excusa para no tener que aguantarme. Pero no lo hizo. Por la noche, mientras yo estaba trabajando, llamó y le dijo a mamá qué fin de semana podía ir a verle. Me quedé un poco sorprendida. Le echaba de menos, pero ninguno de los dos se molestaba en mantener el contacto de forma regular, y en parte suponía que para él era sólo una mocosa que no le importaba un pimiento. Sin embargo, el hecho de que llamara confirmó lo que siempre había esperado que fuese cierto.

Que J. J. era la mejor persona que conocía.

Y no sólo porque soliera llevarme en su coche, o porque siempre pudiera llamarle si me preocupaba algo. Lo que más me gustaba de él no tenía que ver conmigo. Me encantaba que fuera imprevisible. Cuando estaba convencida de que era un macarra que nunca lograría nada, nos sorprendió a todos. Primero por querer ir a la universidad. Luego por conseguirlo. Y, lo más asombroso, por pagarse él mismo los estudios. Puede que estuviera haciéndolo por otros motivos, para demostrar que era capaz. Pero me daba igual. Todo el mundo se había equivocado con él, y eso me parecía emocionante.

Siempre había imaginado que el primer chico del que me enamoraría sería como yo, aunque opuesto en algunos aspectos. En vez de ser muy alto podría ser más bien bajo. O no demasiado inteligente y disléxico, o algo por el estilo. Pero Luther no era así en absoluto. No se parecía nada a mí.

Todo el mundo quería estar con él.

Era el compañero de habitación de mi hermano. Le vi por primera vez el fin de semana que fui a visitarle. J. J. me recogió en la estación de autobuses el viernes por la noche. No podía creer que se hubiera cortado el pelo. Lo seguía llevando un poco largo, pero lo tenía limpio, incluso con cierto estilo.

—¿Qué ha pasado con el pelo? —le pregunté nada más verle.

—Todo el mundo pensaba que era un macarra —dijo.

—Eres un macarra —afirmé.

—Exactamente —respondió como si hubiera demostrado algo.

Me llevó a una fiesta que alguien daba en un jardín, y al entrar vi a Luther sentado en una mesa con unas cuantas personas a su alrededor. Tenía un cigarrillo en una mano y un tubo para hacer pompas de jabón en la otra. Dio una rápida calada al cigarrillo y luego formó con suavidad una nube de pompas de jabón llenas de humo. Al darse la vuelta nos vio a J. J. y a mí. Se encogió de hombros con un gesto tímido y adorable y nos saludó mientras se acercaba a nosotros.

—Tú debes de ser Tay.

—Taylor.

—Lo siento, Taylor —dijo—. Soy Luther. ¿Quieres? —me preguntó señalando el cigarrillo que tenía en la mano. Yo negué con la cabeza antes de que J. J. se lo cogiera.

—Soy la hermana de J. J. —dije sin saber por qué.

Esbozó una sonrisa deslumbrante. Sus dientes grandes y blancos parecían ir a juego con su impecable atuendo, aunque uno de ellos estaba un poco torcido, lo cual le hacía parecer más perfecto, más definido. Tenía el pelo rubio sobre la cara, y se lo apartó con una mano fuerte y musculosa.

—Sé quién eres —dijo antes de alejarse con una elegancia sorprendente. Medía algo más de uno noventa, lo cual era perfecto, porque yo había pasado del metro ochenta.

Regresó con una cerveza y me la ofreció.

—A mí de momento me vale con la jarra que he tomado —explicó. Luego J. J. se fue a hablar con una chica y yo me quedé sola con Luther.

Luther era de un pueblo de Tejas llamado Winthrop. Tenía una hermana, y hablaba con su madre por teléfono todos los días. Estudiaba biología porque quería ser médico, y había trabajado como voluntario en un campamento para niños con distrofia muscular. Fue entonces cuando se dio cuenta de que quería hacer algo positivo con su vida a través de la medicina, como su padre, que según dijo era el hombre más generoso que conocía.

Le comenté que durante un año había trabajado como voluntaria en la Clínica Oncológica de Houston. Y que por eso había dejado de fumar.

—Más o menos una vez por semana tenía una pesadilla en la que mis pulmones no funcionaban, y estaba tan flaca que se me caían los pantalones. Durante todo el sueño andaba alrededor de la clínica subiéndome los pantalones.

—¿Por eso dejaste el trabajo? —me preguntó.

—Lo dejé por dinero —respondí—. Necesitaba un empleo de verdad.

—Eres muy responsable para tu edad —dijo más tarde.

—No más de lo necesario —repuse.

Seguimos charlando hasta que J. J. volvió para preguntarle a Luther si quería otra cerveza. Dijo que no, pero sugirió que tal vez yo sí quisiera. Miré la cerveza que tenía en la mano, que aún estaba a medias, mientras J. J. negaba con la cabeza como si yo la hubiera pedido.

—Una es más que suficiente —dijo señalando mi vaso—. Ni siquiera debías estar tomando ésa.

—¡Caray! —exclamó Luther cuando se marchó—. No pensaba que fuera tan estricto.

Pero a mí no me sorprendió. Ni me molestó. Porque estaba acostumbrada a que J. J. me protegiera. Y porque él sabía que yo nunca había bebido realmente, excepto un par de sorbos aquí y allá. Una vez le dije que eso era lo que los alumnos de la escuela que no me gustaban hacían en las fiestas a las que no me apetecía ir. El hecho de que lo evitara era una cuestión de principios. Y no podía culpar a J. J. por no querer que me emborrachara con él la primera vez.

Así que me mantuve sobria mientras los dos bebían. Acabaron tan borrachos que tuve que llevarlos a casa. Cuando estábamos saliendo del coche, Luther me cogió la mano y me la apretó.

—Eres la chica más estupenda que conozco, Taylor —murmuró.

El sábado no vi a Luther en todo el día. J. J. y yo estuvimos dando vueltas por ahí. Entonces le conté todo lo que sabía de papá. Que sólo había hablado una vez con él por teléfono y que había sido alucinante. Que mientras hablábamos no dejaba de repetir que todo era maravilloso. Y que usaba una jerga extraña como si para él fuera mágica. Su apodo (nombre en clave) era Hot Rocket. Su trasto (camión) era un Big Mack. Había estado en Guitar Town (Nashville), Spud Town (Boise) y Choo-Choo Town (Chattanooga). Se había enrollado con unos granos de café (camareras) en un jamadero (restaurante), y consiguió pirarse cuando el local se llenó de pasma (policías). Una noche conoció a una simpática foca (mujer gorda) que había sido filósofa. Le dije a J. J. que estuve a punto de preguntarle cómo llamaba a la familia, pero no me atreví.

—Deberías haberlo hecho —comentó—. Me gustaría saber qué jilipollada se le habría ocurrido.

Luego le hablé de las postales que nos había mandado a mamá y a mí, a veces dentro de un sobre con un pequeño cheque. En la parte delantera siempre había una foto, para que viéramos dónde había estado. Y en la posterior escribía un par de cosas sobre cada lugar, como si estuviera viajando por todas partes. Después de escucharme, J. J. me dijo que no olvidara nunca que mi padre era un hijo de puta. Yo le recordé que seguía enviando dinero. Y que a veces las notas eran agradables. Pero me respondió que para él cualquiera que abandonara a su familia no era más que un hijo de puta. Luego intentó suavizar sus palabras. Me dijo que estaba muy orgulloso de mí por lo bien que lo estaba llevando todo, lo cual habría sido lo mejor del fin de semana si no hubiese conocido a Luther.

La última vez que le vi fue el domingo, cuando fuimos los tres juntos a comer enchiladas. No recuerdo de qué hablamos, pero me encantó cómo comía, cambiando el tenedor y el cuchillo para cortar la comida, limpiándose las manos de vez en cuando con una servilleta que había dejado sobre las piernas. Tenía más modales que cualquiera de mi familia, pero no hasta el punto de parecer un estirado.

Cuando me llevaron a la estación después de las enchiladas, lo último que me dijo Luther fue:

—Vuelve a vernos algún día, Taylor. Puede que para entonces el hermano mayor te deje tomar unas copas. —Luego me guiñó un ojo. No fue un guiño grosero. Era un guiño que indicaba que estábamos del mismo lado.

Me despedí, subí al autobús y miré hacia atrás justo a tiempo para ver cómo se inclinaba para entrar en el coche.

Supongo que di muchas vueltas a aquella visita. Porque mientras soñaba despierta, decidí que con un fin de semana más podría conseguir a Luther. No era ningún juego. Me interesaba de verdad. Estaba cansada de protestar sola, de no hacer esto o lo otro porque me recordaba a la gente que no me gustaba. Yo también me merecía todo aquello. Merecía saber cómo era un chico.

Al menos merecía una oportunidad para intentar conquistarle. No estaba segura de lo que haría con él cuando lo consiguiera pero, después de pasar con él otro fin de semana, si le preguntaran con qué chica le gustaría ir de vacaciones a Grecia, no diría Charlotte, ni Anne, ni Carolyn. Diría Taylor Jessup. Y sonreiría al pensar en mí y en mi cuello esbelto (que según él me hacía elegante) y en mis largas piernas (que en su opinión eran sexys).

Cuando te gusta alguien mayor que tú, es natural que quieras tener un buen aspecto y parecer mayor de lo que eres. Jamás se te ocurriría llevar una camiseta de colegiala, por ejemplo, a un campus universitario. Así que elegí unas cuantas cosas para la próxima vez que fuera a verlos. Compré una cajita de maquillaje para aparentar más edad y una camiseta nueva de R.E.M. Y, sintiéndome ridícula e ingenua por haber evitado la cerveza durante tanto tiempo, decidí aprender a beber.

Fue entonces cuando ocurrió el desastre:

Era uno de esos días frescos que me gustaban, en los que con un suéter me encontraba cómoda. Y decidí que iba a ser el día que aprendería a beber. Sé que suena ridículo, pero en ese momento me pareció una buena idea. Quería aumentar mi nivel de tolerancia para no parecer una niña.

Cogí algo de dinero para comprar cerveza y cigarrillos. Aunque había dejado de fumar cuando conocí al señor Idiota, pensé que podrían ayudarme a reducir los efectos del alcohol antes de volver a casa con mi madre.

Preparé la mochila y me dirigí a Maplewood. En esa época del año apenas hay gente, y está lo bastante cerca de Sunny Acres para ir a pie. Al lado de la zona vallada donde se encuentran las piscinas hay un patio y un cobertizo. Me senté junto al cobertizo y abrí la primera cerveza. Cuando iba por la mitad me acostumbré a su sabor, y comencé a disfrutar de la cerveza y de la soledad. Estaba pensando dónde podría estar dentro de cinco años, a los veintidós. ¿Estaría en la universidad terminando mis estudios? ¿O en Montana domando caballos? ¿Estaría con Luther? No era probable. ¿Seguiría siendo virgen? Por supuesto que no. ¿Seguiría en contacto con mi padre? ¿O para entonces habría desaparecido de nuestras vidas?

Estuve bastante a gusto hasta llegar hacia la mitad de la segunda cerveza. Fue entonces cuando comencé a oír cosas. No eran invenciones mías, sino algo real. Para la tercera cerveza (y el segundo pis en los arbustos) supe que la voz venía de la piscina. Era una voz que procedía del fondo. Parecía una niña que se estaba ahogando. Subió a coger aire, lanzó un grito y luego volvió a hundirse. Me levanté y anduve por la valla esperando verla, pero allí no había nadie.

Cuando empezó a oscurecer me di cuenta de que estaba mareada. Al principio me dije que no podía sentirme mal. Que me lo estaba imaginando. Pero no era cierto.

Volví al cobertizo, me senté y me apoyé en la pared. Tenía sueño. Pero cada vez que cerraba los ojos todo me daba vueltas. Recuerdo que me sentí como una estúpida. ¿Por qué demonios estaba haciendo aquello? Pero también recuerdo que me alegré de que Luther no estuviera allí para verlo, aunque supongo que por eso lo había hecho precisamente.

Diez minutos después me encontraba peor aún. Pensé que fumando podría despejarme un poco, así que encendí el primer cigarrillo, pidiendo disculpas en voz alta al señor Idiota mientras lo hacía.

Luego sentí frío, así que encendí el segundo.

Luego volvió a entrarme el sueño, así que encendí el tercero.

Y después me quedé dormida.

Recuerdo que al despertarme abrí un poco los ojos y pensé que era la luz más bonita que había visto en mi vida. Por un momento llegué a pensar que podía ser Dios. El cielo parecía un halo inmenso. Luego noté el calor y oí el sonido de algo que se consumía. Era el cobertizo que se estaba quemando por un costado. Me levanté y comencé a buscar algo para apagar el fuego. Nada. Y luego tuve que vomitar. Retrocedí unos pasos y eché la pota en el suelo. Cuando volví a mirar el fuego, me di cuenta de que no podía hacer nada. Eché un vistazo a los bordes del cobertizo y vi que estaba rodeado de cemento. Era casi imposible que se extendiera.

Pero tenía que hacer algo.

Supuse que debía haber un teléfono, un extintor o algo así dentro del recinto de la piscina. Intenté trepar por la puerta, que medía unos dos metros y medio, pero estaba demasiado borracha. Antes de llegar arriba me caí hacia atrás.

Y entonces oí las sirenas.

Recuerdo que, a pesar de mi estado, analicé la situación. Estaba yo sola con tres latas de cerveza vacías, y resultaba patético. Y muy difícil de explicar.

Así que eché a correr.

Sólo pude llegar a los arbustos antes de vomitar otra vez. Para entonces había ya policías y bomberos, así que me quedé allí, escondiéndome lo mejor que pude, aunque por lo visto no lo hice muy bien. En menos de un minuto me encontró un policía gordo, que con una voz severa y presuntuosa me pidió que le contara lo que había ocurrido. Recuerdo que al mirarle pensé que me sentaría bien vomitar de nuevo.

—No sé —respondí.

—¿Cómo crees que se ha incendiado el cobertizo?

—No lo sé —volví a responder con lágrimas en los ojos. Estaba tan acongojada que comencé a llorar ruidosamente.

—Es un poco tarde para lamentarlo —dijo. Y lo siguiente que recuerdo es que me llevaron en un coche al centro.

En el instituto todo el mundo, excepto María, comenzó a llamarme «esa chica». Esa chica cuyo padre se había largado porque soñaba con ser camionero. Esa chica que come sola todos los días y nunca se maquilla. Esa chica que trabaja en Buster's en el turno de noche, incluso los días de fiesta. Esa chica que quemó el cobertizo y puede que tenga que ir a la cárcel. «Una psicópata», dijo un día alguien.

Miré la palabra «psicópata» en el diccionario. No es que no supiera lo que significaba, pero quería ver cuál era la definición oficial. «Persona con un desequilibrio o trastorno mental», decía el Webster. Decidí que no era una psicópata, sino que me estaba volviendo loca porque los demás eran unos psicópatas. ¿Qué otra cosa podían ser mis compañeros de clase? Niños que conseguían un coche a los dieciséis y sacaban buenas notas aunque nunca hicieran nada. Que veían programas estúpidos en la tele y se vestían como la gente que aparecía en ellos. Que nunca tenían que mirar nada desde lejos. Que nunca miraban hacia atrás porque siempre había alguien que les decía: «Eres perfecto tal y como eres. Si sigues las normas, vas a la universidad y haces lo que hace todo el mundo, serás feliz». Eso es ser un psicópata.

◆ ◆ ◆

Algunos pueden hacer maravillas con las palabras, pero yo no. Por lo menos cuando tengo que hablar delante de otros. Cuando se celebró el juicio, ni siquiera mi madre creía que el incendio había sido un accidente. Al cabo de un tiempo incluso yo comencé a pensar que lo había hecho a propósito. Como si todo lo que recordaba fuese mentira. Si se me daba bien mentir a los demás, ¿por qué no me iba a mentir a mí misma? Por eso me sorprendió tanto que la jueza decidiera que había sido un accidente. Podía irme.

—Y por el rastro de vómitos que dejó, señorita Jessup, sospecho que no volverán a pillarla bebiendo en una temporada.

Me pusieron una multa junto con la libertad vigilada y me alegré de que todo aquello terminara, al menos en parte.

La gente del instituto seguía hablando de mí. Pero era algo a lo que estaba acostumbrada. La gente decía sandeces, María averiguaba quién había dicho qué, los desafiaba a repetirlo delante de ella y los amenazaba con pegarles si se atrevían a hacerlo. A María le encantaba todo aquello. Siempre había detestado a la mayoría de la gente del instituto. Porque después de lo de Todd comenzaron a decir que era una zorra. Y entonces no hizo nada al respecto. Fingía que no le importaba, aunque no era cierto. Pero ahora que hablaban de mí luchaba a brazo partido, diciendo todas esas cosas que cuesta más decir cuando tienes que defenderte que cuando se dicen en nombre de otra persona. Me alegraba que estuviera de mi parte, aunque los comentarios tuviesen para ella más importancia que para mí.

Tendría que haberme dado cuenta de que mi madre estaba tramando algo por su forma de limpiar el apartamento, frotando cosas que nunca llegarían a estar limpias. Y no había llorado en todo el día. Me dijo que no hiciera planes para el viernes por la noche porque tenía una sorpresa para mí. Supongo que aún tenía esperanza conmigo, y por una vez se lo agradecí.

El viernes por la noche, a las nueve en punto, se abrió la puerta y entró una bolsa enorme de ropa sucia seguida de J. J. y Luther. J. J. no se había afeitado durante varios días para que no se le notara tanto el corte de pelo. Luther me pareció más alto y más guapo de lo que recordaba. Me lanzó una tímida sonrisa y luego levantó el brazo para chocar su mano contra la mía.

—¡Tay! —dijo—. ¿Cómo está la chica más estupenda que conozco?

J. J. puso los ojos en blanco mientras yo me ruborizaba, en parte porque Luther estaba allí y en parte porque llevaba un chándal viejo que me quedaba demasiado grande. Un rato antes mi madre me había dicho que me cambiara, pero no me había explicado por qué. Ahora me arrepentía de no haberle hecho caso.

—¿Habéis tenido noticias de papá últimamente? —preguntó J. J. mientras cenábamos macarrones y salchichas. Mamá estuvo a punto de atragantarse. Era un tema del que no se podía hablar.

—J. J. —exclamó con severidad—. Tenemos invitados.

—A mí no me importa —dijo Luther con tanta amabilidad que en ese momento deseé contárselo todo.

—Verás, Luther —respondió mi madre con tono agrio—. A mí sí me importa. Y ésta es mi casa.

—Sí, señora —respondió Luther, y centró toda su atención en una salchicha.

—Es mi padre —insistió J. J.—. Sólo quiero saber si piensa visitarnos alguna vez.

—Hace meses que no sabemos nada de él —afirmó ella secamente.

Pero yo sabía que no era cierto.

—Llamó hace tres días —dije—. Desde Portland.

—Cállate, Taylor —ordenó mamá—. Callaos los dos.

A esas alturas era evidente que Luther habría preferido estar en cualquier otra parte.

—Disculpen —dijo, y se levantó de la silla para asomarse a nuestro pequeño balcón.

Cuando la puerta se cerró tras él, mi madre se volvió hacia J. J.

—Sólo pretendía tener una cena agradable. ¿Sabes desde cuándo no he tenido una cena agradable? Tu hermana está tan ocupada incendiando cosas que no tiene tiempo para hablar. Y ahora vienes tú

con ésas. Tu padre se ha marchado. Mar-cha-do. No «se ha ausenta-
do». No «vendrá a visitarnos». Se ha marchado para siempre. ¿Estás
contento ahora?

—Yo sólo quería saber si teníais noticias de él. Eso es todo
—dijo mi hermano.

—Tu padre —prosiguió ella con su tono más sarcástico— tiene
cosas más importantes que hacer que preocuparse por su familia.
Ha decidido vivir en la carretera para hacer realidad su gran sueño.
—Ahora estaba chillando tanto que su voz comenzaba a ser insoportable.

—Eso es ridículo —comentó J. J.

—La vida es ridícula —repuso ella—. ¿Aún no te habías dado
cuenta?

Mamá se encerró en su habitación el resto de la velada mientras Luther, J. J. y yo jugábamos al Scrabble en la sala. Luther acababa de poner la palabra VAINA, que me hizo mucha gracia. Cuando me tocó a
mí puse ZANJA y usé la zeta para conseguir un triple de palabra.
Luego miré a Luther, que me estaba mirando fijamente. Entonces
J. J. se puso muy serio.

—¿Podemos hablar un momento, Tay?

—¿Qué te pasa? —le dije en cuanto llegamos a mi habitación.

—Eso es lo que debería preguntarte yo a ti —respondió.

—Ni que le hubiera besado o algo por el estilo —comenté.

—¿Besar a quién? —J. J. no tenía ni idea de lo que estaba hablando.

—Da igual.

—¿Besar a quién?

—Olvídalo.

—¿Sabes por qué he venido este fin de semana, Tay?

—Porque estabas preocupado por mamá.

—Porque estaba preocupado por ti.

—Yo estoy bien —dije intentando sonar convincente.

—Claro. Que yo sepa, la gente que está bien no va por ahí incendiando cosas.

—Fue un accidente.

—De acuerdo. Lo siento —dijo con un tono sarcástico que cada vez se parecía más al de mi madre—. Lo había olvidado. No provocaste un incendio. Lo único que hiciste fue emborracharte sola y echar la pota cuatro veces.

—Tres.

—¡Taylor!

—¿Por qué tienes que hablar de eso? Justo ahora que me lo estaba pasando bien. Pero parece que todos os habéis empeñado en que no me olvide de lo que ocurrió.

—Taylor, al menos tienes que reconocer que fue una estupidez. No puedes andar por ahí sola de cualquier manera, quemando cosas.

—Fue un accidente.

—¿En qué estabas pensando?

Pensé en Luther. En lo bien que le quedaba el trasero con los Levi's. En cómo había dicho que era la chica más estupenda que conocía. En que había sido una idea estúpida que se me había ido de las manos.

—En nada.

—Ya sé que ha sido un año muy jodido. Pero cuando te vi la última vez, cuando viniste a verme, te lo pasaste bien hablando con la gente. Me alegré de que estuvieras allí, ya sabes, de que fueras mi hermana y todo eso. Y ahora eres una chiflada a la que no entiendo.

—No soy una chiflada. Los chiflados son los demás. Busqué psicópata en el diccion...

—Déjalo ya, ¿quieres? No intentes filosofar para salir de ésta.

—Bien. —Entonces me eché a llorar. Lo odiaba. De repente te empiezan a temblar los labios y estás perdida.

Y luego, como siempre, volvió a ser amable conmigo, cosa que odiaba aún más. Se sentó en la cama a mi lado y comenzó a rascar una pegatina de *Los Ángeles de Charlie* que tenía en el cabecero de segunda mano. Al cabo de un rato dejó la pegatina y me miró a los ojos.

—Tay, mamá te necesita más que nunca. No es tan difícil ayudarla. Lo único que quiere es saber que estás bien para no tener que preocuparse por ti.

—No me hace ninguna gracia.

—Puede que no, pero es fácil.

Intenté inclinarme para que me abrazara o algo así, pero ni él sabía dar abrazos ni yo recibirlos.

—Tay, sé que ahí dentro hay alguien que vale la pena. Lo sé.

He vivido con mi familia toda mi vida, pero aún hay cosas que no saben de mí. Como que por la noche, cuando no puedo dormir, me siento en el mostrador de la cocina y como canela directamente del tarro. Eso es lo que estaba haciendo cuando entró Luther aquella noche en la cocina en calzoncillos y camiseta.

—Vaya potingue —dijo.

Lo lógico hubiera sido que me asustara sabiendo que me había pillado, pero no fue así. Eso era lo que me gustaba de Luther. Que se lo tomaba todo con naturalidad. Me encogí de hombros.

—Deberías probarlo antes de asegurar que está malo.

Mientras me llevaba el dedo a la boca se sentó en el mostrador a mi lado y metió un dedo en el tarro que tenía sobre las piernas. Luego se chupó el dedo y arrugó un poco la nariz.

—Lo mejor que puedo decir de este refrigerio es que de momento no estoy vomitando. —Bajó del mostrador de un salto—. Tengo una idea.

Entonces empezó a rebuscar por la despensa hasta que encontró un bote de bolitas verdes de las que se ponen en las galletas navideñas.

—Esto es otra cosa —dijo.

Volvió a subir al mostrador, y esta vez se sentó tan cerca de mí que el vello de su pierna izquierda me hacía cosquillas en la rodilla derecha. Me cogió la canela y comenzó a echar las bolitas verdes en el tarro. Después lo tapó, lo agitó un poco y metió el dedo dentro.

—¡Qué asco! —dije riéndome.

—Yo he probado lo tuyo.

—Muy bien —accedí.

Estuvimos allí sentados riéndonos, uno al lado del otro, un rato que me pareció eterno. Yo empecé a balancear las piernas nerviosamente. Al principio despacio, y luego con más fuerza hasta que comencé a dar golpes en el armario con los talones. Todo aquello me parecía muy gracioso, y mientras me estaba riendo le pillé mirándome de un modo que me hizo tomar conciencia de todo mi cuerpo.

—Eres difícil de descifrar —dijo de repente muy serio—. Dime qué está pasando por ahí.

—¿Por dónde? —no sabía cómo interpretar su cambio de tono.

—Por la cabeza de Taylor Jessup.

Podía haberle dicho que estaba pensando en su trasero. En sus piernas. En cómo se inclinaba hacia delante mientras me hablaba.

—Nada, de veras.

—Mentira.

—¿Qué? —no le comprendía.

—Eso es mentira —dijo sin que su tono sonara amenazador, como si en realidad quisiera decir que era transparente para él.

Yo me encogí de hombros.

—J. J. dice que eres muy inteligente.

—Supongo.

—Así que eres inteligente y guapa —no podía creer que hubiera dicho aquello—. Pero vas por ahí incendiando cosas.

—Fue un accidente.

—Tu familia está preocupada por ti.

—¿Y tú? —le pregunté sin dejar de mirarle a los ojos.

Mantuvo mi mirada durante un rato y luego apartó la vista sonriendo.

—A mí no me preocupas.

—¿Entonces a qué viene este sermón?

Hizo una pequeña pausa para sopesar sus palabras.

—No es fácil vivir aquí, ¿verdad? —dijo afirmando más que inquiriendo—. Me refiero a lo de tu padre y...

Negué con la cabeza mirando al suelo.

—Te irás de aquí muy pronto —dijo—. No lo olvides.

Puse los ojos en blanco y luego me incliné hacia delante con el pelo sobre la cara. Tuve que hacerlo porque me entró una risa nerviosa, y no quería herir sus sentimientos. Pero supongo que por los ruidos que hacía al contener la risa, y por mi forma de esconder la cara, pensó que estaba llorando. Antes de que pudiera darme cuenta me atrajo hacia él y comenzó a acariciarme la cabeza como si fuera un perrito.

—Shhh —susurró. Yo tenía los ojos tan abiertos que me costaba parpadear—. Shhh. —Luego noté que se acercaba un poco más y que me acariciaba la espalda. «¿Estaba ocurriendo de verdad?» Sí.

Con un gesto torpe le puse una mano en la pierna y le besé. Para mí fue uno de esos besos sexys y apasionados, como el que le da Molly Ringwald a Andrew McCarthy en *Pretty in Pink*. Luego nos besamos durante unos instantes. Estoy segura de que sentí su lengua en mi boca. Pero un segundo después me apartó y se bajó del mostrador.

—Taylor, me parece que no lo has entendido bien —dijo mirando por encima del hombro para ver si nos había visto alguien—. Sé que estás pasando por un mal momento, pero... esto no te va a ayudar. Supongo que has malinterpretado las cosas, y no pasa nada, porque sé que eres joven y que aprenderás enseguida, pero... —tartamudeó mientras iba andando hacia atrás sin dejar de mirarme, serio y nervioso.

Y yo me estaba riendo.

Supongo que por la expresión de mi cara adivinó de qué me reía. Entonces echó un vistazo a sus calzoncillos, donde la tienda de campaña que llevaba erguida desde hacía algo así como un minuto comenzaba a declinar. Me miró aterrorizado.

Nos quedamos una eternidad con los ojos clavados el uno en el otro. No sabía si iba a rodearme con sus brazos, o a pedir ayuda a J. J. para que llamara a su hermana. Por fin se acercó despacio a mí. Me puso las manos en las rodillas, se inclinó y me besó en la mejilla, justo al lado de la oreja. Cuando me estaba concentrando en el calor y la humedad de sus labios que se evaporaba de mi piel, me susurró en voz baja:

—Estoy seguro de que sabes guardar un secreto.

Yo asentí. No tenía por qué decírselo a nadie. El hecho de saberlo me parecía emocionante.

◆ ◆ ◆

Recuerdo que una vez, cuando era jovencita, fui el centro de atención durante una hora aproximadamente. Acababa de comprarme un biquini nuevo, y unas semanas antes mi cuerpo había cambiado, y los chicos que hasta entonces pensaban que era una cría comenzaron a fijarse en mí. Esa tarde incluso me sentí sexy. Al menos un poco. Pero luego, cuando descubrí que la idea que ellos tenían de ser sexy era más ambiciosa que la mía, juré que nunca me pondría camisas ni pantalones ajustados. Que nunca enseñaría las piernas si podía evitarlo. Decidí ser asexual. Cuando llegué al instituto y las chicas sólo hablaban de tíos y de quién hacía qué con quién, decidí seguir siendo asexual. Supongo que era más fácil.

Pero después de ver la tienda de Luther se despertó algo en mi interior. Comencé a pensar que había una posibilidad de que me gustara todo aquello. Por eso acabé comiendo con Charlie Simmons.

Mientras él lamía el envoltorio de su pudin de chocolate, le pregunté si podía quitarse las gafas. Por la cara de vergüenza que puso cualquiera habría pensado que le había pedido que se desnudara. Se las quitó muy despacio y luego se quedó paralizado, en silencio, esperando mi veredicto.

Estaba exactamente igual sin gafas, sólo que con más poros visibles.

—No estás nada mal —le mentí.

Dos días después me enrollé con él en el generador. Su tienda no era tan grande como la de Luther, pero allí estaba. Entonces no la toqué, pero supe que no tardaría en hacerlo. Mientras nos besábamos apasionadamente me imaginé que era Luther, y recuerdo que justo entonces, cuando había transformado mentalmente su cuerpo escuálido en el robusto de Luther, se acercó a mí y me dijo:

—Creo que te quiero.

La cama entera

Día de graduación. Cuatrocientos alumnos sudando bajo sus togas en parte por el calor y en parte por la ansiedad. Cuatrocientos nombres. Cuatrocientos grandes momentos.

Yo fui la que se tropezó al subir al estrado y puso los ojos en blanco cuando le sacaron la fotografía. Luego me uní dócilmente a los demás en las gradas, donde escuchamos las sabias palabras de nuestra portavoz, Joyce Dixon. Aunque María y yo creíamos que era muda, obligó al público a escucharla durante diez minutos mientras leía (insisto en que leía) un penoso discurso sobre la importancia de tener amigos para hacer frente al futuro.

Durante el discurso pensé en la universidad. Últimamente había pensado mucho en ello, pero recuerdo que entonces me pareció comprender qué era realmente.

Decidí que la universidad es un lugar adonde unos van y otros no. Los que se lo pueden permitir, van. Los que no se lo pueden permitir, no van. Los que no tienen problemas en casa, en la escuela, en la vida, van. Los que tienen hermanos que cuidar, los que no fueron el centro de atención cuando eran pequeños, los que «crecieron» antes de lo debido, no van. Los que quieren «progresar» y ser los primeros, y creen que eso es posible, van. Los que han dejado de creer hace tiempo, no van.

Si María, la persona más inteligente que conocía, no podía ir, ¿por qué iba a ir yo? Y si algunos zoquetes del instituto, como Lisa Lemme, que pensaba que era una tragedia que el pelo se rizara con la humedad, habían decidido ir, entonces yo no iría. «Por mí puede "progresar" lo que quiera —pensé—. Yo me quedaré atrás, donde la gente no es tan perfecta pero merece la pena.»

Y después pensé en Montana, que me recordaba a mi padre.

Papá no vino a mi graduación porque estaba de viaje, pero me envió una postal desde Oakland, Nebraska, con una foto de un caballo de madera. Por detrás decía que Oakland era la capital sueca de Nebraska y que el caballo era un caballo dala, que los suecos solían hacer con recortes de madera para sus hijos. Luego añadía: «Sé que te has graduado. Te quiero. Papá». Mi madre fue con su mejor vestido, un modelo acampanado que a comienzos de los setenta era amarillo y ahora tenía un tono cremoso. Llevaba todo el año esperando ese momento. «Mi hija va a graduarse.» Y no dejaba de repetir que iba a ser un día muy especial.

Por eso acabamos en MacDonald's, comiendo nuestros Big Macs en silencio, hasta que le dije:

—Lo he pensado mucho, mamá. En serio. Y no creo que vaya a la universidad.

—¿Y qué pasa con Texas A&M? —preguntó con la cara descompuesta—. ¿Y con la beca?

Intenté explicárselo. Intenté ser agradable. Le dije que era injusto que María y la gente como ella no pudiera ir. Que todo el mundo que yo sabía que odiaba estudiar, y sobre todo que odiaba pensar, iba a ir.

—Es como un club de gente pija que sólo quiere un título para heredar el negocio de papá o conseguir un marido rico. No tiene nada que ver con aprender cosas, sólo con la clase social. Y eso es una jilipollada.

Estaba tan disgustada que ni siquiera me chilló porque decía palabrotas. Me miró con expresión furiosa.

—¿Qué va a decir tu padre?

Antes aquella frase era una amenaza, pero las dos sabíamos que ahora papá estaba tan ausente que no diría nada respecto a mi futuro. Lo cual hizo que empeorara la situación. En cuanto me amenazó con decírselo a mi padre, se puso tensa.

—Yo sólo quería... Taylor, es importante. Si yo hubiese ido, podría haber hecho tantas cosas...

◆ ◆ ◆

Por la noche llamé a J. J. y le dije que no iba a ir a la universidad.

—Como quieras —respondió. Entonces me di cuenta de que tal vez no había llamado por eso.

—¿A ti te gusta? —le pregunté.

—Ahora mismo creo que no —dijo.

—¿Por qué no?

—¿Has llamado para hablar de mí?

—No lo sé. Dime... ¿Tú crees que cometo un error si no voy?

—No puedo responder a esa pregunta por ti.

Hubo una larga pausa. Me lo imaginé en su apartamento. ¿Estaría allí Luther? ¿Le habría dicho lo que ocurrió esa noche? La voz de J. J. interrumpió mis pensamientos.

—¿Taylor?

—Sigo aquí —dije.

—Puede que no vuelva a clase el próximo semestre.

—¿Por qué no?

—Es una larga historia —contestó.

—Cuéntamela.

Le oí suspirar.

—Estoy sin blanca. No hago más que trabajar, de día y de noche. No merece la pena. Y tampoco me va demasiado bien.

—Oh —respondí.

—No se lo digas a mamá.

—¿Sabe algo?

—Voy a decirle que he fracasado.

—Pero eso es una tontería.

—Así es más fácil, ¿de acuerdo?

—Como quieras.

Dos semanas después de graduarme, mi padre apareció por primera vez desde que se había ido para dormir en el sofá, vaciar el frigorífico, preguntar a mamá si había engordado y decir que sentía no haber venido antes. Mi madre no se lo creyó y decidió no dirigirle la palabra. Yo fui más débil. Tenía curiosidad por saber cómo era después de pasar tanto tiempo en la carretera.

Cuando mamá salió a hacer unos recados, me senté con él en la sala para ver qué me decía. Al principio no me hizo ni caso.

—¿Vas a ir a la universidad? —me preguntó por fin después de cambiar varias veces de canal y quedarse en un partido de baloncesto.

Me encogí de hombros.

—Eso es lo que haces con todo, ¿verdad?

—No lo sé —respondí en voz muy alta—. ¿Es lo mejor?

—Es caro —dijo—. Así que no vayas por ir. Porque sería malgastar mi dinero.

—Mi dinero —repuse.

—¿Cómo? —Sabía que estaba cabreado, pero me daba lo mismo. Yo también estaba cabreada.

—He dicho «mi dinero». Si voy a la universidad, me la pagaré yo. Como J. J. No intentes ir de Santa Claus. Porque últimamente te pareces más a Houdini.

Luego me gritó como no le había oído gritar en mi vida. Quería que le diese una buena razón para que dejara de conducir camiones mientras los demás nos quedábamos sentados como polluelos esperando que nos echara la comida a la boca. Mi madre no trabajaba aunque sabía que no nos lo podíamos permitir, y animaba a mi hermano a ir a la universidad cuando lo que tenía que hacer era trabajar. Y yo me metía en líos a pesar de que tenía todo lo que él no había tenido nunca.

—¿Te refieres a una familia afectuosa?

—Taylor Jessup, nunca te he pegado. Pero te juro que nunca he tenido tantas ganas como ahora.

—De todas formas, no voy a ir a la universidad.

—Ya te he dicho que me da igual. Es tu vida, Taylor. Ése es el mejor consejo que puedo darte. —Hizo una pausa para rascarse el hombro y bajar la cabeza—. He tardado cuarenta y siete años en darme cuenta de eso. Yo he vivido mi vida. Y ahora te dejo vivir la tuya. «Me da igual» es probablemente lo más amable que te he dicho nunca.

◆ ◆ ◆

Supongo que mi padre pensaba que su visita le vendría bien a mamá. Como si la estuviera bendiciendo con su presencia ocasional. Claro que no era el caso. Ella permaneció en silencio todo el tiempo que estuvo en casa, intentando ignorarle con tanta dificultad que a veces parecía que temblaba por el esfuerzo. Y el día que se marchó, justo después de que saliera por la puerta, se encerró en su habitación y se quedó allí varias horas hasta que reapareció para preparar carne asada, el plato favorito de papá. Lo comimos juntas en silencio, como habíamos hecho desde nuestra conversación en McDonald's. La única diferencia fue que esta vez ella picoteó la comida, preocupada de que él tuviera razón y ella estuviese engordando.

Por fin, unos días después de nuestro banquete, rompió su voto de silencio para preguntarme con tono indulgente:

—Taylor, ¿cómo vas a mantenerte sin un título?

Enumeré todo lo que podía hacer una chica de dieciocho años para ganarse la vida: podía ser camarera. Recepcionista. Monitora de esquí. Operadora de montaña rusa. Secretaria. Camarera. Enseguida me quedé sin ideas.

—Se te han olvidado unas cuantas cosas —dijo—. Podrías trabajar en una fábrica. No estaría mal. O ser prostituta. ¿Has pensado alguna vez en la prostitución?

Le recordé que tampoco ella había ido a la universidad.

Puso cara de sorpresa.

—Tienes razón. Puedes conseguir todo lo que yo tengo. Dos hijos desagradecidos. Un apartamento. Un marido que nunca está en casa. Un subsidio de desempleo. Todo eso puede ser tuyo.

—Yo no soy tú.

—Bien, Taylor. Bien. Sal a cambiar el mundo. Intenta ser millonaria sin ir a la universidad. Haz un milagro.

—Muy bien —respondí. Había ahorrado cuatrocientos dólares. Podía trabajar. Me iría bien. Mejor que bien.

◆ ◆ ◆

Aunque en una familia la gente sea diferente, actúe de forma diferente y tenga problemas diferentes, siempre hay algo que todos tenemos en común. No estoy hablando de una historia familiar desastrosa. Eso es muy fácil. Me refiero a un rasgo, a algo que todos hacemos de la misma manera aunque queramos creer que somos diferentes.

En mi familia todos fingíamos muy bien. Yo fingía saber que la universidad era una mierda. J. J. fingía que había fracasado porque era más fácil que reconocer que no tenía suficiente dinero para ser un universitario como los demás. Papá había fingido durante años que formaba parte de nuestra familia. Y mamá fingía que todo el asunto con mi padre era sólo una fase.

Hasta este momento. El hecho de que yo no fuera a la universidad la hizo cambiar de algún modo. Era como si yo fuese su última esperanza, el último sueño que aún podía hacerse realidad. Estaba convencida de que su hija tendría una vida mejor que la suya. Pero al verme todas las mañanas en la mesa de la cocina mirando las ofertas de empleo, se dio cuenta de que se había equivocado.

Así que dejó de fingir.

Dejó de fingir que papá era un buen marido y decidió abrirse a sus amigos.

Sólo que no tenía amigos.

Pero en vez de fingir que tenía amigos comenzó a buscarlos.

Primero llamó a las tres mujeres con las que solía jugar al póquer los martes por la noche. Hacía casi cuatro años que había dejado de verlas, pero no le quedaba nadie más. Me pareció tan deprimente que me fui de la sala mientras llamaba a las amigas que tenía cuando las cosas con papá no estaban tan mal y le apetecía salir por la noche. Y después de mantener una conversación torpe y superficial con una, lanzaba un suspiro y pasaba a la siguiente. Incluso llamó a la gente de la iglesia, pero se dio por vencida cuando alguien le pidió que le deletreara *Jessup*.

Seguía sin hablar mucho conmigo, pero como no había nadie que la escuchara al otro lado del teléfono, no le quedó otro remedio. Yo estaba viendo *Cheers* cuando se sentó en el sofá a mi lado, se ajustó los rulos y se acomodó en el cojín hasta que consiguió adoptar una postura digna.

—Creo que hay otra mujer —dijo.

—¿De qué estás hablando?

Intentó mirarme, pero no pudo, así que centró su atención en un hilo que colgaba de su bata de algodón rosa.

—Creo que tu padre está con otra mujer. Puede que con más de una. Y yo no voy a quedarme aquí sentada. Tenlo por seguro que voy a averiguarlo, y luego voy a... —murmuró intentando pensar cómo le haría más daño, dejándolo o reteniéndolo—. No pararé hasta encontrarlo.

Un mes después de graduarnos, María y yo estábamos ya aburridas. Decidimos que Houston era una mierda, y comenzamos a llamarlo «el sobaco» porque además del calor había aún más humedad. Decidimos que no merecía la pena quedarse en una ciudad ridícula construida sobre un pantano. Si mi madre se iba a marchar unos días, nosotras también.

María tenía un novio nuevo que se llamaba Diego, que tenía un coche. Y una moto. Y un amigo, Carlos. Yo no había encontrado aún otro empleo, ni siquiera en Denny's, así que decidimos ir a Nueva Orleans para ver qué había allí. Los chicos nos llevarían el fin de semana y después, si nos gustaba, nos quedaríamos. Yo hubiese preferido ir a Montana, pero estaba demasiado lejos, y María odiaba el frío, así que supuse que al menos teníamos que ir a «algún» lugar.

A la ida se emborracharon todos excepto yo, así que acabé conduciendo la mayor parte de las seis horas de viaje. El martes por la noche, hacia las seis, paramos en un Holiday Inn. En cuanto llegamos a la habitación, Carlos y Diego encendieron un porro. Yo no había fumado nunca hachís, y estoy segura de que lo hice mal, porque no sentí nada. Me quedé seria y callada porque lo único que hacían los demás era reírse por todo. Y a mí no me apetecía reírme mientras mi familia se desmoronaba.

Tendría que haberme marchado entonces, pero lo que hice fue llevarlos al barrio francés. Al cabo de un rato me olvidé por completo de mi madre, de mi padre y de la otra mujer. Estuvimos bailando en la calle mientras un negro gordo tocaba el piano y movía sus michelines al ritmo de la música. Vimos niños bailando claqué y gente que hacía retratos. Había música por todas partes. Supuse que era similar a una alucinación. Como estar en un plano de música, risa y color, un poco mareado pero sin caerte, disfrutando del momento.

María y Diego fueron a hacerse un tatuaje con la forma de Tejas, y poco después Carlos me besó. Estábamos bailando en un pequeño antro, con carnés de identidad grapados en la pared. Había tres negras imponentes, con largas piernas y peinados altos, que se balanceaban adelante y atrás mientras comenzaba a sonar la música. Una de ellas se acercó al micrófono y susurró: «Quiero que volváis atrás, muy atrás, y penséis en la primera vez». Era una canción sobre la pérdida de la virginidad, y su voz ronca parecía una guía perfecta.

Carlos me atrajo más hacia él. Tenía veinte años, y noté cómo me acariciaba la mejilla con su incipiente barba. «Puede que sea esta noche —pensé—. Ni siquiera le conozco, pero podría ser el mejor modo de perderla. En Nueva Orleans.» «Dándole algo que pueda sentir», cantaba la mujer, y yo comencé a pensar qué aspecto tendría. Si su barba era diferente a la de los chicos que conocía, puede que lo demás también fuese diferente.

Luego recuerdo que me besó con más fuerza.

—Taylor —me susurró al oído—. *Qué lindo tu nombre.*

No sabía qué quería decir, pero sonaba bien.

Ese mismo fin de semana mi madre preparó una maleta pequeña, la metió en su Chevy Citation y se dirigió a Sport Town (Shreveport, Louisiana). Había llamado a la empresa de mi padre diciendo que yo estaba muy enferma, y de ese modo había averiguado su próximo destino.

En la primera estación de servicio de la zona se acercó a un camionero gordo y aburrido que estaba tomando café en la barra y le pidió un favor. Él se entusiasmó al oír aquello. Y cuando le explicó que lo único que quería era usar su nombre en clave, accedió de todos modos.

—Fat Joe llamando a Hot Rocket —dijo antes de pedir la situación de mi padre.

◆ ◆ ◆

Carlos y yo nos besamos en la pista de baile hasta que mi cara comenzó a arder por el roce de su barba. Me cogió el culo con las dos manos y se apretó contra mí.

—Tenemos que irnos, Taylor —dijo.

Yo abrí los ojos y noté de nuevo el mareo.

—De acuerdo —respondí.

Había tal multitud en la calle que me agarré del brazo de Carlos. La gente que pasaba a mi lado me empujaba, me echaba el aliento, me robaba el aire y el espacio. Tenía que salir de allí rápidamente.

—Tenemos que encontrar a María.

—María tiene sus propios problemas —respondió.

—¿Pero cómo van a volver? —En cuanto lo pregunté me di cuenta de que tampoco sabía cómo iba a volver yo—. No puedo conducir —dije pensando que estaba demasiado borracha.

—Ni yo —afirmó—. Hace un rato que se llevaron el coche. Vamos.

Lo siguiente que recuerdo es que cogimos un taxi y que apoyé la cabeza en su regazo. Me estaba acariciando la coronilla como si fuese un perro, intentando acercarla al bulto de su entrepierna, pero me quedé dormida. Cuando llegamos al hotel, Carlos me despertó con un beso suave en la mejilla y me despejé inmediatamente.

Riéndonos, echamos un vistazo por las cortinas antes de entrar en la habitación para ver si estábamos interrumpiendo algo. Al ver las camas vacías, entramos corriendo y nos tiramos en una de ellas. Sin dejar de mirarme a los ojos, metió la mano por debajo de mi camiseta. Y cuando acababa de decidir que podía ser él, oí un grito que venía del cuarto de baño. Era María.

Carlos siguió besándome, pero yo le aparté.

—¿Qué haces? —exclamó.

En cuanto lo dijo, abrí la puerta del cuarto de baño y me quedé paralizada. No podía moverme.

Nunca había comprendido por qué la gente tenía tantos problemas con la palabra «follar». Hasta entonces pensaba que la relación sexual era como en las películas, así que no me parecía obscena ni nada por el estilo. Pero Diego estaba follándola. No había otra forma de expresarlo. Mientras corría el agua de la ducha, María estaba apoyada contra la pared con las piernas abiertas. Diego estaba detrás de ella con los ojos cerrados, como si pudiera estar embistiendo cualquier cosa. Cuando María me vio, abrió los ojos como platos. Él ni siquiera se dio cuenta.

Cerré la puerta y miré a Carlos.

—Estás loca —dijo.

—Creía que pasaba algo.

—No, nena. Todo iba muy bien. Por eso gritaba de esa manera.

Me tumbé a su lado sin saber qué hacer. Él se puso encima de mí y comenzó a desabrocharme los pantalones.

—Así que podrías ser virgen, ¿eh? —dijo en voz baja a modo de pregunta.

Entonces comprendí lo joven que era. Lo poco que sabía de la vida. Pero de momento no tenía ganas de aprender.

—No soy virgen —mentí—. Pero eso no quiere decir que te vaya a incluir en mi lista.

—*Puta* —murmuró sin que me importara.

Él se quitó de encima y yo me puse de lado e intenté quedarme dormida. Había imaginado muchas veces cómo me sentiría durmiendo junto a alguien. Tal vez junto a Luther. Cómo se movería su pecho cada vez que respirara. Lo cerca que estaríamos.

—Salgo otra vez —dijo Carlos. Y después me quedé con la cama entera para mí.

—Nueva Orleans también es una mierda —le dije a María en cuanto los chicos nos dejaron en Sunny Acres. Pero ella seguía entusiasmada con su nuevo novio, que tenía veinticuatro años y conducía una moto. Le parecía fantástico.

—Lo que te pasa es que estás enfadada porque no te ha ido bien con Carlos. A mí me encanta Nueva Orleans.

—¿Vas a volver a verle? —le pregunté.

—¿A Diego? Ya te lo he dicho. Somos como una pareja.

—Por supuesto.

—¿De verdad que no te gusta Nueva Orleans?

—No quiero vivir allí.

—Pero podríamos hacerlo, Taylor. ¿No lo entiendes?

—Claro que lo entiendo. Pero ya lo hemos visto —dije.

—¿Y Cincinnati? Diego tiene un amigo que es dueño de una tienda de bicicletas. Podríamos trabajar con él.

—Cincinnati es un sitio del que la gente se va, María. ¿Qué te parece Montana?

—En Montana hace frío.

—En Cincinnati también.

No estábamos discutiendo, pero había algo claro.

—¿Le quieres? —pregunté.

—Sí, Taylor. Nos vamos a Cincinnati dentro de tres semanas, me parece. Carlos también viene. ¿Estás segura de que no quieres ir?

Mi madre estuvo tres horas haciendo guardia en la estación de servicio. Aparcó allí su coche y se dedicó a observar a la gente que entraba y salía.

—No podía imaginar qué le gustaba a tu padre de esos sitios. La gente se pasa el día entrando y saliendo y no va a ninguna parte. Me estaba cansando de esperarle.

Cuando por fin apareció, era ya de noche. Ella se estaba mortificando por pensar que podría encontrarle. Pero entonces lo vio salir de su trasto.

Suponía que había una mujer desnuda en la parte de atrás del camión. Que habría alguien dentro del camión o en el restaurante, esperándolo para desnudarse. Pero no había nadie.

Me dijo que lo vio pasearse entre los camiones hasta que se detuvo junto a uno que tenía las luces encendidas. Asomó la cabeza, intercambió unas palabras con el conductor y luego subió a la cabina.

—Estaba pensando que era la mujer más estúpida que había allí —dijo—. Me eché a llorar. No me había dejado por otra persona. Me había dejado porque sí. Yo tenía celos de que alguien me quitara lo que era mío, pero de todas formas nunca le había tenido. Eso es lo que yo estaba pensando.

Luego, como era habitual en ella, comenzó a sentirse culpable por sospechar de él. Cuando al cabo de un cuarto de hora salió del camión del otro tipo, le siguió hasta el restaurante para disculparse por todo. Por lo que pude entender entre lágrimas y sollozos, así fue su conversación:

Mamá: Te he seguido.
Papá (nervioso): Ya me he dado cuenta.
Mamá (llorando): A veces puedo volverme loca.
Papá asiente apartando la vista.
Mamá: Yo... No sé qué decir. Me siento ridícula. Te vi entrar en el camión con ese hombre y...
Ella llora desconsoladamente sintiéndose culpable, avergonzada. Ha perdido la fe. Ha sido una mala mujer. Una mala persona. Una...
Papá (con tono de culpabilidad): ¿Me viste?
Mamá sigue llorando por todo. Por tener un marido en el que no confiaba. Por tener un matrimonio que no funcionaba. Por tener una vida que no era como la que había imaginado.
Y papá comienza a llorar también.
Papá (como un niño): Lo siento mucho.
Luego están los dos llorando, él más que ella. La gente comienza a mirarlos.
Mamá: ¿Qué es lo que sientes?
Ahora ella tiene esperanzas. Él le está pidiendo disculpas por ser un mal marido. Por marcharse. Puede que ella aún le quiera.
Papá (tras una larga y embarazosa pausa): No quería ser un maricón.

A los tipos fuertes a los que les gusta chupar pollas, y todo lo demás, los llaman compañeros. Mi padre es uno de ellos.

Tres semanas después de aquel viaje, mi madre seguía encontrándose mal. A mí me iba aún peor. Me habían ascendido a camarera en Buster's y estaba intentando hacerlo bien. Intentando recordar las abreviaturas, servir la comida en cuanto salía y mantener la paz con los clientes, que me trataban como si fuera su esclava.

El viernes fue el peor día. Acababa de terminar el periodo de formación con Clarice, la jefa de camareras, y ya tenía mi propia zona. De repente entró Priscilla con sus padres y se sentó precisamente allí. Actuó como si no me conociera y pidió un sándwich de pollo. Luego cambió de opinión y en el último momento pidió una ensalada. Sin tostones. Con el aliño aparte.

Entonces sus padres me reconocieron.

—Tú estabas en clase con Priscilla en Jefferson, ¿verdad?

Mientras me preguntaban a qué universidad iba a ir, entraron María y Diego con la intención de llevarme a dar una vuelta en la moto antes de irse a Cincinnati. Y yo allí en medio, mientras la madre de Priscilla me contaba que su hija iba a ir a la Universidad de Tejas.

—¿Vas a entrar en alguna hermandad?

—Ya le he dicho que no voy a ir a la universidad.

—Pensaba que era una broma.

—Pues no —repuse. Luego salí a hablar con María mientras las Priscillas criticaban mis malos modales.

María estaba colgada, como de costumbre últimamente. Me preguntó si quería fumar un porro y le dije que no. Estaba trabajando. Justo entonces salió el señor Davies, el jefe, y pilló a María fumando y a mí con ella.

—Taylor, los empleados no pueden salir fuera.

—Lo siento.

—¿Qué estás fumando?

—No estoy fumando —respondí mientras María soltaba un «oh, oh».

—Quiero verte en mi oficina.

Cuando me despidieron, María ya se había marchado. Esperaba que aún siguiese allí para contarle la verdad sobre mi padre, sobre mi familia. Pero se había ido.

Al volver a casa esperaba que mi madre estuviese allí.

Hasta que la vi borracha delante de mí.

—Taylor —exclamó—. Te necesito. Necesito que hagas algo. —Me dio un billete de cinco dólares y me dijo que fuera a la tienda—. Tengo que saberlo. Tengo que verlo yo misma.

Llamé a J. J., pero no le encontré.

Así que hice lo que ella quería.

Fui al 7-Eleven, miré los títulos y luego pedí *Hombres de hierro*. El viejo de la tienda me pidió el carné, y entonces me di cuenta de que tener dieciocho años servía para algo. Era una revista pornográfica. La dejó en el mostrador con cara de asco y yo la pagué mientras una señora que estaba con su hijo comprando caramelos me miraba con desprecio.

—Es para mi madre —dije en voz alta. En ese momento me daba lo mismo. No me importaba nadie. Porque si yo le importase a alguien, no estaría sola un viernes comprando una revista pornográfica para tíos.

Antes de llegar a casa comencé a llorar al ver aquellas fotos. Había un hombre eyaculando en la boca de otro delante de un camión. Otro tío sacudiéndose el pene. Dos tíos follando. Intenté imaginarme así a mi padre, y me di cuenta de que por eso se estaba volviendo loca mamá. Le di la revista, y después de abrirla y echarse a llorar me dijo:

—¿Y tú crees que no merece la pena ir a la universidad?

Me pasé todo el mes de agosto en el sofá, viendo la televisión sin verla. Adelgacé tanto que parecía una serpiente de más de un metro ochenta de pie sobre su cola. Algunos días leía el periódico, como si estuviera buscando un trabajo.

Pero no quería un trabajo.

Quería todo y nada al mismo tiempo. Quería una vida loca que fuera totalmente normal. Quería unos padres comprensivos que no me agobiaran. Y quería hacer algo. Poder estar en alguna parte.

Mi madre estaba peor que yo. Engordaba cada kilo que yo perdía, sobre todo por los Doritos que comía a todas horas. Bebía mientras veía *The Tonight Show* para que fuera una experiencia distinta, un programa delirante que nunca había visto en vez del tostón habitual, con invitados diferentes que siempre parecían el mismo. Sólo la vi moverse cuando tiró todas las cosas de papá, incluida la butaca. Las dejó en la calle sin más mientras yo la observaba y me reía.

Porque compartíamos una mentira. Un secreto.

A J. J. no le dijimos nada sobre papá. ¿Para qué íbamos a desengañarle si nosotras nos habríamos sentido mejor sin saberlo?

Desarrollamos un ritual. Nos pasábamos el día viendo la televisión, principalmente programas de entrevistas. Si era un día especial, nos hacíamos la manicura. Más televisión. Luego yo iba a la tienda y contaba los peniques para comprar helado y algo para comer. Cenábamos delante de la televisión, sin hablar apenas pero sintiéndonos cómodas la una con la otra. Y cuando Johnny Carson decía «Buenas noches», la ayudaba a acostarse tras asegurarme de que había apagado el último cigarrillo (un nuevo hábito).

Pero una noche, después de meterla en la cama y de cubrirla tiernamente con las sábanas, tuve una conmoción. Nunca me había sentido tan cerca de ella. Éramos madre e hija. No se podía negar. Era un hecho. Éramos iguales.

Me pasé la noche entera despierta, sudando.

Al día siguiente, después de estar una hora bajo la ducha, cogí el coche de mi madre y me reuní con mi padre en una estación de servicio de El Álamo (San Antonio). No sabía qué iba a hacer. Sólo sabía que tenía que hacer algo. Mamá se estaba volviendo loca por su culpa, y yo también. El hecho de que fingiéramos que se había ido sólo hacía que las cosas fueran más fáciles para él, no para nosotras.

Quedamos en Dixie's Diner, un bar supuestamente decorado con la estética de los años cincuenta, que podría haber tenido más éxito si no hubiese estado tan sucio. Pidió cerveza para los dos.

—Lo siento, Taylor —dijo.

—Eso lo dijiste por teléfono —respondí.

—¿Qué quieres que diga?

—No lo sé. —No se me ocurría nada que pudiera arreglar aquello—. Mamá me hizo comprar una revista.

—¿Qué revista?

—Una de tíos follando.

Se quedó callado, raspando un cerco de café que había en la mesa.

—Quería ver cómo era tu nueva vida —dije antes de poner *Hombres de hierro* sobre la mesa. Él la cogió rápidamente y la dejó en el asiento boca abajo.

—Si yo soy así, también puedo suponer que en vuestro tiempo libre os dedicáis a lo que yo veo en otras revistas.

—Mamá está engordando por tu culpa. Y bebe tanto que ya le da igual lo que bebe. Pensé que debías saberlo.

—¿Y tú cómo estás?

—¿A ti qué te importa?

Me miró en silencio con expresión culpable durante un rato que se me hizo eterno.

—Sé que no puedes entenderlo. Pero ahora tengo una vida, y... Taylor, tú siempre me has odiado —apoyó la cara en las manos sin saber qué hacer, como si fuera a desmoronarse—. Vas a dar mil vueltas a esto en tu cabeza. Te conozco. Y siempre pensarás que para ti soy un problema, pero... ¿Crees que quiero ser así?

—Me gustaría saberlo.

—Pues no. Siento ser así. Pero no puedo evitarlo.

Estaba encogido en su asiento, hablando en voz baja por si acaso podían oírnos. Con la cabeza agachada como un perro asustado. Tenía los brazos musculosos, el pecho peludo y las manos gruesas. Mi estúpido padre. Mi único padre en realidad. Lo había visto mejor y peor. Sobre todo peor, tenía que reconocerlo. Nunca me había pegado. Sólo se emborrachaba algunas noches. Me había mantenido hasta entonces, al menos en parte.

Me miré las manos con las uñas mordidas. Después cogí aire y dije lo que esperaba ser capaz de decir.

—No me importa, papá —él levantó la cabeza para mirarme, sabiendo lo que significaba aquello—. De verdad que no me importa.

Luego volví a casa sintiéndome aliviada.

Y le escribí una carta a mi madre.

Y me marché.

De casa.

Para siempre.

2

Si comprender lo que significa restaurar es el primer paso para trabajar con muebles antiguos, el segundo es saber cuándo merece la pena restaurar una pieza. Esa decisión depende del propósito que se tenga al conservar la pieza. Si alguien restaura un mueble porque es de madera sólida y se puede usar, entonces prácticamente todos los muebles de madera sólida merecen la pena ser restaurados. En la mayoría de los casos será más barato restaurar un mueble antiguo que comprar uno nuevo, y siempre será de mejor calidad.

«Reglas y herramientas para restaurar muebles antiguos»
Guía completa para restaurar muebles antiguos
Richard A. Lyons

Querida mamá

Querida mamá:

Te conozco bien y sé que vas a cabrearte. Pero también te conozco lo suficiente para saber que me acabarás perdonando. El otro día me dijiste que te sientes como si todo el mundo te exprimiera. Comprendo lo que quieres decir. Me cuentas todas tus penas, todas esas cosas que no te dejan dormir. Esas cosas que te hacen pensar que mi patética vida aún tiene remedio. Supongo que todo se ha ido al traste. Vas a enfadarte conmigo por irme de casa para siempre. Sin despedirme (de todos modos las dos odiamos esas cosas). Pero sé que te alegrarás cuando te diga que he decidido hacer algunos cambios en mi vida. Voy a intentar estudiar. He decidido ir a la Universidad de Houston, al menos durante un año. Pienso seguir trabajando y ahorrar algo de dinero. Y seguiré fuera de casa. Pero por ahora no puedo decirte dónde voy a vivir. Estoy bien. Y no estoy con María, así que no vayas a molestarla. Y no estoy chalada, ni drogada ni nada de eso. Sólo me he ido, mamá. Y pienso en ti como sé que tú piensas en mí. Y espero volver a verte cuando las dos nos encontremos un poco mejor.

Te quiere,
Taylor

Cualquier otra persona

Hay algunos días que se quedan grabados en tu mente.

Como aquel lunes en el Rooster.

Era febrero, pero yo seguía llevando pantalones cortos. Y una camisa amarilla con cuellos y mi nombre, TAYLOR, bordado en el pecho como un logotipo. Con manchas de comida por haber trabajado durante meses de camarera, esta vez en el Rooster. Manchas que me obligaban a ir con la chaqueta puesta cuando volvía a casa, aunque tuviera calor.

Me sentía como una madre trabajadora, pero sin hijos. Tan abandonada que estaba sola. Tan necesitada que comía en el trabajo la mayor parte de los días, y cogía panecillos (y mantequilla en porciones) del restaurante para cenar por la noche. Tenía diecinueve años, la edad de las oportunidades, y sólo podía fijarme en las camareras con las que trabajaba, condenadas a entrar y salir de este restaurante sintético desde que lo construyeron a comienzos de los ochenta. Y en las chicas que estudiaban por la noche en la Universidad de Houston por orgullo, para poder trabajar como secretarias sin sentirse inferiores. Al menos no sentirse inferiores todo el tiempo.

Yo me consideraba una de ellas.

Alguien que intentaba superar sus circunstancias.

Porque sabía lo que era tener problemas. Estaba sola. Mi padre había abandonado a mi familia para hacer servicios sexuales a otros camioneros a los que no conocía. Mi madre, con la que no había hablado desde hacía seis meses, se tragaba ahora cualquier cosa que la hiciera sentirse más animada. «Me han puesto a prueba —pensaba—. Sé lo que es tener problemas.»

Lo sabía.

Ese lunes me di cuenta.

El plato especial del día era alubias rojas con arroz. Lo pidió un cliente que se sentó en mi zona. Un negro con el pelo corto y algunas canas. Llevaba una camisa de cuadros y un chaleco. Y unas botas Red Wing. Supuse que trabajaba en la construcción.

—Alubias rojas con arroz. Y un té helado grande. ¿Podrías traerme también unos panecillos? —preguntó.

Le llevé todo lo que había pedido. Parecía que le gustaba. Observé cómo masticaba la comida. No tenía ningún libro ni ninguna revista, así que intenté adivinar qué estaba mirando. Qué estaba pensando. Me imaginé que tenía un hijo enfermo en algún sitio. Y una mujer a la que llevaba flores una vez al mes.

Decidí que era un hombre encantador.

Hasta que me llamó.

—He mordido así —dio un fuerte mordisco—, y una piedra que había en estas alubias... me ha roto una corona. —Se llevó la mano a la cara para demostrarlo.

Había oído una historia sobre alubias con piedras. Pero también había oído hablar de clientes que se quejan para que la comida les salga gratis.

—Supongo que no tendré que pagar esto —alegó.

Yo le expliqué que no tenía autoridad para decidir ese tipo de cosas.

—Enseguida vuelvo —dije.

Clint, el jefe, estaba detrás de la barra flirteando con la camarera pechugona que había contratado precisamente por esas dos razones.

—Deja que lo adivine —dijo cuando logré que me prestara atención—. ¿Ese señor negro que está cerca de la barra?

Yo asentí.

—Unos cuantos años trabajando aquí y enseguida los reconoces.

Poco después Clint estaba en la mesa esforzándose por parecer importante. Serio.

—¿Algún problema, caballero?

Yo estaba detrás de él con los brazos cruzados, esperando a que la acusación presentara el caso. «Esta va a ser buena», pensé deseando que ocurriese algo que hiciera que un día fuese distinto del siguiente.

Clint le lanzó una mirada despectiva.

—El menú dice alubias rojas con arroz, pero no dice nada de piedras —dijo él como si fuera ingenioso.

—Probablemente porque no servimos piedras. ¿No le parece? —Clint también pretendía ser ingenioso.

El hombre volvió a reproducir el mordisco y luego explicó cómo había perdido la corona.

—La corona —Clint estaba empeñado en repetir todo lo que decía—. ¿Y no sería de oro?

En efecto.

Clint quería pruebas.

—Bueno, si se le ha caído no le importará enseñármela, ¿verdad?

El hombre aseguró que no la podía encontrar y luego su cabeza desapareció debajo de la mesa.

—Taylor —dijo Clint—. ¿Por qué no ayudas a este caballero a buscar su corona de oro?

Yo también desaparecí debajo de la mesa. Intenté que el hombre me mirara para poder decirle con los ojos que lo sentía. Pero él estaba concentrado en el suelo, metiendo los dedos debajo de las patas sucias. Me estiré todo lo que pude debajo de los bancos, pero no encontré nada. Luego me asomé un poco y vi a Clint inspeccionando el plato casi vacío del hombre.

—Parece que no ha comido mal antes de este misterioso incidente —comentó.

El hombre salió de debajo de la mesa. Yo continué buscando.

—Si cree, señor, que he querido perder una corona por un plato de alubias con arroz que tampoco era para tanto, no está usted bien de la cabeza —dijo.

Yo seguía bajo la mesa. Prefería quedarme allí para no ver lo que estaba ocurriendo. El problema era que podía oírlo.

—No estoy insinuando nada —repuso Clint—. Sólo le digo que no podemos regalar la comida a todo el mundo que afirme que se le ha roto una corona. Soy hombre de negocios, y si no me lo demuestra, no le puedo pagar la comida ni su lujosa corona.

Yo saqué la cabeza de debajo de la mesa justo cuando el hombre se puso de pie, tiró un billete de diez dólares y salió por delante de

Clint y de Kendra, que intercambió con él una mirada mientras abría la puerta.

Volví a agacharme para mirar un poco más, hasta que Clint me dijo que me levantara del maldito suelo y continuara con mi trabajo.

Una hora después llevé la última cuenta al último cliente y empecé a limpiar mis mesas. Estaba de mal humor, nada raro teniendo en cuenta que estaba trabajando. Pero esto era diferente. Tenía un nudo por dentro.

Estaba mirando el trapo. Pensando que era una indecencia que estuviera limpiando las mesas con un trapo blanco lleno de manchas grises de todo el día. Y lo más indecente era que, cuando acabara con mis mesas, iba a dejarlo en el mostrador para que otra camarera pudiera usarlo con las suyas.

Tiré el trapo sobre el banco donde se había sentado el hombre y comencé el juego del ketchup, que consiste en rellenar los botes para que al terminar parezca que hay unos cuantos nuevos en vez de un montón de botes medio llenos y usados. Cogí el más vacío y empecé a echarlo en otro.

Entonces la vi.

La corona de oro, que por cierto no se había caído al suelo, estaba encajada entre la mesa y la pared, detrás de la sal y la pimienta. Justo al lado del bote de ketchup que acababa de coger.

Se lo llevé a Clint en la servilleta de papel con la que lo había cogido y me dijo que la tirara. La situación ya estaba resuelta, dijo.

Así que la llevé al cubo de la basura. Cuando la tiré, se cayó de la servilleta y acabó dentro de un recipiente de aluminio. Me quedé un rato sentada mirándola, pero no podía dejarla allí, supongo que porque era de oro.

Cuando Clint no estaba mirando, la cogí con otra servilleta y me la metí al bolsillo.

Esa noche intenté hacer un trabajo sobre las consecuencias de los mitos para la clase de mitología, pero no pude. Sólo podía pensar en la corona. Saqué el colador y la puse dentro. Luego abrí el grifo esperando que se quitara la porquería. Cuando casi había terminado, el agua hizo que la corona se cayera al fregadero.

La miré de cerca. De lejos. Y la cogí.

Mi mente iba a cien por hora.

Quizá pudiera encontrarle para devolvérsela. Para decirle que sabía que tenía razón. Que no había dudado de su palabra. Que yo no era blanca.

Pensé en todo lo que podría haber dicho. «Clint, si no fueras tan idiota, habrías visto la corona justo aquí.» Luego la habría sacado de donde estaba. Y el hombre negro habría salido victorioso.

Y yo le habría salvado el día.

Pero no lo hice.

Por eso guardé la corona.

Por eso la tengo guardada con mis anillos en el joyero de guayaco.

Para verla todas las mañanas.

Y recordar que no hice nada.

Y que no soy nada.

Como él.

O Kendra.

O cualquier otra persona.

El mito de la mujer violeta

Tendría unos veintitrés años, y se llamaba Reginald. Al menos eso decía su etiqueta de McDonald's. Yo había adquirido la costumbre de comer un Huevo McMuffin antes de la clase de mitología de las nueve, y Reginald estaba allí cada mañana. Rápido y atento. No era muy simpático, pero aparte de eso hacía bien su trabajo.

Ese trabajo.

También era un buen bibliotecario. Una noche que yo estaba en la biblioteca del campus buscando en las estanterías un libro sobre los mitos melanesios, le vi allí. Estaba de rodillas con una pila de libros de ritos tribales. Me quedé mirándole un buen rato para intentar situarle. Él me miró sin verme y dijo:

—Si me pides un Huevo McMuffin te doy una patada en el culo.

No sabía si debía reírme. Decidí no hacerlo y entonces me sentí avergonzada.

—¿Haces esto todos los días? ¿Tienes dos trabajos?

—¿Y qué? —contestó mientras seguía colocando libros en las estanterías.

—Nada. ¿Estudias aquí? —le pregunté intentando arreglar la situación.

—¿Y qué si lo hago?

—No importa —respondí aún más avergonzada.

—Quiero ser profesor —dijo sin levantar la vista de los libros—. De educación primaria.

—Yo estudio antropología —comenté—. Pero estoy empezando a pensar que la vivo, así que no sé para qué quiero especializarme.

—¿Cómo se vive la antropología?

No se me ocurría ninguna respuesta ingeniosa.

—No lo sé. Con la gente, supongo. Siempre estoy estudiando a la gente.

—¿Como a mí ahora? —dijo con una cara tan inexpresiva que no sabía lo que podía estar pensando.

Estaba mirando los músculos de sus brazos. El hoyuelo de su barbilla. Sus labios gruesos y redondos. Cualquier cosa con tal de evitar sus ojos. Luego dije muy despacio:

—Como a ti ahora.

Él me miró tan rápido que ni siquiera estoy segura de que lo hiciera, y después apartó la vista.

—Un Huevo McMuffin con queso.

Fui todos los días durante una semana después de hablar con él en la biblioteca. Y él siguió actuando como si no me conociera.

—Adiós —le decía yo, a lo cual él respondía asintiendo con la cabeza.

En la Universidad de Houston no había ningún acontecimiento que ayudara a la gente a entablar relaciones. Si hubiera querido conocer hombres, podría haber ido a los bares para ver borrachos cornudos, o haberme unido a una hermandad. Y supongo que también podría haber aceptado las ofertas de los pelmazos con los que me encontraba al volver a casa.

Pero también estaba Reginald.

Una semana después le busqué entre las estanterías, pero no le encontré. A quien encontré fue a Mary Jean, una señora de cincuenta años que hacía muchas preguntas en clase de mitología y se preocupaba demasiado por todo. Se estaba volviendo loca porque no sabía qué tribu escoger para el trabajo de la semana siguiente.

—Ese Romano es un profesor muy estricto —dijo—. Por eso me gusta tanto. Lo que quiero decir es que no hay mucha gente como él. Es serio, entregado, profesional. —Hizo una pequeña pausa y se acercó a mí para hacerme una confidencia—. Y apuesto.

Mary Jean había decidido ir a la universidad después de su divorcio.

—Nunca es demasiado tarde para reinventarse —solía decir a gente que apenas conocía, como yo. Y por su forma de maquillarse y de echarse perfume se diría que estaba buscando a alguien que la reinventara.

Eso es lo que yo estaba pensando mientras ella seguía hablando del profesor Romano. Luego me di cuenta de que me miraba con insistencia.

—¿Estas ahí, Alisa?

—Me llamo Taylor.

—Lo siento. He debido confundirte con alguien de mi grupo de estudio. Pero ya sé cómo voy a acordarme la próxima vez. T de tamaño. T de Taylor.

—Eso es lo que hago yo —murmuré deseando largarme de allí.

—¿Qué has dicho? —preguntó. Si la hubiera insultado no me habría oído.

Entonces vi a Reginald por el rabillo del ojo con una pila de libros, flexionando sus atractivos brazos negros.

—Tengo que irme —le dije.

Reginald y yo acabamos en IHOP. La conversación que mantuvimos previamente en las estanterías fue algo así:

Taylor: Hola.
Reginald: Hola.
Pausa embarazosa. Él mira los libros. Yo miro al techo.
Taylor: ¿Te apetece tomar un café o algo?
Reginald: La verdad es que no.
Taylor: Bueno.
Reginald: Lo siento. Es que... estoy trabajando.
Taylor: Muy bien.
Reginald: ¿Puedes esperar una hora?
Taylor: Claro. ¿Dónde nos vemos?
Reginald: Ahí fuera, supongo.
Otra pausa embarazosa.
Reginald: ¿Por qué quieres tomar un café conmigo?

Yo me encojo de hombros.
Reginald: De acuerdo.
De acuerdo.

Tomar un café a las doce de la noche no es el mejor plan del mundo.
Y él estaba tan cansado que se le empezaban a cerrar los ojos.

Le pregunté por qué quería ser profesor.

—Porque en este país la educación es una vergüenza.

Le pregunté dónde vivía.

—¿Por qué quieres saber eso?

Le pregunté si le gustaba la Universidad de Houston, y él se rió.

—¿Vas a preguntarme si me gusta McDonald's?

Le dije que a mí me encantaba la antropología. Él comentó que
yo hablaba como una persona blanca. Que los blancos estudian cosas
que no son prácticas porque saben que hay un trabajo para ellos al
otro lado del túnel.

—Yo no he dicho eso —respondí—. Pero tienes parte de razón.

—Lo sé.

Le dije que había estado a punto de no ir a la universidad. Por el
dinero. Y sobre todo por María, que no podía ir, aunque era más inteligente que yo.

—Inteligente —repitió—. ¿Por los resultados académicos?

—Sí.

Se echó a reír.

—¿Dónde está ahora?

Le dije que se había ido a Cincinnati para vivir con su novio, que
tenía una moto y llamaba a sus pechos Teta Uno y Teta Dos.

—¿Y crees que es más inteligente que tú?

Yo me ruboricé.

Pagamos a medias y le seguí hasta la puerta.

—Ya nos veremos —dijo.

Ya nos veremos.

En el trabajo de mitología de aquella semana hablé de los keraki de
Papúa-Nueva Guinea.

Así es como el mito keraki explica el origen de la humanidad: en la Tierra había una palmera. Un día Gainji, el Gran Creador, oyó voces que procedían de la palmera. Voces misteriosas que no dejaban de hablar, pero sin coherencia. El Gran Gainji entró en la palmera y encontró a muchos grupos de hablantes. Los sacó y luego los separó por lenguas, para que los que hablaban la misma lengua estuvieran juntos. Y así es como la gente acabó separada en distintas partes del mundo, hablando distintas lenguas y viviendo distintas vidas.

Me gusta este mito porque en ese mundo la gente no es diferente al principio para terminar siendo parecida más tarde. Comienzan juntos, y acaban separados porque un dios quiso averiguar quién estaba con quién. Qué hacía que un grupo fuera tal.

Obtuve un Notable bajo.

El profesor Romano me dijo que fuera a verle a su despacho después de clase.

—Me ha gustado mucho tu trabajo —comentó con tono enfático. Estaba sentado tras una mesa de madera en una oficina pequeña pero limpia, con sus fuertes manos venosas sobre mi trabajo, mirándome a los ojos sin pestañear.

Me fijé por primera vez en las canas que tenía en el pelo. «Tendrá unos cuarenta y dos o cuarenta y tres años —pensé—. Y sin duda es apuesto.» Él me miró complacido, como si esperase que dijera algo.

Yo no dije nada, sólo me moví en la silla.

—¿No quieres saberlo? —preguntó.

—¿Qué?

—Si me ha gustado tanto tu trabajo —hizo una pausa y esbozó una encantadora sonrisa—, ¿cómo es que...?

—¿Qué? —dije imitando su tono.

—¿... que sólo te he puesto un Notable bajo?

Me encogí de hombros.

—Nunca se me han dado muy bien los trabajos.

Se rió, se quitó las gafas y se frotó las sienes. Después se apoyó en la mesa y se inclinó tanto hacia delante que por un momento temí que fuera a saltar sobre mí. Estaba tan cerca que podía oler su aliento limpio con sabor a jengibre. Luego dijo:

—Deberías tomarte en serio, Taylor.

—Ya lo hago —repuse, lo cual en su opinión confirmaba lo que decía.

—¿Sabes qué veo cuando te miro? —me preguntó. Yo me sonrojé y centré toda mi atención en las baldosas del suelo. Octógonos azules. Octógonos blancos. Bien alineados.

Le debí parecer terriblemente tímida, porque decidió dejar el asunto.

—Tal vez no estés preparada para saber lo que veo.

Me empezaron a temblar los labios como si fuera a llorar, aunque no sabía por qué.

—Puede decírmelo —respondí.

Pero él movió la cabeza de un lado a otro.

—Todavía no. Antes quiero que hagas algo.

Mi «tarea» especial para el profesor Romano era un trabajo en el que debía exponer mi propio mito de la creación. Si yo fuera el jefe de una tribu, ¿qué mito crearía para responder a las preguntas más habituales de mi pueblo? ¿Quién soy? ¿Cómo he llegado aquí? ¿Cómo encajo en la sociedad? ¿Cómo encajo en la naturaleza? ¿Cómo debería vivir?

No era un trabajo para clase. Debía presentárselo una semana después en su despacho. Sólo yo. Y él. Y tomaríamos un té mientras lo comentáramos.

Pasé horas intentando crear mi mito. No sabía si quería que fuera un mito de formación o de sacrificio. En un mito de formación hay un ser divino que está en contacto con lo sagrado y decide crear a la gente. Después de formar literalmente a los hombres con barro o arcilla, los deja libres esperando que vivan de acuerdo con sus enseñanzas divinas. En un mito de sacrificio el ser divino actúa más bien como catalizador. Crea la vida a través de su propia muerte. En este caso se pone el énfasis en la ambigüedad de la vida, donde la existencia tiene un carácter dual: de la muerte nace la vida, y de la vida nace la muerte, y así sucesivamente.

Decidí que sería un mito de formación:

Cuando en la Tierra sólo había barro y polvo gris, Anesta era el único ser que caminaba por su superficie. También ella era de color gris, como el suelo y el cielo en aquellos tiempos.

Pero se cansó del gris. Y se sentía sola en aquel espacio vacío. Así que escupió en sus enormes pies y caminó por la Tierra hasta que comenzaron a brotar flores naranjas, frutas violetas y radiantes árboles rojos, que eran impresionantes.

Pero enseguida se aburrió de las flores, de las frutas y de los árboles radiantes. Porque nada estaba vivo como ella.

Así que escupió en sus manos y caminó por la Tierra hasta que de sus manos brotaron personas. Personas naranjas. Personas violetas. Radiantes personas rojas. Imponentes personas azules.

Y contempló con orgullo a las personas de colores que jugaban en su jardín de colores.

Pero antes de que pasaran dos estaciones las personas de colores comenzaron a pelearse. Las más pequeñas eran las personas naranja, que tenían que subirse a los árboles para mirar a lo lejos. Y tenían que comerse a las personas violeta para sobrevivir. Pero las altas personas rojas preferían usar los árboles para construir sillas y reposar sus grandes y fatigados cuerpos, así que no querían que las personas naranja se las fueran a comer. Y les gustaba coger las flores violetas para ponérselas en su largo pelo rojo, que les llegaba hasta el suelo.

Y lo mismo ocurría con las personas azules y las personas violeta.

Cada una necesitaba cosas diferentes para propósitos diferentes.

Así que se peleaban, gritaban y destruían cosas. Y Anesta, en un arrebato de furia, escupió sobre las personas y las pisoteó hasta que sus pies las absorbieron de nuevo y desaparecieron de su jardín de colores.

Pero volvió a sentirse sola. Así que con un montón de flores secas creó al primer hombre moreno como ella. Le permitió crear a la siguiente persona, y él hizo una pequeña mu-

jer violeta. Pero Anesta pisoteó a la mujer violeta para absor-
berla con sus pies, porque ya había visto a la gente violeta y no
le gustaba.

—Quiero una mujer violeta —dijo el hombre moreno.

Pero Anesta sólo le permitía hacer una persona de un co-
lor que no hubiera aparecido aún en su jardín.

Entonces él hizo una suave mujer blanca, que Anesta le
permitió conservar.

Y el jardín se extendió hasta los confines de la Tierra.

Y ése fue el origen de la gente blanca y de la gente mo-
rena.

Y cada tres mil lunas nace una mujer violeta, que sólo
vive una luna antes de desaparecer bajo los pies de Anesta.

—Deberías tomarte más en serio —me dijo por segunda vez.

—¿Qué?

Estábamos en su despacho hablando de Anesta y comiendo un queso maloliente con venas azules.

—Ya me has oído —dijo mientras me preparaba una crujiente galleta con queso—. ¿Te gusta el roquefort?

No lo sabía.

—Sí —contesté antes de morder la galleta y darme cuenta de que no me gustaba.

—Tienes talento para escribir, Taylor, pero no para la autocrítica.

—Ah.

—¿Qué te da tanto miedo?

—¿Por qué me tiene que dar miedo algo?

—Hablas como una niña —comentó mientras yo me servía una taza de té con torpeza.

Me quemé la lengua con el primer sorbo. Estaba pensando qué podía decir. Qué debía decir.

—Usted actúa como si me conociera —dije.

—Es posible.

—Pero no me conoce. No sabe nada de mi vida.

—Sé que eres de la tribu de gente más bella. Eres tu propia mujer violeta.

Debí de retroceder un poco en la silla, porque él se echó hacia atrás y se rió.

—Lo único que quiero decir, Taylor, es que en cierto sentido eres intemporal. Es una cualidad de los dioses. Es un cumplido. Pero algo me dice que no te los tomas muy bien.

Se produjo un incómodo silencio mientras yo intentaba adivinar cuál era mi papel en aquel juego. Le miré a los ojos y él sostuvo mi mirada sin pestañear, retándome a apartar la vista.

—¿Qué quiere de mí? —le pregunté sin dejar de mirarle a los ojos.

Fue él quien apartó antes la vista y volvió a hablar con tono despreocupado, relajando la tensión del ambiente.

—Taylor, he tardado muchos años en darme cuenta de que hay pocas cosas en este planeta que merezcan la pena. La mayoría de las cosas que veo, la mayoría de la gente con quien me encuentro a diario es más bien mediocre. Así que cuando veo algo de valor, me tomo el tiempo necesario para conocerlo e intentar comprenderlo. ¿Te ha pasado eso alguna vez?

—¿Qué?

—¿Has visto algo que hayas tenido que perseguir porque necesitabas comprenderlo?

—No soy tan complicada —repuse.

Entonces él se rió.

Después de hablar con Romano fui a la biblioteca. «Ya nos veremos.» Eso es lo que Reginald y yo nos habíamos dicho al despedirnos. ¿Pero qué significaba aquello? Decidí que significaba que esperábamos encontrarnos. Que nos encontraríamos.

Le busqué entre las estanterías, pero sólo encontré a Mary Jean. Otra vez.

—¡Taylor! —exclamó casi gritando—. «T de tamaño». Yas ves que me he acordado. —Tenía las manos manchadas de rotulador por las horas que se pasaba subrayando los libros—. He oído que eres la favorita del profesor —comentó.

—¿Cómo?

—Ya sabes lo que quiero decir —dijo sin pestañear esperando una respuesta.

—¿Has visto a Reginald?

—¿Quién es Reginald?

—No importa —dije, y seguí buscando entre las estanterías.

—¿Cómo te va? —le pregunté a Reginald en McDonald's al día siguiente ignorando la cola que había a mi espalda.

—¿Quieres algo?

—Un Huevo McMuffin con queso —respondí.

—Un catorce —dijo Reginald como si no me conociera.

—¿Reginald?

—Gracias —contestó mirando ya al tipo que estaba detrás de mí—. Bienvenido a McDonald's. ¿Qué desea?

Ese fin de semana Romano me invitó a una fiesta en su casa. Dijo que mi mente necesitaba un poco de cultura. Me explicó que T. H. Thomas, el escritor de moda ese año, iba a estar allí, además de algunos otros periodistas, escritores y amigos.

—No hace falta que lleves nada, sólo a ti misma.

—Tengo que trabajar el viernes.

—Bueno, si las cosas cambian, creo que deberías venir.

Escribió su dirección en el dorso de su tarjeta y me la dio. Yo la miré con atención: «Dr. Jeff Romano, Departamento de Antropología.» En la esquina estaba el logotipo rojo de la Universidad de Houston. Estaba tan ensimismada con la tarjeta que casi no le oí cuando añadió:

—Y no te preocupes por la ropa. Habrá de todo allí.

Aquella noche, después de volver del trabajo, me senté en la cama y miré la tarjeta. Nunca me habían dado una tarjeta de visita. Me pregunté qué diría mi madre si supiera que tenía una tarjeta de visita y que había comido un queso hediondo a pies. Pensé en llamarla, pero en ese momento no me apetecía. Así que llamé a J. J.

—¿Taylor? —dijo—. ¿Dónde diablos estás?

—Estoy bien.

—No te he preguntado si estás bien. Te he preguntado dónde estás.

—¿Está bien mamá?

—Nunca ha estado bien y sigue sin estarlo.

—Tenía que marcharme, J. J.

—¿Seguro que estás bien? No te has metido en drogas ni nada de eso, ¿verdad?

No pude evitar reírme.

—No —respondí—. Vivo como una madre soltera.

—Dios mío.

—No estoy embarazada. Lo que quiero decir es que trabajo por las noches. Durante el día voy a clase, y en el rato que tengo libre voy a la biblioteca. Me encanta la antropología.

—¿Es eso lo que estás estudiando?

—Sí.

—¿Qué diablos vas a hacer con eso?

—No puedo explicártelo todo ahora.

—¿Entonces por qué diablos has llamado? —preguntó.

—Me siento culpable. Por mamá.

—¿Has hablado con ella?

—No. Lo haré. Pero en otro momento.

—¿Eso es todo?

—Sí. Eso es todo.

—¿Me has llamado para que te ayude a decidir algo?

Estaba pensando en una mujer que vivió un tiempo en el apartamento de al lado cuando yo tenía unos once años, la señorita Rocaine. Olía como una planta química, y llevaba unos zapatos tan altos que daba vértigo mirarla. Según nuestro vecino Al, durante un año se tiró a J. J. todos los días después de clase. ¿Estaría arrepentido J. J. de eso?

—No. No pasa nada. Sólo para saludarte, supongo.

Esa noche cogí un autobús para ir al apartamento de mi madre. Mi viejo apartamento. Lo primero que me llamó la atención es cuánto se parecía al sitio donde vivía ahora. No había nada original en ese tipo de edificios. Nada personal. Estaban construidos para no durar, con el mismo criterio de «hágalo usted mismo». Por un momento temí no ser capaz de recordar cuál era su bloque.

Pero lo recordé, por supuesto.

¿Qué estaba yo haciendo? ¿Por qué no la había llamado antes? ¿Por qué me había marchado así?

Porque tenía que hacerlo. Porque tenía que hacerlo.

Iba a llamar a la puerta, pero luego pensé que podía estar borracha o algo parecido. Así que decidí echar un vistazo. Las cortinas estaban abiertas, y la vi al fondo de la sala de estar. Un trocito de ella.

Al principio pensé que estaba vomitando.

Estaba de rodillas en mitad del suelo. ¿Estaría muerta? ¿O borracha?

Luego vi las cuentas. Tenía en la mano su rosario azul de plástico y pasaba las cuentas como si su vida dependiera de ello. Me pregunté por qué estaría rezando. Probablemente por mí. O tal vez por nada. Puede que estuviera rezando para no pensar en nada durante un rato.

En cualquier caso la dejé sola, convencida de que sería mejor llamar por teléfono que aparecer de aquella manera.

Cuando volví a mi apartamento la llamé. No respondió. Al principio me sentí aliviada, y después culpable por sentirme aliviada. Le dejé un mensaje: «Mamá, soy yo. Sólo quería saber si estabas bien. Te llamaré otro día».

Me quedé con una sensación extraña. ¿Qué habría hecho si viviera en una época sin máquinas con las que todo resultaba más fácil?

Supuse que habría llamado a la puerta.

Al día siguiente fui a la biblioteca después del trabajo, con el uniforme puesto aún y con olor a verduras fritas. No había visto a Reginald por la mañana en McDonald's. Y no podía dejar de preguntarme qué pensaría de mí. ¿Me odiaba? ¿Era tímido o torpe como yo? No tenía ni idea.

Le encontré en la sección de la Guerra Civil colocando libros. Cuando llegué adonde estaba, vi que le había llamado la atención uno de los libros y estaba hojeándolo.

—Hola —dije.

—Estoy trabajando.

—¿Por qué...? —comencé a decir. ¿Qué diablos estaba yo haciendo allí?

—¿Por qué qué?

—Por qué. No pasa nada. No te preocupes.

—¿Por qué no sonrío cuando te veo en McDonald's?

—Sí.

—Me tomé un café contigo. ¿Qué más quieres?

—Pensaba que tal vez...

—¿Que tal vez qué? ¿Que podría salir contigo y ser amable con tu familia y ser amable con tus amigos y que seríamos una pareja feliz en tu feliz y pequeño mundo de chica blanca?

—No. Es sólo que me gustas.

Se apoyó en las estanterías y luego se sentó en el suelo. Yo me senté enfrente de él mientras empezaba a hablar.

—He sido muy rudo contigo desde el principio. Pero tú estás deseando conocerme. Esperando que transforme tu mundo o algo parecido. Y a mí no me interesa eso. Tengo bastante con cambiarme a mí mismo sin cambiar el jodido mundo que me rodea.

—Yo no estaba pensando en nada de eso —repuse.

—Porque muy poca gente piensa en lo que está pensando. Es demasiado desagradable. Así que piensan una cosa y se dicen a sí mismos que piensan otra.

—Sólo quería conocerte mejor —dije esperando que fuera verdad, temiendo que no fuera verdad, que mi persecución hubiera sido un estúpido intento de enmendar un error que no había sido capaz de corregir. De demostrar en qué lado estaba.

—Pareces una buena chica, pero... yo no estoy buscando nada.

—Muy bien —respondí. Mientras sentía cómo me temblaban los labios, él suspiró y se limpió la frente con su esbelta mano antes de mirarme a los ojos por última vez.

—Ya nos veremos —dijo.

—De acuerdo —contesté con el estómago hundido, sintiéndome como una idiota por no haberle dicho lo que sentía. Que había encontrado en él a alguien más que tenía algo que demostrar.

El viernes cambié el turno. Luego estuve una hora intentando pensar qué llevaría a la fiesta, hasta que la cama acabó llena de ropa pasada de moda. Juré que lo tiraría todo, sabiendo que al día siguiente todo volvería a estar de nuevo en el armario. Acabé decidiéndome por unos pantalones negros ceñidos y una blusa ajustada que me había dado mi madre. Y un par de botas. Y maquillaje.

Cogí un autobús para ir a su casa. Vivía en West U, un bonito barrio que estaba cerca de la Rice University, en una casa pequeña de dos plantas que parecía hecha a medida para un profesor. No era como las mansiones de River Oaks, con sus ostentosos jardines. Era algo diferente. El césped no estaba impecable y bien recortado. Al ir hacia la puerta parecía que estaba paseando por el campo, con hierbas irregulares en el suelo. Y las cuatro ventanas que había no eran cursis ni recargadas. No tenían cortinas con volantes para crear un ambiente acogedor. La casa se veía confortable, con libros y velas en las repisas de las ventanas, y la luz del interior que se reflejaba en el jardín. Pero lo mejor de todo era la puerta principal. Era una sólida puerta de roble, con un cuarterón en la parte inferior y un grueso bloque de vidrio encima del pomo de bronce. Alrededor de esta pieza central, a modo de marco, había pequeños cristales de colores. Me imaginé la luz que se filtraría a través de esos cristales durante el día, formando en el suelo dibujos de colores que se moverían con el sol.

Respiré hondo, deseando quedarme allí fuera para no tener que enfrentarme a la gente de dentro. Pero llamé, y luego oí el temido «Adelante». Entonces abrí despacio la magnífica puerta y entré.

Inmediatamente me arrepentí de haberme maquillado. La sala estaba llena de hombres y mujeres que parecían haber salido de la serie de televisión *Treinta y tantos*. Y yo parecía que me había caído de las páginas del *Superpop*. Me había preparado de tal manera que mi aspecto era afectado, artificial. Tenía que mantener cierta postura para que me quedase bien la ropa. Y en consecuencia estaba tan rígida que ni siquiera podía andar normalmente.

Así que avancé con paso firme por un largo pasillo hacia una sala llena de gente que no conocía y me quedé en la puerta mirando. Entonces todo el mundo se calló y me miró. No me imaginaba por qué. No había dicho nada. Quería preguntarles qué estaban mirando, pero antes de que pudiera hacerlo salió Romano de la cocina con una botella de vino.

—Me alegro de que hayas venido, Taylor. ¿Conoces ya a todo el mundo?

—No —le respondí intentando ignorar a los demás, esperando que me ayudara.

—Entonces preséntate tú misma.

Observé las caras curiosas. No podía mirar a nadie directamente.

—Me llamo Taylor —dije, y luego me senté en la única silla que vi, una que estaba contra la pared, lejos del grupo. Un hombre alto con barba y unas ridículas gafas redondas apartó un poco su silla para hacerme sitio.

—¿Quieres unirte a nosotros?

Yo acerqué mi silla e hice todo lo que pude para evitar que mi falsa sonrisa se desmayara.

—Me llamo Tom —dijo el tipo de las gafas tendiéndome la mano. Ahora sé que era para estrechar la mía, pero entonces tardé un rato en darme cuenta.

Había ocho personas en total hablando de Fitzgerald. Yo fingí escucharlos sin dejar de moverme en la silla. «No debería haber venido. No debería haber venido. No debería haber venido.» Cuando se pusieron de acuerdo en cómo se habría sentido Fitzgerald si hubiera sabido que habían publicado el libro que estaba escribiendo cuando murió, Gwendolyn, una mujer muy flaca con una tez verdosa y un cárdigan pasado de moda, decidió que ya era hora de hablar de mí.

—¿A qué te dedicas, Taylor?

Romano intervino de inmediato.

—Taylor es alumna mía en la universidad.

—¿Del curso de doctorado? —preguntó ella.

Miré a Romano, que asintió como diciendo que me tocaba hablar.

—Estudio antropología. El profesor Romano es mi...

Tom se estaba riendo.

—¿El profesor Romano?

—Bueno, es su profesor —comentó otra mujer—. Todavía me acuerdo de la universidad. Qué tiempos aquellos. Tienes suerte de ser tan joven.

—Gracias —dije en voz baja.

—Taylor nunca ha salido de Tejas —anunció Romano como si yo fuera la persona más sencilla e inocente que había conocido. Y ni siquiera era verdad. Pero no dije nada. Dejé que se rieran todos a la vez.

Luego pregunté dónde estaba el baño.

Mientras iba a ponerme a salvo, mi cabeza estaba a punto de estallar. ¿Quién diablos me creía para pensar que podía encajar allí? Como si con un poco de maquillaje pudiera relacionarme con gente que vivía en casas como aquélla. Tenía ganas de llorar, y al ir hacia el baño noté que tenía los ojos húmedos.

Pero no lloré. Me quedé allí casi cinco minutos mirándome en el espejo. Decidí que no me importaba que esa gente presuntuosa pensara que estaba dando el salto del siglo. No iba a salir del baño. Todavía no. No hasta que estuviera preparada para salir fuera de nuevo y demostrarles que no era una niña estúpida.

Entonces alguien llamó a la puerta.

—¿Taylor?

Era Romano. Al abrir la puerta le vi en el pasillo, con la cabeza agachada y las manos en los bolsillos, como un niño tímido y avergonzado. En ese momento se parecía mucho a mí.

—No debería haber dicho eso, Taylor. Lo siento.

Estábamos cada uno a un lado del pasillo mirándonos. Sin apartar la vista el uno del otro. Sin decir nada. Hasta que por fin dijo él:

—No quería hacerte daño.

Después se acercó a mí y me besó con suavidad en la mejilla antes de darse la vuelta y regresar a la sala. Yo le seguí.

La cena ya estaba servida. Pollo asado con verduras, pan casero y vino. Yo me senté a su lado. Tom estaba hablando de un viaje que había hecho a México. De que San Miguel comenzaba a parecer una comunidad de jubilados más que una colonia de artistas. Lo cual los llevó a hablar de los estadounidenses desagradables, aunque comenzaba a parecer que los más desagradables se encontraban sentados en aquella mesa. En un momento determinado, cuando Tom estaba acusando a Gwendolyn de tener una «grotesca incapacidad para pensar de forma lógica», Romano me miró y yo sonreí. Luego metió la mano debajo de la mesa y me apretó la rodilla.

Después Tom lió un porro enorme y todos salieron fuera a fumarlo. Yo estaba a punto de seguirlos cuando Romano me llamó desde la cocina, donde estaba fregando los platos.

—Taylor —dijo—. ¿Me puedes echar una mano?

Tom sonrió y Gwendolyn hizo una mueca burlona. Yo volví a la cocina, avergonzada pero contenta de no verlos durante un rato.

Me acerqué al fregadero, abrí el grifo, cogí un plato y me concentré en las manchas de salsa que tenía pegadas. Sentí sus ojos clavados en mí mientras secaba. Luego dejó el trapo y de repente me abrazó por detrás con delicadeza, deslizando las manos por debajo de la blusa y del sujetador. Yo seguí fregando sin saber qué hacer. Noté cómo se excitaba antes de que me diera la vuelta y comenzáramos a besarnos apasionadamente, como yo imaginaba que se besaba la gente. Su barba incipiente me quemaba la piel.

—Taylor —me susurró al oído mientras me acariciaba la espalda—. Eres la criatura más sensual que he conocido.

Se apretó contra mí hasta que acabamos restregándonos como animales. Mi mente se quedó en blanco y comencé a sentir algo maravilloso y real. Luego me levantó para sentarme en el mostrador sin dejar de besarme, con mis piernas a su alrededor. Me sentí desaparecer. No oía nada. No pensaba nada. Y lo sentía todo.

Hasta que lo oí.

—Profesor Romano —increpó una voz burlona. Era Gwendolyn, que estaba mirándonos y riéndose. Después salió de la cocina tan sigilosamente como había entrado.

Le dije que no podía volver a salir allí. No en ese momento. Él me dijo que no fuera ridícula.

—Voy a irme a casa —afirmé.

Él se acercó a mí una vez más, me apartó el pelo de los ojos y me besó con ternura en la mejilla.

—Haz lo que quieras, pero... No podemos evitarlo.

—Bien —dije.

Bien.

Seis veces virgen

Evidentemente, nunca me acosté con Billy Talkington, porque murió en aquel accidente de caza. Pero si hubiera perdido mi virginidad con Billy Talkington, habría ocurrido así:

Billy me llevó de acampada. Cogimos una tienda, latas de comida y una caja de cerveza y fuimos en su furgoneta al lago Livingston. La primera noche estaba tan asustado que no pudo hacer nada. Pero la segunda noche, mientras parecía que la tienda iba a estallar con el sonido de la lluvia, nos emborrachamos un poco, nos quitamos la ropa dentro de los sacos de dormir y lo hicimos. Después nos dio tanta vergüenza que ni siquiera hablamos. A él le preocupaba que, tras haberlo hecho, le hiciera decir a sus amigos que salíamos juntos. Y yo me preguntaba por qué él se sentía tan bien y yo no me sentía tan bien.

Perder la virginidad con Charlie Simmons (el tipo con el que salí después de incendiar el cobertizo) habría sido de esta manera:

Un día que Charlie sabía que su madre volvería tarde a casa, me esperó junto a mi taquilla después de que sonara el timbre.

—Mi madre no llegará hasta las seis de la mañana —dijo en voz tan baja que me costó oírle—. ¿Te apetece venir?

Yo le respondí que lo pensaría, y acabé delante de su casa unos minutos antes que él. Una vez dentro comimos macarrones fríos con queso y vimos *Good Times*. Cuando se terminó *Good Times* me dijo que tenía unos cuantos condones, y fuimos a la habitación de su madre porque su cama era más grande.

Mientras estaba sola en el cuarto de baño, me quité toda la ropa. Cuando salí con una toalla, me estaba esperando desnudo debajo de las sábanas. Se quitó las gafas y nos besamos sin tocarnos apenas.

Luego me agarró un pecho y se restregó contra mí, gruñendo como un animal. Y por último introdujo a su amiguito y acabamos en cuestión de segundos. (De esta historia estoy segura, porque ocurrió realmente unos días después de que nos besáramos en el generador, sólo que después de restregarse contra mí eyaculó en las sábanas. Estuvo quince minutos pensando que se iba a meter en un lío. Finalmente decidió echar las sábanas a la lavadora y decir que había vomitado en ellas mientras leía en la cama de su madre. Yo me fui a casa y decidí que no volvería a ver a Charlie Simmons desnudo.)

Con Luther habría sido así:

Fui a verle a la universidad cuando estaba en cuarto de su carrera. Me llevó a cenar a un lujoso restaurante francés, en el que había manteles y servilletas de hilo y camareros que hablaban con un fuerte acento. Después volvimos en coche a su apartamento. Subimos a la azotea, donde tenía un telescopio, y me enseñó la constelación de Orión, y me contó la historia de Diana la cazadora, que mató por error a Orión, su amante mortal, y llevó su cuerpo al cielo para que pudiera seguir viviendo. Estuvimos besándonos mucho tiempo en la azotea hasta que comenzaron a flaquearme las piernas. En su habitación bebimos vino y hablamos de su familia y de cómo le había partido el corazón su última novia. Y después nos tumbamos en su cama, sobre la colcha, y él me quitó la ropa pieza a pieza, examinando cada curva. Y yo le quité la ropa pieza a pieza. Y luego empezó a besarme suavemente por todas partes. Y poco después estaba encima de mí, dentro de mí, mirándome a los ojos. Y dijo mi nombre una sola vez antes de que yo acabara, y después él acabó y se derrumbó sobre mí. A la mañana siguiente me preparó el desayuno, desnudo, y me lo trajo a la cama. Y me llevó con él al partido de fútbol. La semana siguiente recibí una nota en el correo: «No puedo dormir bien sin ti».

La historia de Carlos habría sido la más corta de todas:

Yo estaba borracha en un motel, en Nueva Orleans, y nunca le volví a ver. Fue doloroso y duró demasiado.

◆ ◆ ◆

Así es como habría sido con Reginald:

Mientras estaba estudiando por la noche para un examen, con una pinta horrorosa, llamaron a la puerta. Era Reginald, que estaba allí con aire avergonzado. Le pregunté si todo iba bien y respondió que no. Me dijo que me había visto con el profesor Romano.

—¿Por qué tenías que darte tanta prisa para abalanzarte sobre él? ¿Por qué?

—¿Cómo?

—¿No podrías haber esperado al menos un par de días?

—¿Y qué te importa a ti? —le pregunté.

—Me importa porque... —dejó de hablar y movió la cabeza.

—Dime por qué te importa tanto.

De repente empezó a besarme con fuerza, empujándome contra la pared. Me cogió en brazos y me llevó a mi habitación. Luego me tendió sobre la cama y comenzó a devorarme.

Ésta es la historia real:

Al día siguiente de la fiesta, Romano —al que ahora llamaba Jeff— me dijo que esa noche iba a ser mi noche, y me preguntó si me apetecía ver una obra de Athol Fugard en el Alley Theatre. Nunca había ido al teatro, pero le dije que sonaba perfecto.

Fue perfecto. La obra era estupenda. Se titulaba *My Children! My Africa!* Siempre había pensado que el cine era más conmovedor que el teatro, porque todo es más natural, pero en esta obra los actores resultaban muy cercanos. Parecía gente real que experimentaba un mundo de emociones justo delante de ti. Allí mismo. Yo estaba fascinada, aunque un poco distraída porque él me estaba agarrando la mano.

En el descanso salimos fuera a tomar el aire. Me llevó a un rincón oscuro a un lado del edificio, me apartó el pelo de la cara y comenzó a besarme.

—Taylor, tenemos que irnos de aquí —dijo.

Mientras corríamos hacia el coche de la mano íbamos riéndonos. La gente nos miraba intentando adivinar si era mi padre. Cuando llegamos a su casa, me llevó a su habitación. Me quitó toda la ropa besando todo mi cuerpo. Estuve allí desnuda más de veinte minutos. Luego él se desnudó y apagó rápidamente la luz.

Cuando me penetró, me miró preocupado, y después ansioso. Yo estaba a punto de llorar del dolor que sentía. Pero él no podía parar y yo no quería que lo hiciera. Su placer era más intenso que su inquietud. Y unos minutos después se apartó satisfecho.

Nos quedamos tumbados sin tocarnos.

—No tenía ni idea —dijo.

Yo estaba preocupada por la sangre, pero no me atrevía a mirar.

—No pasa nada —dije.

—Pero si lo hubiera sabido...

—No importa. Yo también quería.

Y era verdad. Quería hacerlo. Con alguien. De alguna manera. Pero no había imaginado que fuera así.

Los brazos de Antoinette

Los primeros meses que Jeff y yo estuvimos juntos supuse que aquello era una aventura clandestina. Algo que sería divertido durante un tiempo siempre que no fuera un obstáculo.

Así que me aseguré de que no fuera un obstáculo.

En la universidad mentí a Mary Jean y a todos los que comentaban que Jeff y yo pasábamos mucho tiempo juntos. Me inventé una historia de una beca y dije que me estaba ayudando con la solicitud. Y en clase estaba seria, como siempre. De vez en cuando, si teníamos un examen o algo parecido, subía a su despacho para hacerle alguna pregunta y le pasaba una nota en la que le decía lo que quería hacer con él después de clase. Y también tuvimos relaciones sexuales en el aula vacía unas cuantas veces (lo cual nunca fue muy cómodo). Sin embargo, estar con Jeff no era una distracción para él, ni para mí. En realidad hizo que me apasionara más lo que estaba estudiando. Cuando salíamos por la noche, podía preguntarle todo lo que quisiera. Y mis resultados demostraban que, por una vez, había puesto el corazón en algo.

Pero aunque mi trabajo estuviera mejorando y nuestra relación fuera buena, me quedé sorprendida cuando me pidió que fuera a vivir con él. También sus amigos se sorprendieron, pero no de un modo condescendiente. Más bien con escepticismo. Porque todos sabían que odiaba que la gente se quedara en su casa. En cierto sentido protegía su casa.

Cuando compró la casa estaba casi en ruinas. Las cañerías eran muy antiguas. El tejado resultaba peligroso. Y había termitas. Pero Jeff sabía que la quería.

—Yo creo que las casas tienen energía, y en cuanto entré en ésta sentí que debía vivir aquí. Ya sé que parece una tontería —dijo avergonzado.

Pero yo repuse que comprendía lo que quería decir. Que la primera vez que vine deseé poder quedarme en la puerta toda la noche y no tener que entrar.

—¿De verdad? —preguntó emocionado, y luego me contó que cuando el carpintero comenzó a trabajar en la casa, tuvo que romper una pared para llegar a las cañerías, y que justo allí encontró la puerta original. El carpintero le explicó que en las paredes de las casas viejas se encuentra todo tipo de cosas. Dinero. Ropa. Y algunas veces cosas que otros trabajadores no han querido tirar o no les apetecía desmontar. Como la puerta principal.

Esa noche, como si quisiera recompensarme por mi interés, me enseñó la casa como la veía él. Me mostró las curvas de las paredes, que apenas se veían desde que la escayola había sido sustituida por paneles. Levantó la alfombra turca de su despacho y me enseñó la madera original del suelo. Era una mezcla de pino y cerezo en piezas cuadradas. No fue capaz de reemplazarla por otra nueva, aunque estaba manchada y astillada y era evidente que la habían descuidado en algún punto de su larga vida. Me mostró la bañera con patas en forma de garras del cuarto de baño de invitados. Y me hizo sentir las escaleras. Los profundos surcos que había en la madera por el tránsito que habían soportado durante años.

—Imagínate cuánta gente ha subido por estas escaleras para que estén así.

Aquella noche inventamos historias sobre la viuda que había vivido allí. Porque eso es lo único que Jeff sabía de la antigua propietaria. Nos imaginamos que era una dramaturga adelantada a su tiempo. Que una vez por semana organizaba lecturas de sus obras en la sala, porque ningún teatro estaba dispuesto a representar el trabajo de una mujer. Y que allí era donde había transmitido su legado. A través de la gente que aprendía de ella en su propia casa.

O puede que fuera bailarina cuando Galveston era una importante ciudad de juego. Una corista de uno de los casinos, que se alegró cuando su marido murió porque pudo quedarse con la casa para ella sola.

Sabíamos que nuestras ideas eran ridículas, pero compartíamos esa fascinación. ¿Cómo puedes sentarte en una habitación o pasar por una puerta sin preguntarte quién más ha hecho lo mismo?

—Esta casa debería tener un nombre —le dije esa noche.

—¿Por qué?

—Porque... —busqué las palabras adecuadas—, es como si fuera una persona.

—¿Una persona?

—Sí —afirmé—. Estoy absolutamente convencida de que esta casa es una persona.

—De hecho —dijo abrazándome—, ya tiene un nombre. Taylor, me gustaría presentarte a Antoinette.

Le dije «hola» a la casa. Y a la mañana siguiente me preguntó si quería dejar mi agujero prefabricado y trasladarme a vivir con él.

La cabeza me daba vueltas. ¿Qué iba a decir mi madre? Sólo tenía veinte años. Y él más de cuarenta. Ya me había dicho que no le interesaba conocer al pervertido de mi novio. ¿Qué iba a decir ahora? Me daba lo mismo, siempre que fuera cierto lo que decía él. Que me quería de verdad.

Evitó mi mirada por inseguridad o timidez. Parecía nervioso, como un niño de diez años que me hubiera pedido una cita y estuviera esperando mi respuesta. Cogí su mano y le obligué a mirarme.

—Sí —le respondí, y luego se me llenaron los ojos de lágrimas al pensar que iba a despertarme todos los días en los brazos de Antoinette.

El mito de África

Mi madre no aprobó que viviera con Jeff. Guardé el secreto unas cuantas semanas, pero al cabo de un tiempo me pareció ridículo. Así que se lo conté.

—Estás viviendo con tu maestro —dijo como si quisiera decir «Adónde hemos llegado».

—Es mi profesor de mitología —le expliqué.

—Pero es inmoral, y además... —hizo una pausa dramática—, estoy segura de que es ilegal, puesto que es tu profesor.

—Es una universidad muy grande, mamá. Nadie lo sabe.

La oí suspirar a través del teléfono.

—¿Cuántos años tiene?

—Cuarenta y dos —le dije, aunque ella ya lo sabía.

—¿Y tú...?

—Mamá, sabes cuántos años tengo.

—Es un pervertido —comentó.

—No es un pervertido. Sólo estamos enamorados.

—Puede que te esté utilizando —me advirtió de un modo que me hizo temer que después viniera lo de *¿Para qué comprar la vaca...?*

—Puede que yo le esté utilizando a él.

—Claro —dijo—. Perdóname por ser tan anticuada.

A partir de ese momento no volvió a pronunciar su nombre. Yo creo que lo borró de su mente. De todos modos, últimamente estábamos un poco alejadas, y aquello era una excusa para mantener la distancia. Desde entonces nuestra relación se limitó a llamarnos de vez en cuando y no hablar de nada. Ella se volcó más en la iglesia, y yo me volqué más en Jeff.

◆ ◆ ◆

Tras cinco meses de convivencia, Jeff y yo desarrollamos una rutina:

Los lunes él iba a correr por la mañana. Yo iba a clase. Por la tarde yo volvía a casa y estudiaba un rato antes de ir a trabajar. Jeff había intentado conseguirme un trabajo en su departamento, pero no funcionó, así que me buscó un empleo en Justine's, un lujoso restaurante de cocina continental con generosas propinas.

Los martes siempre había sesión de cine por la noche. Una vez le confesé que nunca había visto una película de Audrey Hepburn, así que la película del primer martes fue *Desayuno con diamantes*. Acabé siendo una experta en directores franceses de la *nouvelle vague* y en actores muertos.

Los miércoles tocaba sexo, más o menos. Ésa era nuestra pequeña regla. Aunque no tuviéramos muchas ganas. Decía que las relaciones siempre se deterioran si no hay suficientes relaciones sexuales, así que todos los miércoles por la noche había sexo (con algunas excepciones).

Los jueves estaban reservados para cenar con sus amigos. Aunque seguía sin gustarme Gwendolyn (la bruja demacrada que se había reído de mí la primera noche que besé a Jeff), me había hecho muy amiga de Tom. Me llamaba Miss América. Me puso ese apodo una noche en que todos estábamos subidos de tono y me desafió a que cantara el himno a la bandera de Estados Unidos encima de la mesa erguida sobre una pierna. Y lo hice. Bien.

Los viernes no tenía que ir a la universidad ni a trabajar, así que solía asistir a un par de clases de Jeff, porque le gustaba hablar de su trabajo conmigo. Y por la noche salíamos a cenar. Teníamos un mapa en el que Jeff marcaba los países cuya comida yo había probado. Decía que en tres años, si quedaba algún hueco en el mapa, tendríamos que viajar allí para degustar su comida. Por el aspecto que tenía el mapa tendríamos que ir a África.

Los sábados íbamos a correr juntos, cosa que yo odiaba porque era un poco más rápida que él, y siempre parecía sentarle mal. Y la mitad de las veces le daban calambres en las piernas al llegar a casa, así que tenía que darle un masaje. No me importaba, pero siempre se quejaba de que le hacía daño. Los sábados por la noche yo iba a trabajar a Justine's. Y él hablaba por teléfono con Teresa, su ex mujer. Eso lo habíamos acordado juntos.

Los domingos yo dormía hasta el mediodía, porque los sábados solía llegar agotada. Jeff se levantaba a las diez e iba en coche a comprar *The New York Times*, que según él era el único periódico del país que merecía la pena. Cuando estaba de vuelta preparaba el desayuno (normalmente una tortilla, salchichas de pavo y café) y lo tomábamos en la cama. Después él corregía sus trabajos mientras yo escribía el mío.

Las razones por las que quería a Jeff eran menos precisas y mucho más complicadas que nuestra rutina. Quería a Jeff porque siempre me llevaba a las fiestas con él, y no le preocupaba lo que la gente pensara de mí, o de nosotros. Quería a Jeff porque me desenredaba el pelo cuando veíamos películas. Quería a Jeff porque era incapaz de sorprenderse. Ningún pasado le parecía demasiado oscuro. Ninguna historia demasiado horrenda o demasiado larga. Sabía escuchar mejor que nadie que hubiera conocido.

Y sabía hablar. Mucha gente (incluida yo) sabe un poco de esto y un poco de aquello, que en definitiva no es nada. Pero Jeff era diferente. Si sabía algo de un tema, lo sabía todo; se tratara de un mito o de una película, le encantaban los detalles.

También le gustaban mis detalles. No me permitía glosar nada. No podía encogerme de hombros a modo de respuesta. Siempre tenía que explicarme. Y eso era terrible. Terrible y estimulante.

Todo era así con Jeff.

Entonces.

Los estudios me iban bastante bien, sobre todo gracias a Jeff. Cuando hacía un trabajo, se lo leía en voz alta para buscar entre los dos la forma de mejorarlo. El único problema era que algunas veces acabábamos discutiendo. Cada vez criticaba más a mis profesores. Decía que la mayor parte de mis tareas eran una completa pérdida de tiempo, y algunas noches confesaba que se estaba cuestionando las decisiones que había tomado en su vida. No sólo por su ex mujer, sino también por su profesión.

—Debería estar haciendo algo útil, viviendo una vida que valga la pena. La enseñanza es sólo un ejercicio. Puro y simple. Es como entrenar en una cinta rodante siete días a la semana para un maratón y descubrir luego que no hay maratón. Así que te quedas en un gimnasio apestoso, girando en círculos.

A veces hablábamos de viajar al Tíbet o de ir a vivir a Zimbabue. Incluso mencionó el Cuerpo de Paz unas cuantas veces, pero nunca hicimos nada al respecto. Continuamos con nuestra rutina.

Y entonces llegó María.

—¿Quién es María? —preguntó Jeff.

También quería saber dónde iba a quedarse. Todos los amigos de Jeff sabían que, si venían a visitarle, tenían que alojarse en un hotel. Era muy particular con Antoinette.

Le dije que María era mi amiga de la infancia y le expliqué que ella y su novio (estaba comprometida con un policía llamado Richard) andaban justos de dinero. No hablé de su embarazo; sólo estaba embarazada de dos meses, y no se daría cuenta. Le dije que María tenía muy buen carácter y que le gustaría. Era mentira, pero no tenía otra opción. Yo quería que se quedara con nosotros.

Llegó un jueves, con lo cual alteró nuestros planes. Los jueves le tocaba a Sam organizar la cena, y las fiestas de Sam eran siempre las más divertidas. En ellas solía haber menos filosofía y más bromas, música y cachondeo. Yo pensaba dejarle una llave a María para que pudiera entrar cuando llegara mientras Jeff y yo estábamos en la cena, pero él dijo que no iba a permitir que una desconocida se paseara por su casa. Si quería que mi amiga se quedara con nosotros, yo tendría que estar allí para abrirle la puerta.

Cuando Jeff se marchó a casa de Sam, estuve esperándola un rato que se me hizo eterno. ¿Cómo estaría ahora? ¿Cómo se llevaría con Jeff? ¿Le sorprendería a ella que Jeff fuera tan mayor? ¿Y a él que ella fuera tan joven? ¿De qué hablaríamos? ¿Por qué me preocupaba?

Cuando por fin apareció a las ocho y media, no podía creer que fuera ella. No había pasado tanto tiempo. Pero la última vez que la había visto estaba drogada, a punto de huir en una moto; ahora estaba muy guapa. No era por la ropa o el pelo. Tenía un aspecto radiante. Ella me dijo que era el bebé.

Le di una vuelta por Antoinette. Le enseñé las cosas que más me gustaban de ella. Las velas de las ventanas. El sólido tocador del dormitorio. La bañera con patas en forma de garras. Las paredes curvadas de escayola. Los edredones de plumas. El suelo de madera bajo la alfombra turca. El cuadro de la pared que le había dado su abuela. Los surcos de las escaleras.

—Imagínate cuánta gente ha subido por estas escaleras para que estén tan pulidas —dije.

Ella pasó la mano por la madera.

—Vaya —exclamó—. No creía que fuera tan suave.

Preparé unas tazas de manzanilla y charlamos sin parar. Me dijo que había conocido a Richard en la comisaría, cuando fue a poner una denuncia contra Diego porque siempre aparecía borracho y enfurecido en casa de su prima, donde ella vivía. Una noche llegó a tirar ocho tarros de mostaza por la ventana.

Pero me dijo que Richard era como un sueño. Además de darle una buena paliza al capullo de Diego una noche que no estaba de servicio, era el mejor tipo con el que había salido. Dijo que la cuidaba muy bien, y por el aspecto que tenía le creí.

Cuando estaba hablándole de Jeff y de nuestra rutina, entró él por la puerta algo bebido. Pero bien educado: más simpático que irritable. En cuanto vio a María, empezó a rascarse la barbilla, que era lo que solía hacer cuando valoraba algo.

—Así que tú eres la infame María.

—Sí, soy yo.

Por su forma de actuar parecía que le encantaba tener extraños en casa. Le enseñó el cuarto de baño y le contó el chiste de cómo canta la ducha (la boquilla silba). Incluso nos ayudó a hacer la cama en el cuarto de invitados.

Al ver cómo metía las esquinas de las sábanas (muy tirantes), me entraron ganas de llorar. En muchos sentidos ésta era la primera casa que yo había tenido. El primer lugar del que no me avergonzaba. El primer lugar donde tenía la comida en los armarios, donde mis flores (tulipanes) estaban en un jarrón sobre la mesa de la cocina, donde tenía las camisetas ordenadas en una silla de madera junto a la cama. Vernos hacer juntos la cama de María era como abrir un álbum familiar. Allí estábamos: marido y mujer, padre y madre, unidos.

Por la noche hicimos el amor de un modo que me recordó por qué nos sentíamos tan bien juntos.

Al día siguiente, viernes, María y yo fuimos a su seminario sobre mitos y religiones. Estaba hablando de los católicos, que según él son víctimas de su mitología. En su opinión no consideran sus creencias como mitos, sino como verdades. Así que, en vez de ver la religión como una actitud hacia la realidad, creen que es una realidad en sí misma. Y por lo tanto no son conscientes de su hipocresía al criticar a otras religiones mitológicas. Son prisioneros de sus propios mitos.

A mitad de clase María se acercó a mí.

—¿Entiendes lo que está diciendo?

—Sí —contesté sintiendo un escalofrío. Hace sólo un año me habría pasado toda la clase nerviosa, sin comprender nada, fuera de lugar. Pero Jeff había cambiado todo aquello.

Por eso me sorprendí cuando le dije a Jeff una mentira después de la clase.

Le dije que María tenía muchas ganas de ver a un grupo del que había oído hablar. Se llamaba Death Threat, y era de música punk.

—Te perderás Etiopía —dijo refiriéndose a nuestros planes gastronómicos para esa noche.

Le respondí que «los etíopes ya no comen» para intentar ser graciosa. Pero por la expresión de su cara no le hizo ninguna gracia.

—Lo siento —añadí.

—No puedes decir cualquier cosa que se te ocurra, Taylor —me reprendió.

—He dicho que lo siento.

—Piensa antes de hablar, ¿quieres?

—De acuerdo.

—Y que os divirtáis con Death Threat.

En realidad era yo la que quería ir. Había leído una crítica de ellos en el *Houston Press*, donde los definían como «una versión psico-billy de Leonard Cohen con metanfetaminas».

—Odio ese tipo de música —comentó María, aunque con Jeff había disimulado—. ¿No has oído hablar de Death Threat? —le preguntó antes de que nos fuéramos—. ¡Dios mío! ¿Dónde has estado?

Mientras Jeff comía en Etiopía solo, yo me estaba creando problemas. El tipo de problemas que vienen con un par de cervezas, música a todo volumen y un montón de gente estrujándose.

Fue el cantante. Se llamaba Rock.

Era alto y delgado, con la ropa un poco holgada. Su voz era tan densa que casi se podía ver. Pero lo que más me gustó es que por lo demás parecía tímido: su forma de cerrar los ojos al cantar, su forma de dirigir al grupo moviendo la mano, su forma de saludar al final del espectáculo. Sin dar saltos. Con una simple inclinación de cabeza.

Y justo antes de irnos, cuando el concierto se había terminado y estábamos en el bar, me miró.

—¿No nos hemos visto en alguna parte? —preguntó.

—Sí —le mentí.

—¿Dónde?

Decidí hacer una broma.

—En París —dije—. ¿No te acuerdas?

Se quedó parado un instante y luego se rió.

—Eres muy graciosa —dijo mientras su representante se lo llevaba para algo. Se dio la vuelta y me miró una vez más antes de marcharse. Y me guiñó el ojo en broma. Con firmeza. Sarcásticamente. Como si intentara decirme que también él era gracioso.

Y yo me quedé enganchada.

A la mañana siguiente, Jeff quería ir a correr. Yo tenía mucha resaca, pero me sentía culpable por lo de Rock, así que accedí. A mitad de nuestra ruta de diez kilómetros comenzó a sentir calambres en las piernas. Maldijo esto y aquello, pero al final lo único que pudimos hacer fue volver despacio a casa. Al llegar, María nos había preparado unas tortitas, que se habían quedado secas de estar tanto tiempo en el horno.

Después de un tenso desayuno, decidí dejar a Jeff un rato solo, así que María y yo salimos a dar un paseo por el barrio. No hablamos mucho, pero no resultó incómodo.

Le enseñé mi casa favorita. Era una casa pequeña de una planta con un jardín descuidado y un sauce llorón enorme que colgaba delante de las ventanas cerradas.

—A mí me parece tétrica —comentó.

—¿Tétrica? No es tétrica.

—Es muy vieja —afirmó, y luego me describió la nueva barriada donde ella y Richard iban a comprar una casa—. ¿Te imaginas? —dijo—. Seremos los primeros en poner allí el pie —y siguió hablando de las paredes limpias y la chimenea y lo cerca que se encontraba de un nuevo gimnasio.

Pero yo no le estaba prestando mucha atención. Me había distraído con algo que había visto en la basura.

—¡Taylor! —exclamó—. ¿Qué estás haciendo?

Me miró horrorizada a cierta distancia mientras yo rebuscaba en la basura de la casa del sauce: una enorme pila de trastos y bolsas de plástico abiertas que habían dejado en la acera esperando que las recogieran.

—No tenía ni idea de que las cosas te iban tan mal —bromeó acercándose a mí con aire conspirador, presintiendo una aventura—. ¿Qué diablos esperas encontrar aquí?

—¿Te puedes creer que alguien haya tirado esto? —pregunté. Era una caja de madera, en forma de un pequeño cofre para guardar un tesoro, que tenía un barco pintado en la tapa. La pintura se había resquebrajado, pero el barco se veía aún.

—Sí —respondió con tono de sabionda—. Me lo puedo creer.

Era agradable que me volviera a tomar el pelo.

—Pues me lo voy a quedar —dije. Me abracé al cofre y continué andando.

—¿Qué vas a hacer con eso? —me preguntó.

—Supongo que lo arreglaré —respondí. Luego le expliqué que podría gustarle a Jeff. Que quizá lo arreglara para él. Y entonces me sentí culpable. ¿Intentaba compensarle porque creía que no me estaba portando bien con él?

—¿Te das cuenta de que las dos nos hemos vuelto muy hogareñas? —dijo mientras seguíamos paseando.

—Yo no soy hogareña.

—Por favor. Estás jugando a las casitas. Cogiendo muebles de la basura.

—Vivo con alguien. Eso es todo.

—¿Así que es el hombre de tu vida?

—¿Jeff? —dije llegando ya a casa. Dejé el cofre en la hierba y me senté al lado.

—¿De quién más podría estar hablando? —preguntó, y supongo que me ruboricé, porque se quedó mirándome con la boca abierta—. Dios mío —se sentó en el suelo y se acercó a mí instintivamente.

—No veo a nadie más.

—Tienes problemas.

—He dicho que no veo a nadie más. Sólo he estado con Jeff.

—Me observó en silencio mientras mis palabras me sobrecogían—. Asusta un poco al decirlo de esa manera, ¿verdad?

Le dije a María que algunas veces, cuando me ponía absurda, me imaginaba cómo sería la piel de otro hombre. Lo que no le dije es que la piel de Jeff era diferente de la de los hombres más jóvenes que había tocado. Era más floja. No gorda ni fláccida. Como si con la edad se fuera separando del hueso.

—Yo amo a Richard —respondió María demostrando una vez más que estaba en esa fase en la que crees que la vida es perfecta, que todo el mundo gira a tu alrededor simplemente porque estás enamorada.

—Pensaba que no querías tener hijos —dije, sin pensar que tal vez no fuera un comentario muy amable.

—Si no quisiera tener hijos no estaría embarazada, ¿no crees?

—Lo siento. Sólo me estaba riendo como tú antes. Ya sabes, por lo hogareñas que somos.

El domingo se fue María. Antes de que se marchara nos abrazamos por primera vez para despedirnos, lo cual hizo que me sintiera rara y adulta al mismo tiempo.

Jeff preparó el desayuno y leyó el *Times* en la mesa de la cocina.

—Gracias por ser tan amable con María —le dije.

—Me alegro de que tengas una amiga —respondió—. Creo que deberías tener más amigos.

—Ah —exclamé. Pensaba que tenía amigos. Sus amigos.

Fue como si me estuviera leyendo el pensamiento.

—No estoy diciendo que pase nada, cariño. Sólo me alegro de que conectes con otra gente.

Durante todo el día no pude dejar de pensar en Rock. Me imaginé haciendo el amor con él en un prado inmenso, con la luz del sol reflejándose en su pelo. En eso pensaba mientras leía el *Times*.

Y en eso pensaba mientras redactaba mi trabajo.

Y desgraciadamente en eso pensaba cuando Jeff comenzó a acariciarme la espalda por la noche.

—¿Que te pasa? —preguntó.

Le dije que no era nada. Que al ver a María me había dado por pensar en cosas en las que ya no quería pensar. Que me sentía culpable por mi madre. Y por mi padre. Era cierto que me sentía culpable.

Me recordó que ahora hablaba con mi madre con más frecuencia que hacía seis meses. Me di la vuelta y le miré. Estaba de costado debajo del edredón, con los rasgos de su cara más atractivos con la luz. Sonrió un poco, como si supiera que había algo más en mi cabeza.

Sabía que María me respondería que estaba loca por decir aquello, pero tenía que hacerlo. Quería a Jeff y debía saberlo.

—¿Te atraen alguna vez otras personas?

—Claro que me atraen otras personas.

—¿Ah, sí? —dije—. ¿Como quién?

—Bueno, por ejemplo sentí atracción por María. Es muy guapa. Pero eso no significa que quiera hacer nada con ella.

—¿Se supone que con eso tengo que sentirme mejor? —pregunté.

—Taylor, las relaciones no se rompen porque a alguien le atraiga otra persona. Se rompen porque la gente no es sincera. El matrimonio sería ridículo si tuvieras que prometer que nunca te va a atraer nadie más. Eso es imposible. El matrimonio significa que no vas a hacer nada al respecto. Pero la atracción es inevitable.

—¿María? —repetí.

—Bueno. No debería haberlo dicho. Sólo era un ejemplo.

Sentí celos hasta que volví a fijarme en las canas de su pelo. Me gustaban porque hacían juego con sus ojos. Pero sabía que María nunca se acostaría con un tipo canoso. Lo cual hacía que me sintiera mejor y peor al mismo tiempo.

Jeff estaba sonriendo otra vez.

—¿Así que por eso has estado con esa cara todo el día, porque te atrae alguien?

—Yo no he dicho eso.

Me cogió la mano que tenía sobre su pecho y la besó.

—Está bien —dijo.

En cuanto cerré los ojos, su voz hizo que los abriera de nuevo.

—¿Y quién es? —preguntó.

—¿Qué más da?

—¿Es María?

—¿Cómo?

—Era una broma —dijo él, aunque la decepción de su cara indicaba que hablaba en serio.

—No. María te atrae a ti. ¿Recuerdas?

—Taylor, sólo era un ejemplo.

Me encogí dándole la espalda, pero estaba demasiado furiosa para quedarme allí. Así que me volví hacia él y su cara sonriente.

—Se llama Rock. Es el cantante de Death Threat. Ya está. ¿Te sientes mejor?

Comenzó a reírse.

—¿Qué instrumento toca?

—Es el cantante principal.

—¿Le conoces? ¿O es un amor platónico? —dijo como si estuviera riéndose de mí.

—Sí, le conozco —mentí—. Somos amigos.

El sábado siguiente mentí unas cuantas veces más. En el trabajo le dije a Sarah que Jeff tenía unas entradas para ver una obra en el Alley y le pedí que me cambiara el turno sólo por aquella vez.

Y a Jeff le dije que tenía que pasar por la biblioteca antes de ir a Justine's. Así que cogí su coche y fui a trabajar por la tarde mientras él pensaba que estaba en la biblioteca. Y después, cuando él creía que estaba trabajando, fui a Fitzgerald's, donde actuaba Death Threat.

En cuanto salió Rock al escenario, se aceleró todo en mí. Estaba en la parte de atrás, apoyada contra la pared, bebiendo cerveza barata. Y me pareció más atractivo de lo que recordaba. Hizo que me sintiera como un animal, como una criatura que necesitaba saciar su apetito. Era algo que venía muy de dentro.

Me imaginé cómo sería fuera del escenario. Cómo sería en la cama. Cómo estaría acurrucado, durmiendo a mi lado por la mañana. Imaginé que dormiría plácidamente, boca arriba, con su cara bien perfilada relajada, sin hacer ningún ruido.

Entonces aparecieron ellas.

Eran dos chicas que no tendrían más de dieciséis años. Estaban fumando, peligrosamente, acercando sus colillas cada vez más a mi camiseta. Y no dejaban de hablar.

De Rock. De lo guapo que era. De que fulana se había acostado una vez con él y decía que follaba mejor que nadie. Y de cosas parecidas.

Estuve a punto de decirles que se callaran. Si les gustaba tanto Rock, podrían callarse para que pudiera terminar la actuación. Y entonces me di cuenta de que aquello era patético.

La única diferencia era que ellas tenían dieciséis años y no sabían mucho de la vida. Y yo tenía veinte y debería saber algo más.

Antes de marcharme me puse el uniforme de Justine's. Y decidí volver a casa, donde Jeff y Antoinette.

Me di una ducha y me puse el salto de cama que me había regalado el día de San Valentín. Era negro, sencillo, con una uve en la espalda. Me lo había puesto una vez y me había sentido ridícula. Pero esa noche me sentía como una adulta. Una mujer.

Cuando fue a apagar la luz, le retuve la mano.

—Quiero verte —dije, porque era cierto que quería verle. Me miró como un niño avergonzado y accedió. Le quité el pijama y los calzoncillos y él me quitó el salto de cama. Y estuvimos así, desnudos, tocándonos y mirándonos, el tiempo suficiente para que yo redescubriera su cuerpo.

Y todo fue diferente. Porque con luz él lo sabía. Y yo lo sabía. Los dos sabíamos que yo era más joven. Que mi cuerpo era más joven. Y, sin embargo, se entregó a mí. Y, sin embargo, yo le acepté.

El lunes insistió en ir a recogerme al trabajo. Y llegó pronto. Mientras yo ordenaba las mesas habló un rato con la propietaria.

Al volver a casa permaneció en silencio todo el camino.

Esperó a que estuviéramos dentro, con la puerta cerrada, para decírmelo.

—La culpa de esto la tengo yo. Aunque estoy enfadado, sé que es culpa mía. Porque debería haber sabido que, si salía con una niña, acabaría con una niña.

—¿Qué significa eso?

—Que sé que trabajaste el sábado por la tarde. Que no fuiste a la biblioteca.

—¿Me estás controlando?

—Y sé que te follaste a tu amiguito el músico.

—¿Ah, sí?

—Sí.

Estaba tan furiosa que apenas podía hablar. No era una niña.

—¿Por qué no me lo cuentas todo?

—Lo único que sé es que te debió de poner muy cachonda.

—Claro —dije—. No sabes cómo follé.

—Después de salir y tener una relación alocada con un tipo al que apenas conoces, ¿vuelves a casa y duermes conmigo de un modo diferente y esperas que no me dé cuenta?

—¿De qué coño estás hablando?

—Del salto de cama que no has sacado de la caja desde que te lo regalé. De las luces encendidas. Taylor, tener relaciones sexuales con otra gente te cambia. Si hubieras andado un poco más por ahí sabrías disimularlo un poco mejor. Me asqueas.

—¿Te asqueo?

—Mira, sé que es culpa mía. Debería haberme dado cuenta.

—¿Qué quieres decir?

—Eres joven, cielo. Eso es todo. Es culpa mía.

Yo estaba llorando, pero no le importó. Me hizo la cama en el cuarto de invitados y dijo que hablaríamos por la mañana.

Pero yo no podía dormir. No dejaba de pensar que allí el niño era él. No yo. Que actuaba como si no fuera digna de confianza debido a mi inexperiencia, pero en realidad era él el que no era digno de confianza, el que me había traicionado.

Así que fui a su habitación. Pero la puerta estaba cerrada. Llamé.

No hubo respuesta.

Di puñetazos.

Siguió sin responder.

Le dije a gritos que era un hijo de puta.

Nada.

Entonces fui al garaje para arreglar el cofre. Pensaba regalárselo. Era mi secreto. Pero ya daba lo mismo.

Lo miré durante un rato y me pregunté quién habría pintado el barco. ¿Alguien tan frustrado como yo en ese momento? Por fin me puse a trabajar. Quería cambiar la bisagra rota, pero no tenía nada para reemplazarla. Le quité el polvo con un trapo, lo engrasé con Murphy's y pasé la mayor parte del tiempo intentando quitar la cola de una pegatina. Mientras rascaba en vano con la uña pensé en todo lo que quería decirle. En todo lo que me gustaría haberle dicho.

Una hora más tarde, después de quitar la cola con aceite vegetal, entré en casa y llamé otra vez a su puerta.

No respondió.

Me desperté acurrucada como un perro a los pies de la puerta cuando él la abrió, y luego me pidió amablemente que me apartara porque tenía que ir a trabajar.

Le seguí hasta la cocina y observé cómo se echaba el zumo de naranja. Y le dije la frase que me había mantenido despierta aquella noche, esperando que fuera capaz de decírsela.

—Ni siquiera estuve con él, Jeff. Pero me parece que tampoco haya estado contigo.

—Eso no tiene sentido, Taylor. ¿Qué estás intentando decir?

Mi labio estaba temblando, pero me contuve. No quería que me escuchara sólo porque estuviese llorando.

—Estoy intentando decir dos cosas. En primer lugar, que nunca he follado con Rock, sólo hablé una vez con él. Y en segundo lugar que anoche me di cuenta de que eres un capullo.

—¿Qué quiere decir eso de que sólo has hablado una vez con él?

—¿Qué más da? De todas formas parece que hay otras mil razones para no estar conmigo.

—Yo sólo... ¿Me estás diciendo la verdad?

—Sí.

—¿Por qué no me detuviste ayer?

—Quería conocerte mejor —respondí.

Durante una semana apenas nos miramos el uno al otro. Hasta que un día me despertó en el cuarto de invitados.

—Lo siento —dijo—. No quiero vivir así —añadió cogiéndome la mano y llevándome a su cama.

La noche siguiente acabamos viendo juntos el film francés *Sin aliento*, como si nada hubiera cambiado entre nosotros.

Pero desde la pelea las cosas habían cambiado. Al menos para mí: me daba cuenta de todo.

Me daba cuenta de cómo silbaba cuando respiraba, de que se le quedaban las marcas de los calcetines en sus pálidas piernas. De que ahora se recortaba el pelo de la nariz delante de mí como si no me importara. De cómo me llamaba «cariño» cuando quería algo. De que me preguntaba con quién estaba hablando cuando colgaba el teléfono. De que le sobresalía la tripa por encima de los pantalones. De que olía a vitaminas después de correr. Y después de hacer el amor.

No tenía que decir nada, porque sabía que él sabía que le estaba observando. Comenzó a correr cuatro días a la semana, sin darse cuenta de que, aunque con eso redujera un poco su barriga, no cambiaría su forma de besarme en la cabeza por las mañanas, más como a una hija que a una amante.

Pero no podía marcharme. En parte porque me sentía culpable. Podía estar equivocada. Y esperaba que aquello fuera simplemente una fase en la relación. Pero también porque aquella era mi casa. Ganaba doscientos dólares a la semana, lo suficiente para pagarme los estudios, y sin embargo...

Pensé en llamar a mi madre. Pero no pude.

Así que me quedé.

Lunes.

Martes.

Miércoles.

Jueves.

Viernes.

Sábado.

Domingo.

Los días ya no se mezclaban. De hecho, cada uno era distinto, preciso, lleno de ideas en las que no quería pensar. Mentiras que no quería decir. Como «Te quiero», «No pasa nada» y «Saldré tarde de trabajar».

Él sabía que no salía tarde de trabajar, pero no sabía que lo único que hacía era dar vueltas con el coche.

Al principio sólo conducía por el barrio. Una noche pasé por la casa del sauce con el cofre, ya limpio y con dos bisagras nuevas. Lo dejé en la puerta preguntándome si lo recogerían. Y cuando volví al día siguiente para mirar en la basura, el cofre ya no estaba. Fue el día que mejor me sentí.

Sin embargo, continué conduciendo por la noche. Cada vez iba más lejos. Observaba los barrios y la gente y me preguntaba cómo serían sus vidas, y luego me obsesionaba con la que yo tenía con Jeff. Unas veces me sentía libre, como si estuviera huyendo. Y otras, como si estuviese planeando todas esas cosas que nunca haría, que nunca sería.

Así pasamos varias semanas.

Y entonces llamó María.

Se lo conté todo a Jeff sentada en su regazo, limpiándome la nariz con su camisa. Le dije que María había perdido el niño. Que Richard la había dejado y había reconocido que sólo estaba con ella por el embarazo. Para cumplir con su obligación. Y que María vivía otra vez con su prima, y que Diego quería volver con ella. Y que si ocurría eso, estaba segura de que no volvería a verla.

—Está bien, nena. Shhh —dijo una y otra vez—. Yo no voy a dejarte, Taylor. Nosotros estamos bien.

Aquella noche hicimos el amor con la luz apagada, desapareciendo en la oscuridad del otro. Escondiéndonos en ella.

Al día siguiente me llevó a ver *Diez negritos* al Alley. El misterio fue una distracción agradable, pero cuando acabó yo seguía deprimida. Y Jeff también.

Y después de que me comprara un helado de chocolate, seguía deprimida. Y Jeff también.

Supuse que estábamos deprimidos por la misma razón. Porque habíamos visto a María esperar algo sin conseguirlo. La habíamos visto creer en algo, para acabar descubriendo que todo lo que creía era falso.

Pero cuando Jeff comenzó a hablar en la cama esa noche, me di cuenta de que debería haberme compadecido de mí misma. Porque ahora me tocaba a mí.

—¿Por qué no me dijiste que María estaba embarazada? —preguntó acurrucado como si fuera una pregunta sin importancia.

—¿Para qué querías saberlo?

—Bueno... —arrugó la frente como cuando solía tener tensiones académicas. Buscó las palabras adecuadas, miró al techo—. Lo que me preocupa es que... Estás en esa edad en la que todo parece importante y emocionante. Y... supongo que quieres tener hijos, ¿no?

Le respondí que si no habíamos hablado nunca de eso, no hacía falta hablar ahora. Él me besó en la frente y me dijo que era una ingenua.

—¿Por qué tienes que reducirlo todo al hecho de que sea joven? —le pregunté.

—Porque define todo lo que haces.

—Cuando tú te comportas como un idiota, no te digo que es porque tienes cuarenta y tres años.

Se echó a reír. Me besó de nuevo en la frente, luego en el cuello y me habló con esa voz dulce que tanto me atraía.

—Voy a echarte de menos, Taylor.

Me aparté bruscamente.

—¿Qué?

Él me miró fijamente, sin miedo.

—Cariño, no esperarías que esto durase para siempre, ¿verdad? No soy tan cruel —añadió como si fuera una broma.

Me quedé desconcertada, intentando buscar una respuesta. No esperaba que estuviéramos juntos toda la vida, pero...

—No esperarás que me olvide... —dije sin poder creérmelo, pensando que el día anterior me había dicho que nunca me dejaría.

Y ahora me estaba mirando como si él lo hubiera sabido desde el principio. Como si supiera que íbamos a acabar así. Como si por eso hubiéramos jugado aquel juego. Para que él pudiese amar sin presiones. Para que yo pudiera acercarme a alguien que acabaría alejándose de mí. Huyendo de mí, para ser más precisos.

—No esperarás que me olvide... —intenté decir de nuevo, pero él ya no podía mirarme. No porque me quisiera, sino porque no me quería. Y yo estaba llorando en silencio, no porque le quisiera, sino porque no le quería, y sin embargo deseaba por encima de todo que me permitiera quedarme allí con él. Donde todo era seguro. Donde cada día era como el anterior. Donde siempre podíamos imaginar que algún día iríamos a África.

De su piel sucia y cansada

Tres semanas después de que Jeff me echara, fui a un médico que no me podía permitir para que me quitara la grava de las palmas de las manos.

La historia fue así: era viernes por la noche, veintiún días después de romper con Jeff. Vivía otra vez con mi madre, porque había agotado mi corta lista de amistades y no tenía suficiente dinero para vivir sola. Me acogió sin problemas, sobre todo porque el hecho de que apareciese de aquella manera en su casa significaba que tenía razón respecto a mi relación con Jeff.

Afortunadamente, mi madre había superado su adicción al alcohol mientras yo había estado fuera. Ahora no dejaba de rezar y de quejarse por sus dolores, sobre todo por lo que sufrió cuando la dejé sola dos años atrás, igual que mi padre y mi hermano, del que no sabía nada hacía varios meses. De eso se quejaba en la cena, una cena que no tenía nada que ver con las veladas gastronómicas. En vez de comer lo que maldita sea se coma en Zimbabue, estábamos comiendo un plato precocinado de una fábrica de Kalamazoo. Una especie de guisado de carne con patatas que no eran patatas. Mientras comía me dijo que, si volviera a la Iglesia, podría conocer a alguien que no fuese un pervertido. Había un grupo de jóvenes que se reunía los miércoles...

Esa noche necesitaba un poco de aire. Tenía que salir a tomar el aire.

Por eso cogí el autobús para ir al barrio de Jeff. Y me planté delante de Antoinette, al otro lado de la calle, esperando que pasara por la ventana. En cuanto me senté en el suelo, me sentí avergonzada. ¿Para qué había ido hasta allí?

Sin embargo me quedé, miré y recordé lo más patético. Recordé cómo olían nuestras sábanas. Y observé la llama de la vela que había en la ventana. Conocía esa vela. Ahora estaba casi consumida, pero cuando la encendió por primera vez yo estaba allí.

Pero ya no estaba.

Comencé a morderme las uñas vorazmente, con la frente tan arrugada que empezaba a dolerme la cabeza.

Entonces salió Jeff con Gwendolyn.

Cuando la puerta se abrió, me pilló por sorpresa, y me arrodillé en la grava para esconderme detrás de su coche, que estaba aparcado en la calle cerca de donde yo había estado sentada.

Mientras me agachaba y miraba por debajo del coche hacia la puerta, ella le dijo algo tan divertido que él se rió. Era capaz de reírse.

Y vi cómo le daba un largo abrazo que a él le gustó. Era capaz de abrazar.

Luego esperé el beso que nunca llegó. Pero después de ver el abrazo, estaba completamente segura de que era capaz de besar de nuevo. Sólo tres semanas después. No importaba que no hubiera besado a Gwendolyn. El simple hecho de pensar que podía estar con otra persona...

Aplasté la grava con las manos casi triturándola, sin sentir nada excepto que me sentía bien. Me sentía mejor de lo que me había sentido las tres últimas semanas. Era capaz de sentir.

De sentir algo.

Pero en los primeros veintiún días tras la ruptura hubo otros momentos humillantes.

Fue el día en que Jeff me dijo que tenía que irme. El primer día.

Me presenté en casa de Tom con mis cosas. Sabía que no le hacía ninguna gracia que la ex novia de su amigo se quedara con él, pero me dejó entrar.

Durante seis días el sofá fue mío, hasta que tuvimos una conversación que transcurrió así:

Tom: El mundo real no funciona de esta manera, Taylor.
Taylor: Creía que eras mi amigo.
Tom: Soy tu amigo. Pero eso no significa que sea tu padre.

Taylor: ¿Qué quieres decir?
Tom: Que ya es hora de que te busques la vida, ¿de acuerdo?

También fue el día en que volví a casa de mi madre justo después de que Tom me echara. Me encerré en mi antigua habitación y sólo salí para ir al baño. Al cabo de tres días, mi madre comenzó a dejarme bolsas de barquillos y latas de atún en el pasillo. Incluso me pasó una nota por debajo de la puerta que decía: «Taylor. Dime qué te pasa. Soy tu madre. Te quiero. Mamá».

En esos veintiún días llamé a Jeff dos veces, aunque pensé en llamarle más de cien. La primera vez respondió el contestador y colgué. La segunda le dejé un mensaje. Intenté hablar con tono desenfadado sin conseguirlo. «Hola, Jeff. Sólo quería saber si estabas bien.» ¿Qué diablos significa eso?

Fui a su clase una vez, el duodécimo día. Incluso pensé en pasarle una nota para decirle que era un capullo, pero no lo hice. Y cuando la clase terminó, no pude quedarme. Había un montón de críos haciéndole preguntas sobre un asunto que ya no me interesaba. ¿A quién le importaba la mitología? La mitología no era la vida. La universidad no era la vida. Porque significaba parecerme cada día más a Jeff, y yo no quería eso. Lo cual me llevó a dejar los estudios. Así de simple.

Intenté hablar con María, pero vivía con Diego otra vez. Su prima me dijo que les habían cortado el teléfono, pero que le diría que me llamara. Evidentemente no lo hizo, porque no supe nada de ella.

Durante esas tres semanas Jeff me llamó una vez. Sólo una vez. Más de un año juntos y una sola llamada de teléfono.

—¿Cómo te va? —preguntó.

Yo colgué.

Y después ocurrió el incidente de la grava. El día veintiuno. El día que salió de su casa con Gwendolyn y tuve que esconderme detrás del coche. Intenté explicar al médico que había aplastado la grava con las manos porque me gustaba. Intenté convencerle de que aquello no significaba que me quisiera suicidar. Que en realidad me alejaba del suicidio. Me permitía liberar la tensión poco a poco sin perder el control. Además, el incidente de la grava mejoró mi situación. Porque, mientras estaba de rodillas debajo del coche como una fugitiva psicópata, me di cuenta de que no quería caer tan bajo en la vida. Nunca más.

Por eso decidí llevar algo a cabo el día veintidós. Tal vez suene demasiado fuerte. Pero hice algo que en ese momento me parecía importante. Terminé mi tarea. El estúpido trabajo que Jeff había utilizado para llevarme a su cama geriátrica. Mi propio mito de la creación. Corregido. Lo escribí en una hoja de papel que pasé por debajo de la puerta de su despacho el día veintitrés:

> *El mundo no estuvo completo hasta que Taylor murió. De su corazón surgieron las montañas. De su cráneo surgió la bóveda del cielo. De su sangre surgieron los océanos. De sus lágrimas surgieron los ríos. Su rostro se convirtió en la tierra de los campos. Sus huesos se convirtieron en rocas. Su voz se convirtió en el silbido del viento. Su llanto se convirtió en lluvia. Sus gritos se convirtieron en truenos. De su dolor nació el Sol. Y cuando pensaba que ya había terminado, dio a luz a la Luna. Y de su piel sucia y cansada surgió toda la humanidad, manchada antes de nacer. Y sus ojos fueron testigos de todo lo que había nacido de ella.*

Después de liberarme de esa tontería, comencé a hacer mis propios planes.

Hacia algún lugar

—Me encanta el olor a gasolina —le dije a Milo, al que había conocido una semana antes. Mientras llenaba el depósito del coche, le había salpicado un poco de gasolina, y se estaba frotando las manos en su camiseta mugrienta. Respondió a mi comentario acabándose de limpiar las manos en mis vaqueros, pero no me importó. Estaba segura de que la gasolina haría que olieran mejor, porque últimamente la limpieza no había sido mi fuerte. Solía lavar la ropa de Jeff, y el olor a detergente aún me daba ganas de llorar o vomitar, normalmente ambas cosas. Así que lo evitaba.

Pero el olor a gasolina era diferente.

El coche era un antiguo Nissan Sentra. Color castaño. Y nos disponíamos a hacer un viaje. Un largo viaje.

Cada uno llevaba una bolsa. La mía era una mochila de algodón de los Houston Oilers. La suya era una bolsa de deporte pardusca con su nombre «MILO», aunque ahora sólo quedaba el perfil de las letras de fieltro; probablemente las quitó cuando la palabra genial entró en su vocabulario. En el asiento de atrás había también un envase con seis latas de Bud y un cuadro suyo que esperaba vender. Era de una mujer desnuda con las manos muy largas, sin dedos en los pies y unos pechos desproporcionados. Lo llamaba Capricho, pero decía que lo del significado era cosa mía. También había comprado cien condones.

—Siempre me encuentro con alguien —dijo—. Y los que venden allí no son buenos.

Mi aportación al asiento trasero era una bolsa de papel llena de tentempiés, que incluía cuatro cajas de Ding Dongs, y que resultaron

ser sus bocadillos favoritos después de los Little Debbie. Nos miramos el uno al otro sin dejar de sonreír. Porque nos íbamos.

A algún lugar.

El viaje a algún lugar fue el más asombroso que yo había hecho nunca. Por el camino íbamos con las ventanillas abiertas y música reggae
en la radio. Cuando llegamos a Victoria, en Tejas, teníamos un brazo
casi bronceado. Porque Victoria y Amoco estaban de camino hacia
algún lugar.

Como Beeville. Porque había que pasar por las áridas carreteras
de Beeville para ir a algún lugar.

Y bajo la puesta de sol de Laredo. Porque Laredo estaba de camino hacia algún lugar.

Llegamos a la aduana, que estaba llena de tipos con uniforme
que parecían soldados. Pero no teníamos miedo. Porque pasar por
aquel ejército de hombres era una prueba de que íbamos a algún lugar. No éramos como los turistas de Nuevo Laredo, la gente que sólo
va de visita. Éramos unos aventureros que iban más allá de la seguridad de la Zona Libre.

Allí nos pidieron los certificados de nacimiento.

Y tuvimos que pasar por delante de los hombres armados.

Y nos dieron un permiso de circulación para el coche de Milo.

Teníamos las piernas pegadas a los asientos por el sudor; el bronceado de los brazos se había convertido en quemaduras, nos sentíamos diferentes. Porque íbamos a un lugar donde nadie había tenido
huevos para ir.

Para llegar a algún lugar tenías que viajar con un tipo al que apenas conocías durante mucho tiempo, cargada de adrenalina, con un
subidón de adrenalina.

Tenías que saber exactamente qué estabas haciendo, por qué lo
estabas haciendo, pero sin tener ni idea de lo que todo eso podía ser.

Era sólo un futuro.

En algún lugar.

Debías tener las piernas atadas para sentir de repente que para
sobrevivir tenías que librarte de esas ataduras.

De una vez.

Tenías que ser joven, supongo. Algo en ti tenía que ser joven. Lo bastante ignorante para sentirte sabia todo el tiempo. Lo bastante ingenua para creer que ibas a algún lugar.

O que había algo que tenías que hacer.

En algún lugar.

No paramos para dormir. No paramos precisamente para comprar comida o ir al servicio. Sólo paramos para echar gasolina. Si podíamos cubrir esas necesidades mientras repostábamos, pues lo hacíamos.

Las creadoras de nacimientos

Conocí a Milo unos seis meses después de que Jeff me dejara. Yo estaba muy borracha. Trabajaba en El Cid, un oscuro bar pasado de moda de Westheimer, una calle inmensa donde se encuentra uno de los centros comerciales más grandes del mundo, la Galleria, y una larga hilera de restaurantes, tiendas y bares de todo tipo, sobre todo de esos en los que preparan combinados con nombres exóticos. Era un lunes por la noche, y por eso estaba borracha. Los lunes venían tantos alcohólicos que tenías que emborracharte para soportar la cháchara y las quejas de los clientes.

—Sírveme otra, cielo.

Pero Milo, claro, era diferente.

En primer lugar era joven. En segundo lugar le parecía bien su vida, incluso le entusiasmaba. En tercer lugar era divertido. Y en cuarto lugar no deseaba besarme, ni yo a él. Compartíamos una atracción especial sin atraernos el uno al otro.

Sin embargo, sus buenas cualidades eran excelentes.

Era pintor. Bueno, en realidad no era pintor aún, pero sabía que quería serlo, lo cual era mucho más de lo que se podía decir de otra gente. Yo, por ejemplo, no tenía ni idea de lo que quería hacer. Me gustaba ser camarera en una barra (los privilegios de haber cumplido los veintiuno), pero no me veía dentro de cuarenta años como una camarera amargada con callos en los pies y el vientre seco. Y con tantas historias que contar que acabaría aburriendo a todo el mundo.

Pero Milo iba a ser pintor. Un pintor famoso. Sabía que quizá tendría que morir antes, pero planeaba ser famoso. También planeaba hacer algo cada año que no se le hubiera ocurrido el año anterior.

—Sé lo que quiero, aunque no sepa aún qué voy a hacer exactamente. Puedes planear ser un aventurero. Mucha gente no se da cuenta de eso. Incluso puedes planear ser un vagabundo. Son los planes los que hacen que no pierdas todos los dientes cuando llegues a los treinta y cinco. Ya sabes, lo que te mantiene cuerdo. Por ejemplo, si te dices a ti mismo: «Voy a ser un vagabundo durante un año», no acabarás jodido —me dijo la primera noche que nos conocimos, antes de hacer planes para salir al día siguiente.

Sólo tardamos una semana —que incluyó tres noches de borrachera en la barra del bar, un concierto barato de Billy Bragg y una vuelta en coche por diferentes barrios para contar cuál tenía más McDonald's— en decidir que queríamos hacer otro plan juntos, y que el plan que necesitábamos era un plan de viaje.

Queríamos marcharnos porque compartíamos una idea: que la vida allí era una mierda.

La primera razón por la que la vida allí era una mierda era que la vida familiar resultaba tan falsa como un anuncio de McDonald's. La gente se mataba para intentar que su almuerzo, o su vida, fuese tan especial como el anuncio; y no lo era. Yo hablaba mucho de mi madre, que se sentía desgraciada no tanto porque estuviera sola, sino porque tener un marido gay había sido un obstáculo para vivir la vida del anuncio. Milo hablaba sobre todo de sus ex novias. Tres de las cuatro habían sido víctimas de abusos sexuales cuando eran pequeñas por parte de parientes. Sin embargo, todas ellas tenían que acudir a los acontecimientos familiares —bodas, Navidades—, y sus padres les aconsejaban que «lo superasen», aunque lo que querían decir era «jódete para que podamos mantener unida esta familia». O este anuncio familiar.

La segunda razón por la que la vida allí era una mierda era que la mayoría de la gente daba pena. Casi todas las personas que conocíamos eran obedientes abejas obreras que estaban más preocupadas por encajar en su entorno que por sus propias pasiones. Cuando hablamos de eso la primera vez le dije a Milo que, aunque estaba de acuerdo con él y me parecía estupendo que fuera pintor, yo no tenía ninguna pasión. Mientras se reía, se echó la melena hacia atrás por encima del hombro. Me dijo que yo no necesitaba «una» pasión. Yo «era» pasión.

—Eres una artista —afirmó.

No podía creérmelo, pero esperaba que tuviera razón.

Por último, debido a los motivos anteriores, ambos estábamos hartos de nuestra rutina. Él trabajaba en la Galleria en una tienda de discos.

—Yo curro en un centro comercial. Y mírate a ti. Has conocido a un montón de perdedores en seis meses. Nos estamos quedando anquilosados.

Yo no tenía amigos, y sus amigos empezaban a aburrirle. Yo no tenía a nadie a quien quisiera tocar (había salido con un par de tíos desde lo de Jeff, pero no había nadie que me interesara volver a ver), y él tenía problemas para deshacerse de las dos chicas con las que se acostaba. Además, yo tenía lo que él llamaba la enfermedad de Jeff.

—Para ser tan inteligente resultas patética —decía, y yo estaba de acuerdo. Y la mejor manera de librarse de una vida aburrida y patética era marcharse. Vagabundear durante un tiempo. Reinventarlo todo.

El lugar más cercano que ofrecía más posibilidades de transformación era México. Y era barato. La sección de oportunidades de los sueños.

Irse de casa resulta extraño cuando tienes veintiún años porque, técnicamente, se supone que tienes que irte. Se supone que tienes que buscarte la vida. Es un signo de madurez y evolución.

Pero por alguna razón México no contaba.

Le dije a mi madre que iba a marcharme.

—Un día de éstos me enteraré de que eres prostituta o algo parecido —respondió ella.

—Mamá, por favor.

—¿Y cómo vas a ir a México?

—En coche.

—Tú no tienes coche.

—Pero mi amigo sí.

—¿Un chico?

—Sí, mamá. Un chico.

—¿Amigo según tú o según él?

—Según los dos. ¿Cuál es el problema?

—Que sé más que tú. Ahora suena muy bien, pero el día menos pensado acabarás embarazada o metida en drogas. Tirando tu vida a la basura como yo.

—Tal vez —respondí.

Tomó un sorbo de su whisky con soda. Ahora se permitía uno al día, quizá dos.

—Bien —dijo. Tenía la odiosa costumbre de pasar de los reproches a los lamentos en cuestión de segundos. Me gustaba más cuando era desagradable y fingía que no se daba cuenta de que estaba llorando.

Me marché y fui a casa de Jeff. Esta vez llamé a la puerta. Y salió solo.

—Hola —dije.

—Hola —contestó con frialdad, sin duda alguna contrariado por mi inesperada visita.

Nos quedamos así durante un rato. Hacía tanto tiempo que no le veía que ya no me acordaba de lo arrugado que estaba.

—¿Quieres algo, Taylor? —preguntó por fin turbado, rompiendo el silencio.

—Lo siento. Sí, que me voy a México.

—Déjame adivinar. ¿A San Miguel? —respondió con una risita paternal.

—¿Me estás diciendo que soy vulgar?

—No. Yo sólo...

—Venga. Dime qué quieres decir.

—Bueno, la verdad es que en México hay más ciudades que... —buscó el término adecuado.

Decidí ayudarle.

—¿Mexicanos?

—Bueno —movió los pies y luego asintió—. Supongo que sí. Mira, olvida lo que he dicho. Estoy seguro de que será una gran experiencia.

Había algo en su tono que me irritaba.

—Lo dices como si no te lo creyeras.

—¿Por qué has venido aquí, Taylor? ¿Qué quieres que te diga?

—¿Estás con Gwendolyn? —me salió de repente, pero no pude evitarlo.

Hubo una larga pausa.

—No —contestó despacio. Me miró sin verme, implicándome en un reto que yo no debería haber iniciado.

»¿Has dejado la universidad para poder ir a México? —dijo con tono burlón, insinuando que para mí era el lugar más romántico del mundo.

—Ni siquiera sabes lo que pienso hacer en México.

—Pues no. ¿Qué piensas hacer?

—Muchas cosas.

—Quiero decir para ganarte la vida.

—Daré clases de inglés.

Otra pausa embarazosa.

—Estás cometiendo un error —dijo.

—No. Tú fuiste el error.

Movió la cabeza, claramente molesto por aquella conversación, lo cual me irritó aún más.

—Cariño, la gente que lo deja todo nunca llega a ninguna parte. La irresponsabilidad es normal cuando eres joven, pero...

—¿Sabes qué es lo que más me gusta de nuestra nueva «relación»?

—¿Qué es lo que más te gusta, Taylor? —preguntó de mala gana.

—Que ya no me importa lo que pienses.

—Como quieras —respondió con suficiencia—. Ya es hora de que vayas a la cama y descanses antes de salir para cambiar tu vida.

—Que te jodan —dije mientras él desaparecía en la casa donde solíamos preparar el desayuno y decirnos «te quiero» el uno al otro. En la habitación donde imaginábamos a la gente que podría haber vivido allí antes que nosotros. En esa casa que había sido mi castillo.

Cerca del centro de San Miguel de Allende hay muchos carteles que anuncian al viajero que se encuentra en una tierra de tránsito. Hay infinidad de anuncios de habitaciones, apartamentos, e incluso casas enteras con criados y cocineros.

El anuncio al que respondimos Milo y yo el segundo día fue éste: «Habitación en una casa. Se aceptan parejas. TV por cable. Sin teléfono. 150 dólares al mes. Pasar de 10 a 12».

Se entraba por una verja de hierro que había en una calle lateral. Las paredes eran de un bonito tono naranja rojizo, con hierbas que sobresalían por las grietas. Al otro lado de la verja había un patio con una fuente sin agua, llena de recortes de madera.

Una mujer pelirroja se acercó a nosotros. Tenía el pelo rizado recogido en una coleta. Sus ojos parecían estar siempre entrecerrados, y sólo sonreía con una mitad de la boca. La otra mitad estaba seria, recta. Se limpió la pintura azul que tenía en las manos con un delantal que en algún momento había sido blanco.

—Sois de Estados Unidos —fue lo primero que dijo. Y por su acento estaba claro que ella también.

—Sí —respondió Milo mirando al suelo.

—¿Qué os trae por aquí? —preguntó.

—Venimos a ver el apartamento —dijo Milo, aunque yo no sabía ya si me interesaba. No estaba segura de que me gustara aquella mujer. Tenía un aspecto doméstico, pero era de esas personas a las que no se podía interrumpir. No porque hablara mucho, sino porque te hacía temer que dijeras algo estúpido.

Sonrió ante la respuesta de Milo.

—No aquí exactamente. ¿Qué hacéis en San Miguel?

—Venimos de Tejas —repuse yo.

—Bueno, no es precisamente lo que he preguntado.

Entonces intervino Milo.

—Soy pintor y estamos de viaje.

—De todas formas podéis ver la habitación —afirmó. Luego me miró a la cara tan fijamente que me hizo sentirme incómoda—. No sois pareja, ¿verdad? —dijo con tono categórico.

—¿Es eso un problema? —pregunté.

Ella se encogió de hombros, se dio la vuelta y comenzó a subir las escaleras. Cuando se detuvo a mitad de camino por poco nos chocamos con su trasero.

—¿Tenéis nombres?

—Yo soy Taylor.

—Yo soy Milo.

—Ellen —dijo antes de conducirnos a la que sería nuestra habitación.

Aquella noche Milo me contó la historia de Ellen. O lo que pensaba que era la historia de su vida. Me dijo que Ellen era una mujer amargada que no se había casado nunca. No tenía hijos. Cuando era maestra le había dicho a un alumno que le quería, y el impresionable joven se lo contó a sus padres; entonces todo el mundo se enfadó tanto que echaron a Ellen de la ciudad, y así es como había acabado allí, pintando cuadros de calaveras azules. Cuadros de calaveras y más cuadros de calaveras.

—No es tan rara —comenté.

—Puede que sólo sea lesbiana —dijo arqueando las cejas con tono enigmático.

Al día siguiente encontramos una nota en la puerta. «Ellen y yo cenamos a las seis. Os esperamos. Rocío.»

—¿Rocío? —repetí en voz alta.

Milo, que estaba aún medio dormido en su cama, me cogió la nota.

—¿Quién es Rocío? —preguntó.

—No lo sé.

—Lo sabía. Estamos entre lesbianas. Te apuesto lo que quieras.

—Tienen por lo menos cincuenta años —señalé.

—Las lesbianas siempre se unen. Si descubres a las viejas, acabas conociendo a las jóvenes —comentó en broma.

—No sabes de qué estás hablando —dije, y le tiré mi almohada cariñosamente.

Durante la cena Rocío habló poco, pero no dejó de sonreír. Era una mexicana pequeñita con el pelo muy corto. Había preparado unas deliciosas tortillas con pollo y verduras, y la salsa más picante que había probado en mi vida, que los demás comieron como si fuera tan suave como la leche. El que más habló fue Milo, que me estaba empezando a poner nerviosa. Había algo que no encajaba en el hecho de que fuera tan joven y estuviera tan seguro de sí mismo. Mientras les hablaba de la vida, ellas asentían simplemente por amabilidad. Les explicó por qué pensábamos que la vida en Houston era una mierda, pero yo sólo podía centrarme en la palabra «mierda». Cuando acabó de hablar de sus ex novias y de los abusos que habían sufrido, Rocío le puso la mano en el brazo y lo miró con una sonrisa extraña.

—Qué bonito es llevar las heridas abiertas en la piel. A la vista de todo el mundo.

Esa noche, mientras estábamos tumbados en nuestras camas gemelas, acabó de estar convencido.

—Te digo que son lesbianas.

—¿Y qué?

—Nada. A mí me parece genial. Sólo afirmo lo que es un hecho, ya sabes.

Yo asentí sin entusiasmo, procurando no mostrar interés para que dejara de hablar del tema.

—¿Qué te pasa? —me preguntó.

—Nada.

—¿Echas de menos a Jeff? —dijo fingiendo una voz llorosa.

—No. No le echo de menos.

—¿Sientes nostalgia?

Negué con la cabeza. No me hacía gracia, pero tampoco me molestaba. Estaba pensando en algo.

—¿Tú crees que hablaré español cuando me vaya de aquí? —le pregunté.

—¿Quieres decir con fluidez?

—Sí.

—Si te enamoras, sí. Es la mejor manera de aprender un idioma, ya sabes.

—¿Y si no me apetece enamorarme?

—Cuando menos lo esperes, ocurrirá —dijo. Yo lancé un gemido. Odiaba las citas cinematográficas.

◆ ◆ ◆

Cuatro días después seguía sin trabajo. No es que no lo intentara, pero no tenía suerte. Así que me levantaba tarde y daba vueltas por la ciudad. Me pasaba el día andando por ahí y leyendo. Había conocido a un mochilero que me había dado su ejemplar de *Al este del Edén,* que era como leer una novela romántica obscena. Una tarde le envié a J. J. una postal. Y unas cuantas noches fui al bar San Miguelito a tomar unas cervezas, aunque no me apetecía demasiado hablar con otra gente. Puede que hubiera conocido a Milo en un bar, pero no solía hablar con desconocidos. Sólo si eran gente excepcional, y hasta el momento no había visto a nadie excepcional. Había muchos «artistas» con sandalias de cuero, gordos turistas estadounidenses, y gente como yo que había ido allí para reinventarse a sí misma y aún no sabía cómo hacerlo.

Así que estaban aburridos.

Todo seguía igual.

Sólo Milo estaba cambiando. La segunda noche conoció a Pixie. En realidad se llamaba Patricia, pero al llegar a San Miguel se había cambiado el nombre porque según ella le iba mejor. Pixie era de Arkansas y pintaba paisajes psicodélicos que solían incluir manadas de lobos. También era una fiera en la cama (el día que Milo la conoció se la folló tres veces en el jardín del hostal donde se alojaba; al menos eso contaba él). Tenía otro amante que era palmero de flamenco, pero a Milo no le importaba. Decía que estaba empezando a pensar que la monogamia era antinatural.

Seis días después se trasladó al hostal de Pixie. En sólo seis días desaparecieron sus camisetas sucias, sus revistas y su diccionario Inglés-Español. Una noche me dijo en la ciudad que esperaba que no estuviese enfadada.

No lo estaba. Francamente comenzaba a ponerme nerviosa. Si él había ido allí para cambiar su vida, ¿por qué se había enamorado, que es lo más aburrido y predecible que no te cambia, excepto para empeorar? Habíamos hablado de eso cientos de veces. De que el amor es un complemento de la vida, pero no la vida en sí.

—Dale a un hombre algo que perseguir y se olvidará de todo —me dijo Ellen la segunda semana. Yo me había emborrachado mucho la noche anterior, y un turista que se pasó toda la noche con un pañuelo en la cabeza intentó llevarme a su casa. Y no le estaba yendo mal, hasta que la mujer, que no se había molestado en mencionar, llegó y le sorprendió conmigo. Yo me marché, asombrada de que todos los bares de todos los países fueran iguales.

Así que la noche siguiente pasé de salir y me quedé con Ellen y Rocío.

Cuando sólo llevábamos diez minutos tomando vino, comenzaron a reírse como colegialas. Habíamos estado hablando del traslado de Milo.

—¿Qué pasa? —pregunté convencida de que se estaban riendo de mí.

Finalmente me lo explicó Ellen.

—Yo también tengo un hijo, pero se me había olvidado cómo son los chicos a esa edad. Tan seguros de sí mismos. Y tan estúpidos.

—Es como un gallito —comentó Rocío.

—Lo siento —dijo Ellen—. Sé que es tu amigo.

—Está bien —respondí. Pero no estaba segura de mi situación, y temía que me pusieran en ridículo. Rocío dijo algo en castellano y ambas se rieron de nuevo. Cuando estaba pensando en levantarme de la mesa Ellen habló en nombre de su amiga.

—Milo le preguntó a Rocío si era lesbiana.

Yo me reí con afectación, temiendo que mi nerviosismo me delatara. Pero no lo hizo.

—Ya me gustaría —dijo Rocío, lo cual provocó nuevas carcajadas.

Ésa fue la noche que Ellen me contó que su marido la había abandonado, que apenas veía a sus hijos, que su divorcio había sido muy desagradable.

Después de divorciarse Ellen quería alejarse de Milwaukee, de su vida, pero no tenía mucho dinero. Había oído hablar de San Miguel, un lugar donde se retiran los jubilados estadounidenses porque es barato.

Cuando llegó, no conocía a nadie. Ni un alma. Sólo tenía una mochila. Había preparado siete. Pero mientras las metía en el maletero de un taxi para ir al aeropuerto, le dijo al taxista:

—A veces me gustaría poder vivir con una sola mochila.

—Puede hacerlo si quiere —respondió él.

—No lo creo.

—Bueno —dijo él—, si sólo tuviera una mochila y quisiera tener siete bolsas llenas de cosas, tendría que hacer muchas compras. Pero si tiene siete bolsas y quiere vivir con una, lo único que tiene que hacer es dejar seis a un lado de la calle. Así de sencillo.

Era la historia favorita de Ellen. Decía que le gustaba porque había sido el momento más deprimente y emocionante de su vida. Entonces se dio cuenta de lo fácil que era dejarlo todo tirado a un lado de la calle. Bolsas. Gente. Vidas. Cualquier cosa.

Al principio estuvo sola, desesperada por conseguir un empleo. Y cuando pensaba que nunca lo encontraría, conoció a Rocío, que le ofreció un lugar donde vivir y un trabajo.

—Yo también tuve un divorcio difícil. Y en México el divorcio es terrible.

—¿Y cuál era el trabajo? —pregunté, sintiendo que estaba otra vez de su lado.

—Te lo enseñaré —dijo Rocío cogiéndome la mano.

Yo estaba concentrada en el sudor de mi mano mientras me llevaba a la parte trasera de la casa. Pasamos por una puerta que había junto a la cocina, que no era precisamente secreta, pero nunca había estado allí. Dentro había una estrecha escalera de caracol que conducía a una habitación con un balcón, que daba a la calle débilmente iluminada.

De momento me impresionó tanto la vista que no me di cuenta de que me estaban mirando desde todas las esquinas de la habitación. Era la Virgen María. María con la cabeza medio formada. María antes de ser lijada. Y José con bastones diferentes, desde ramas hasta piezas de madera talladas. Y ovejas, vacas, pesebres y paja. Y, por supuesto, el niño Jesús. Todo estaba tallado en madera con líneas muy simples. Las caras eran siluetas más que caras.

—Aquí hacemos a Jesús —explicó Rocío.

—¿Te lo puedes creer? —preguntó Ellen—. Soy una maldita judía que hace nacimientos para ganarse la vida. —No lo dijo decepcionada, sino con orgullo.

Porque México la había cambiado.

◆ ◆ ◆

Al comienzo de mi tercera semana en México decidí ir a clases de flamenco. Se me estaba acabando el dinero que tenía, pero Rocío me aseguró que si no podía pagar el alquiler, podía compensarlo haciendo nacimientos. Pixie me dijo que Herman, el palmero con el que solía acostarse, conocía a un tipo que daba clases de flamenco y tenía una sesión especial para mujeres estadounidenses, a las que describía como «duras pero fáciles».

Decidí conocer a aquel tipo. Y, ante todo, aprender a bailar. Porque, aunque estuviera comenzando mi viaje (esperaba estar allí al menos un año), aún no había cambiado. Y puede que fuera culpa mía por no intentarlo con más empeño.

También por eso empecé a trabajar con Rocío y Ellen. Pensé que era mejor que andar por ahí leyendo novelas estadounidenses. Rocío me enseñó a pintar a José, al que, según ella, la gente prestaba menos atención.

—Si María estuviera mal pintada, nadie compraría el nacimiento. Pero a José nadie le mira tanto —comentó.

Antes de irme de México tuvimos otra conversación. Fue sobre mí.

—Una chica tan guapa como tú debe de haber tenido novios —dijo Rocío.

Entonces les hablé de Jeff, y Ellen arrugó la nariz. Cuando le pregunté por qué, me respondió:

—No pierdas el tiempo con traseros caídos, porque, antes de lo que te imaginas, llegará un momento en el que será lo único que puedas conseguir.

Les dije que, hasta donde podía saberlo, creía que le había querido.

—Eso no se cree —señaló Rocío.

—No lo sé. Me resulta difícil verlo con perspectiva.

Les dije que era curioso (incluso triste) que marcara el paso del tiempo por los hombres que habían pasado por mi vida: Billy Talkington, Charlie Simmons, Luther, Carlos, Reginald, Jeff. Si me preguntaran dónde había estado tres años antes, tendría que retroceder en esa sucesión de hombres. Y suponía que los sentimientos se habían difuminado.

Ellas pensaban que eso era imposible. Que estaba simplemente ocultando lo que sentía.

—Pero debe de haber alguien que aún te haga sentir algo en el estómago —dijo Ellen.

—¿Algo bueno o algo malo?

—Ambas cosas —respondió.

—Lo malo está claro. Jeff. Pero lo bueno no lo sé. Supongo que en realidad no creo en todo ese rollo romántico.

—Los ideales románticos son buenos. Te mantienen joven, con esperanza.

—La esperanza es deprimente —repuse. Les dije que, cada vez que pasaba por una tienda o un restaurante vacío, pensaba en la persona que lo había creado, que había dicho a sus amigos: «Voy a abrir un restaurante y va a ser de fábula». Que había enviado invitaciones para la apertura y había calculado cuántos beneficios obtendría. Y al final había tenido que ver cómo se frustraba su sueño, cómo se iban al traste sus esperanzas. Eso es lo que ocurría con la mayoría de las esperanzas. Que se desmoronaban, normalmente delante de los demás.

—Ni siquiera yo soy tan cínica —dijo Ellen—. Y tengo motivos para serlo.

—Muy bien —reconocí. Y luego les dije que estaba pensando en alguien.

Era difícil creer que mi vida amorosa le interesara a otra gente. Pero Rocío y Ellen se inclinaron hacia delante como si no hubieran oído ningún cotilleo durante mucho tiempo.

—Es un chico que se llama Luther.

Les dije que era la única persona de mi lista que no estaba manchada, a pesar de nuestro embarazoso encuentro con el «no le digas a mi hermano que nos hemos besado». Que compartíamos ese secreto. Que me había comprendido en un momento en el que me sentía peor que nunca. Les expliqué que no era mi tipo. Era conservador, más estricto que yo. Un poco pijo. Ambicioso en el sentido tradicional: que-

ría ser médico. Pero tenía ese encanto de la gente que muere joven.
Íntegra.

—Aunque supongo que también eso es cínico —añadí—. Yo
creo que es perfecto, pero básicamente porque nunca llegué a cono-
cerle.

—Eso no importa mientras recuerdes ese sentimiento —comentó Rocío.

Nos quedamos sentadas en silencio unos minutos sin que resultara incómodo. Yo estaba pensando en lo extraño que era haber conocido a esas dos mujeres. Siempre había deseado tener una noche
como aquella. Una noche en la que sintiera que podía estar creciendo. Cambiando.

—¿Te cambió la vida venir a México? —le pregunté a Ellen esperando que su respuesta me diera alguna pista para saber qué hacer.

—Todo te cambia la vida.

Unos días después recibí una carta de J. J que decía:

> *Taylor, no hace falta que vengas a casa, pero creo que deberías*
> *saber que papá se está muriendo. Llámame. J. J.*

Se me llenaron los ojos de lágrimas al leerla. Sobre todo porque mi
padre se estaba muriendo. Y también porque, aunque J. J. no dijera
de qué se moría, estaba segura de que era a causa del sida.

Pero una parte de mí lloraba porque me sentía egoísta.

Porque aquella carta hizo que me sintiera triste y furiosa.

Frustrada.

Porque cada vez que intentaba cambiar, algo me cambiaba a mí.

3

Si se va a restaurar una pieza porque es una herencia, no hay ningún otro factor que influya en la decisión. No importa que la pieza tenga valor o no, porque el principal propósito es preservar una parte de la historia familiar para que la puedan disfrutar las siguientes generaciones. De todas las razones para restaurar muebles, ésta es probablemente la más noble; pero aquí es donde se encuentran los mayores retos, porque algunas de estas piezas suelen estar tan deterioradas que los propietarios se sienten tentados a abandonarlas.

«Reglas y herramientas para restaurar muebles antiguos»
Guía completa para restaurar muebles antiguos
Richard A. Lyons

Dos horas al día

Cuando regresé a Houston, mi vida era normal sólo dos horas al día. Porque durante dos horas simulaba.

Iba en autobús a otras zonas de la ciudad e imaginaba que seguía sin vivir allí.

Iba al cine e imaginaba que era mi trabajo, que me ganaba la vida haciendo películas. A veces incluso imaginaba que el cine estaba en Los Ángeles.

Iba a las librerías, hojeaba revistas de viajes e imaginaba que era rica y que me iba a ir de vacaciones.

Iba a los bares e imaginaba que era Miss Marple, la detective de las novelas de Agatha Christie. Cuando la gente intentaba entablar conversación conmigo, adoptaba un acento falso y hablaba de temas policiacos siempre que podía. La primera vez que lo hice esperaba que el hombre maduro que olía a estiércol me mandase al infierno. Pero se lo creyó. Me preguntó cuánto tiempo llevaba resolviendo casos policiales, si podía contarle alguno. Le hablé del ciego que en Navidades robaba nacimientos por todo Houston, y él se quedó preocupado. Cuando le dije que había sido mi caso más difícil porque no lo había resuelto, juró que ese año no sacaría fuera a Jesús y María.

Si me quedaba en el apartamento de mi madre, imaginaba durante dos horas que era una socióloga que estudiaba su vida en vez de compartirla con ella.

A veces salía con hombres que conocía en bares e imaginaba que me interesaba lo que decían, que no estaba pensando en mi padre.

Y cuando estaba con mi padre, imaginaba que no tenía cáncer. Que estaba sano en vez de tener los ojos hundidos y la piel más morada que rosa, cubierta de heridas.

—Hoy tienes muy buen aspecto —le decía con tono de un maldito vendedor.

Cuando paseaba por los pasillos del hospital, me imaginaba que era estudiante de medicina, y de vez en cuando me acordaba de una de las predicciones de María, según la cual viviría en River Oaks casada con un médico (quizá con el mismísimo Luther). ¡Oh, qué maravilla!

Y una noche llegué a buscar el número de Luther en la guía telefónica imaginando que tenía una posibilidad, que aún se acordaría de mí.

Otro día cogí el coche de mi madre y recorrí toda la ciudad imaginando que estaba buscando una casa, mi propia Antoinette. Anduve por diferentes barrios, sobre todo por los antiguos, e imaginé cómo me sentiría aparcando el coche en uno de esos caminos cada noche.

Así es como conocí a Joe. Vivía en las afueras de la ciudad, donde se mezclaban lo viejo y lo nuevo, con casas victorianas junto a parques de caravanas. Y a nadie parecía importarle. Pasé por una granja con un cobertizo que tenía aspecto de granero. Y un cartel que decía: «SE BUSCA AYUDANTE DE CARPINTERO».

Me detuve para mirar el cartel, y tal vez para imaginar que iba a llamar más tarde a ese número para intentar conseguir un empleo. Entonces me sobresaltó una voz detrás de mí que me hizo dar un bote en el asiento.

—¿Puedo ayudarte en algo? —dijo alguien. Al darme la vuelta vi a un hombre que tenía pinta de no haberse afeitado en varios días. Llevaba unos vaqueros y una camiseta vieja de los Astros.

—No, yo sólo estaba...

—He visto lo que hacías —me interrumpió—. Estabas mirando mi cartel.

Me costó un gran esfuerzo preguntar. Apagar esa voz interior que me decía que no se me había perdido nada allí. Pero lo logré. Y pregunté lo que quería saber.

—¿Sigue necesitando a alguien?

—Sí —respondió. Luego miró dentro del coche como si buscara un arma o algo así. O quizá para ver si era tan alta como parecía.

—¿A qué se dedica? —le pregunté.

—Fabrico muebles. ¿Quieres echar un vistazo?

Por supuesto.

Al ir hacia el cobertizo pude observarle mejor. Joe tenía unos sesenta años. Supuse que habría sido un carpintero muy atractivo veinticinco años antes. Pero ahora sólo quedaban rastros de ese atractivo: en las marcadas arrugas de su cara que en algún momento debieron de ser hoyuelos, en su forma de apoyarse levantando un poco la cadera, en sus vaqueros desgastados, con la pintura suficiente para hacerle parecer que estaba en contacto consigo mismo.

Me hizo entrar en el cobertizo, un sitio espectacular lleno de maderas, herramientas, serrín, estanterías, mesas e incluso mecedoras. Más tarde me enteré de que era famoso por sus trabajos de encargo. Sus piezas eran sencillas, de buena calidad, con líneas rectas. Había comenzado haciendo reproducciones de muebles de los *shakers* a los veinte años porque pensaba que era la mejor manera de aprender las formas clásicas. Aunque acabó haciendo obras originales, nunca se apartó de la línea *shaker*, que está basada en la utilidad, en la idea de que la auténtica belleza se deriva de la función y de la forma, no del aspecto decorativo. Y cada pieza es fiel a su propósito, ya sea el de sentarse o el de coser. Más adelante comprendí que así era el carácter de Joe: no desperdiciaba ninguna palabra, no hacía ningún gesto que no tuviera sentido.

Mientras andaba por allí curioseando, Joe me dijo que no le gustaba que la gente fuera a su casa. Prefería ir a ver a sus clientes —que solían ser tipos sibaritas— y averiguar qué les interesaba que hiciera. Me explicó que si alguien quería algo feo, les decía que no habían llamado a la persona adecuada, «porque la vida es demasiado larga para hacerla fea».

Se sentó en una de sus mecedoras y me indicó que hiciera lo mismo.

—¿Y bien? —suspiró rascando el brazo de la silla—. ¿Te interesa? —preguntó como si se estuviera refiriendo al recinto.

Yo asentí.

—¿Necesitas trabajo?

Asentí de nuevo, boquiabierta aún por lo que estaba ocurriendo. De repente me di cuenta de que se estaba meciendo. Tris. Tras. Tris. Tras.

—¿Sabes hablar? —me preguntó.

—Sí —dije riéndome—. Sé hablar.

—¿Qué sabes sobre la madera?

Al principio le mentí. Le dije que estaba cualificada y que había hecho nacimientos en México. Pero cuando me preguntó qué tipo de herramientas usaba, tuve que decirle que sólo pintaba a José. También le dije que al trabajar con aquellas dos mujeres unas cuantas semanas, había tenido por primera vez la sensación de que el trabajo podía ser un pasatiempo. Y luego le hablé del día en que cogí el cofre de la basura. Le dije que desde entonces coleccionaba cosas que la gente dejaba tiradas. Que las arreglaba si estaban mal. Por ejemplo marcos, escaleras, sillas, cualquier cosa que encontrara por ahí. Normalmente sillas. Por alguna razón era lo que se veía con más frecuencia.

—¿Qué haces con esas piezas cuando terminas?

—Las guardo hasta que encuentro a alguien para dárselas.

—¿Te apetece una cerveza?

—Claro —respondí, pensando que podía ofrecerme cualquier cosa con tal de no tener que irme de allí y volver al hospital. No aún.

Después de la cerveza me preparó una hamburguesa, y de esa manera conseguí un trabajo y un sitio al que ir todos los días. Una forma de instalarme de nuevo en mi casa. Y quizá de adquirir un coche.

Y Joe encontró a alguien a quien hablar, alguien a quien enseñar, y alguien que podía ayudarle a mover cosas de vez en cuando.

Aquella noche le escribí una carta a María para decirle que tenía un nuevo empleo. Le hablé de Joe. Y al mencionar lo que había imaginado, me di cuenta de que sonaba ridículo. Añadí la siguiente explicación: «Me gustaría ser capaz de simular como cuando éramos niñas. Como esa tarde en la que tú llegaste a creer que eras un alienígena abandonado del planeta Bigstar, que sólo comía Ding Dongs y que iba a invadir el planeta Tierra».

◆ ◆ ◆

Joe comenzó hablándome de la fibra y la textura de la madera, de las maderas blandas y las maderas duras. Esa lección también incluyó un día de descanso en el que nos sentamos en hamacas, tomamos cerveza y hablamos de la restauración. Después empecé a tomar medidas y a cortar madera para lo que él estuviera haciendo en ese momento. A desarmar algunas piezas viejas. A lijar las nuevas. Al principio sólo me permitía usar herramientas manuales, pero al cabo de unas semanas me enseñó a usar una fresadora. Normalmente los días eran muy cortos. Él sabía que mi padre se estaba muriendo y solía decirme que podía tomarme el tiempo que necesitara.

—¿Y qué le pasa? —me preguntó como si le diera miedo hacerme daño.

Le dije que había supuesto que tenía sida. Pero que estaba equivocada. Era cáncer.

—¿De qué tipo?

Le dije que lo tenía en el cerebro. Por todo el cerebro, como si su cráneo estuviera empapelado. Todos estábamos empapelados con él, y nadie sabía cómo tratarlo.

—¿Tratarlo? Curiosa forma de expresarlo.

—¿Y tú cómo lo dirías? —le pregunté.

—No lo sé. Superarlo, supongo —dijo poco convencido—. Pero yo no soy nadie para opinar. No seas tan dura contigo misma, ¿quieres?

En el hospital la simulación continuaba. J. J. y yo fingíamos que los claveles azules para mi padre eran una especie de «espero que te recuperes pronto» en vez de «siento que te estés muriendo».

Mi padre fingía creernos.

Mi madre fingía que no pasaba nada y no iba nunca al hospital.

Mackie, el novio de mi padre, era un tipo pequeño, más joven que él, con dedos afeminados y el pelo rizado. Él fingía que mi padre era el amor de su vida. Lloraba todos los días a escondidas en el lavabo, pero lo sabíamos porque salía con los ojos hinchados. Le comenté a J. J. que Mackie se estaba engañando.

—Papá ha estado con mamá veintisiete años. Y acaba de descubrir que no es el amor de su vida.

Le expliqué que la única forma de saber si alguien es el amor de tu vida es que se muera. De ese modo, nada te jode la imagen que tienes de esa persona.

Él respondió que no sabía una mierda sobre el amor. Su novia Nanette le miraba como si dijese las cosas más dulces que había oído nunca, y le apretaba la mano con fuerza.

Durante dos meses pensé siete veces que mi padre se iba a morir. Cada una de esas veces le pedí a Joe que me dejara salir para ir al hospital. E imaginé que todo el mundo estaba allí. Mi madre, J. J. e incluso Mackie. Imaginé que mi padre nos miraba y que todo el daño que nos había hecho se iba con él.

Y durante unos instantes, cada una de esas siete veces que estuvo a punto de morirse pensé en los mejores momentos que había pasado con él. En el día que me llevó a un pequeño aeródromo en el que la gente rica tenía sus propios aviones, cuando yo tenía ocho años. Estuvimos dos horas junto a la valla viendo aterrizar y despegar aviones. Como de costumbre, no habló nada. Pero recuerdo que ese día vi una luz en sus ojos. Como si estuvieran relajados por una vez. Y supe que estaba imaginando, como yo, que íbamos en uno de esos pequeños aviones a un sitio emocionante, diferente. A otro lugar. Y los dos sabíamos sin decirlo que en nuestros sueños cada uno volaba solo. Sin el otro.

Y era perfecto.

Sesiones espirituales

A los veintidós años me enteré de la verdadera historia de mis padres:

Se conocieron en una fábrica de productos capilares de Kentucky cuando mi madre tenía diecinueve años. Su padre acababa de morir, y tenía que mantener a su madre, que bebía mucho y odiaba trabajar, y a su hermano, que era un par de años menor que ella. Consiguió un empleo como ayudante del señor Willensky, el jefe del almacén, para concertar sus citas y ocultar sus secretos a su mujer. La contrató porque pensaba que era guapa y porque hablaba poco. Y una vez le dijo que le gustaba cómo olía.

Mi padre trabajaba en el almacén empaquetando pedidos. Tenía veintidós años y era apuesto y muy reservado. Mi madre se ruborizó la primera vez que le vio, y todas las veces que se cruzó con él desde ese momento. Pero él no hacía nada.

—Estaba empezando a pensar que nunca se fijaría en mí —me dijo.

Por fin un día, cuando estaban saliendo los dos de la fábrica, dijo ella:

—Yo creo que podríamos quedar alguna vez.

—Bien —respondió él, y así comenzó todo.

Se casaron un año después de su primera cita, en la que ella le llevó al club parroquial. Dijo que esa primera noche fue amable; no era un gran bailarín, pero cantaba bien, y a veces la hacía reír. Se casaron en la misma iglesia donde ella había recibido la confirmación. Era pequeña, pero eso hizo que la ceremonia fuera perfecta. Sólo ellos, sus familias y Dios.

Mi madre dejó la fábrica antes porque mi padre no quería que trabajara y estaba ya embarazada de J. J. Él dimitió un par de semanas después porque decidieron irse de allí. Llevaban un año viviendo con la madre de él, que según mamá era cada vez más desagradable y pensaba que mamá tendría muchos hijos dado que era católica.

Una noche, cuando estaban solos en la casa, sacaron un viejo mapa y leyeron en voz alta el nombre de todos los Estados para ver cómo sonaban.

—Nevada.

—Washington.

—Idaho.

Dos semanas después metieron sus cosas en el viejo Chevy de mi padre y vinieron a Tejas.

Mamá me contó esta historia cuando le anuncié que J. J. y Nanette iban a casarse.

Me sorprendió tanto que hablara de papá que no la interrumpí mientras balbuceaba, tomando de vez en cuando un sorbo de su copa. Cuando terminó le pregunté:

—¿Por qué me cuentas esto ahora?

—Yo creo que Nanette usa demasiada laca. No me fío de la gente que usa demasiada laca —respondió.

—Es buena para J. J —dije, porque era cierto. Si J. J. se había portado tan bien con papá era porque Nanette había actuado como su conciencia.

—¿Entonces tú crees que deberían casarse? —preguntó ella.

—Sí.

—El matrimonio no es lo que parece.

—Mamá, no hace falta que me eches un sermón. Yo no me voy a casar, ¿recuerdas?

—¿Nunca?

—Yo no he dicho eso. —No lo había dicho, pero últimamente lo había estado pensando.

—¿Pero te vas a casar o no? —insistió.

—No puedo predecirlo.

—Eso significa que quieres casarte —dijo sonriendo como si me hubiera pillado.

—No lo sé.

Hizo tintinear el hielo de su vaso y luego miró dentro con cara expectante, como una niña, sorprendida de que se hubiese acabado ya.

—Comienzos románticos, finales terribles. Así es el matrimonio.

—No siempre.

—No —me miró sonriendo—. No siempre. Pero sí la mayoría de las veces. ¿Quién iba a pensar que mi pequeña Taylor sería una soñadora?

Ignoré el comentario.

—Estoy segura de que a J. J. le irá bien.

—Seguro que Nanette organiza una gran boda. Parece una chica pretenciosa.

—No lo sé —respondí. Si apenas conocía a Nanette, ¿cómo iba a saber qué tipo de boda pensaba organizar?

—¿Irá mi adorado marido?

—No creo, mamá. Está demasiado ocupado muriéndose.

De repente se puso seria.

—No me hagas sentirme culpable por lo de tu padre.

No sé qué era peor. Salir con gente que no me interesaba, o el vacío que sentía cuando pasaba sola una tarde viendo la televisión.

En el trabajo me encontraba bien. Podía hablar con Joe, centrarme en tareas concretas. Tareas sencillas que me ayudaban a distraerme. Como lijar, diseñar o barrer el suelo. O las labores más complicadas que eran frustrantes pero también absorbentes. Joe había empezado a enseñarme a hacer sillas. Esos días fueron mis mejores momentos durante la enfermedad de mi padre.

Pero las noches, cuando estaba sola, no eran nada agradables.

Al principio intenté leer. Libros de mitología. Novelas románticas. Revistas. Cualquier cosa. Pero no podía concentrarme ni siquiera en un párrafo.

Luego intenté cocinar, pero me di cuenta de que no me gustaba.

Así que me enganché a la televisión.

Y cambiaba de cadena sin ver nada mientras comía cereales para cenar.

Noche tras noche. Siempre lo mismo.

Nadie se imagina que su vida puede acabar así.

Por primera vez en mucho tiempo eché de menos a Jeff. No porque quisiera volver con él, sino porque necesitaba una perspectiva, una conciencia. Necesitaba a alguien que me dijera que no estaba jodiendo mi vida.

Iba a ser dama de honor.

Le dije a J. J. que no se ofendiera, pero que no quería ser dama de honor. Me respondió que a él le daba lo mismo, pero Nanette decía que las hermanas del novio tenían que ser damas de honor, porque si no daba mala suerte. Yo creo que ella también lo veía como una oportunidad para cambiar mi imagen, porque ya me había comentado lo bien que me quedaría el pelo con un poco de cuerpo (traducción: permanente).

Organizó una fiesta de damas de honor, en la que conocí a sus cuatro amigas de la universidad. Todas querían que les hablara de J. J. De cómo era en el instituto. De su trabajo como programador de ordenadores. Pero cada vez que abría la boca sin muchas ganas, me interrumpían con alguna historia sobre alguien de la universidad que hacía cualquier tipo de tontería. Así que al cabo de un rato dejé de intentarlo.

Después de brindar con champán, Nanette sacó sus dibujos del vestido de las damas de honor. Aunque trabajaba en Ann Taylor como dependienta, se consideraba una diseñadora en potencia y aprovechaba cualquier oportunidad para demostrarlo. Había hecho un boceto de lo que yo describiría como una alcachofa verde lima con un lazo delante y otro detrás. Y más lazos aún en los zapatos, que debían ir teñidos para que fueran a juego. Luego nos enseñó unas piezas de la tela satinada para el vestido, que nos dejó tocar sólo después de lavarnos las manos.

También había hecho un esquema de nuestros peinados, yo creo que para convencerme de que sería una aventura estilística maravillosa. Cada peinado era único, y todos ellos eran muy historiados.

Luego sacó el dibujo del vestido que estaba haciendo para su madre, un modelo aterciopelado con una sencilla rosa bordada en memoria de su padre, que había fallecido.

Cuando comenzaba a animarme con el champán, nos mostró el boceto de su traje de novia, que también iba a hacer ella. Yo me imaginé a los gusanos de seda trabajando sin parar dentro de su armario. Era un pomposo vestido largo de color hueso con lacitos en el pecho.

—Lo he diseñado yo misma —dijo, y todas la felicitaron.

Después llegó la hora de los regalos. Sus amigas le regalaron productos de baño y ropa interior con corchetes en la entrepierna, y yo un corazón de madera pintado de azul. Joe no dejó de reírse mientras lo hacía, sabiendo cuánto odiaba las cursiladas, y sobre todo los corazones. Pero le dije que lo estaba haciendo porque pensaba que le gustaría. Y así fue. Cuando lo abrió me dijo que iba a pegar en él unas flores secas para que quedara aún más bonito.

Cada vez pasaba menos tiempo con J. J. Aunque me alegraba que fuera feliz, me sentía celosa del torbellino amoroso que estaba siempre a su lado.

Pero una noche, en el hospital, Nanette dijo que tenía que irse pronto para hacer algo de la boda.

Y J. J. y yo nos quedamos solos.

Me propuso que fuéramos un rato a la cafetería. Mi padre estaba dormido y Mackie acababa de llegar, así que me pareció una buena idea.

—¿Qué tal lo de las damas de honor? —preguntó.

—Bien.

—¿Bien? Eres una mentirosa —dijo.

—Bueno, nunca te habría imaginado con una chica como ella, pero parece agradable.

Se movió con incomodidad en su silla.

—Sí —respondió.

Tomamos los cafés mirando a las paredes de color verde pálido. Y decidí que si no se lo preguntaba entonces, puede que nunca fuera capaz de preguntárselo.

—¿Cómo supiste que querías casarte?

—Fue ella quien lo decidió.

—Ah.

—No lo digo en un sentido negativo. Yo soy de esos que tienden a deambular. Y ella es la primera persona que me ha dicho que llevaba haciéndolo demasiado tiempo. Que tenía que crecer, supongo.

—¿Vas a casarte para ser un adulto?

—Te gustaría pensar eso, ¿verdad? No. Me voy a casar porque quiero crecer con ella.

—Ah.

Le dije de nuevo que nunca habría imaginado que se casaría con una chica como ella. Y él dijo que nunca había pensado que conocería a alguien en una sesión espiritual.

—¿Una sesión espiritual? —nunca había oído nada parecido—. ¿Qué coño es eso?

—Es como una reunión parroquial pero sin iglesia, adonde la gente va para mejorar.

—Estás de broma.

—No. Es cierto.

—¿Y qué hacías tú allí?

—¿Tú qué crees? —dijo señalando nuestro entorno—. Supongo que pensé que no podía hacerme daño.

—¿Y qué hacía ella allí?

—Va todos los años a esos retiros. Los llama control activo de la vida.

—¿Para qué necesita controlar su vida activamente?

Me miró irritado de que fuera tan irónica.

—Su padre murió de sida.

—Oh —exclamé.

—No supieron que murió de sida hasta que ya estaba muerto. Así que nadie sabe cómo lo contrajo.

—No tenía ni idea.

—¿Cómo ibas a saberlo? No hablas nunca con ella.

—Lo siento, yo...

—No pretendía reñirte.

—Le hice a Nanette un corazón de madera.

—Lo sé. Lo he visto. Le gustó mucho.

—¿De verdad?

—Sí.

Mi vaso de poliestireno estaba ya vacío, y mientras lo rompía iba dejando los trocitos delante de mí.

—Es curioso —dije.

—¿Qué es curioso?

—Bueno, nunca habría pensado que eres de los que van a un retiro espiritual, pero parece que te ha funcionado. Me alegro de que uno de los dos haya salido bien de esto.

—Aún no he salido del todo, ya sabes. Asusta un poco.

—Estarás bien.

—¿Tú crees? —dijo rompiendo el último trozo de mi vaso.

—Sí.

Mientras J. J. apilaba su bandeja antes de marcharnos, le pregunté:

—¿Vendrá Luther a la boda?

—¿Quién?

—Luther. Ya sabes...

—¿El de la universidad?

—Sí.

—No he hablado con él desde que dejé los estudios. —Me miró con inquietud y curiosidad—. ¿Por qué te has acordado de Luther?

—No lo sé. Pensaba que seguíais siendo amigos. —Pausa embarazosa—. ¿Sabes qué está haciendo ahora?

J. J. estaba ya irritado.

—No sé. Creo que fue a la Facultad de Medicina —dijo con un punto de amargura en su voz—. Vive en un mundo diferente, Taylor. Muy diferente.

Unas noches después me quedé sola con mi padre. Me había sentado allí con él muchas veces. Sin embargo, en cuanto me sentaba no sabía qué hacer. No sabía cómo acercarme a un hombre que había tenido dos vidas que no comprendía, en ninguna de las cuales me había tenido en cuenta. Siempre esperaba que estuviera dormido. Normalmente así era, o al menos la televisión estaba encendida. Esa noche no había televisión. Sólo estábamos él y yo, despiertos, sin mirarnos el uno al otro directamente.

—¿Quieres algo? —le pregunté.

—No —respondió con voz débil.

—¿Quieres jugar con el camión? —dije señalando el camión teledirigido que le había regalado una semana antes.

Negó con la cabeza.

—Puedo leerte algo —le propuse al recordar que lo había visto en una película.

Movió los ojos como si quisiera asentir. Me levanté y busqué algo para leer, pero lo único que encontré fue el periódico.

—Lo siento —dije en voz demasiado alta—. Sólo está el periódico. ¿Quieres ver la televisión?

—No —respondió—. Los resultados.

—¿Los resultados?

Asintió. Yo hojeé el periódico para intentar averiguar a qué se refería, sin querer preguntárselo porque sabía cuánto le costaba hablar. Hacer cualquier cosa. Repasé las secciones. Viajes. Estilo. Gastronomía. Deportes. Entonces lo comprendí. Pasé las páginas de deportes para buscar lo que quería. Y luego comencé a leer, aliviada de perderme en los números.

—Astros siete, Mets dos. Dodgers tres, Braves uno. Padres cuatro, Reds tres. —Le miré una vez mientras leía. Tenía los ojos cerrados, relajados, como si le estuviera leyendo poesía—. Cardinals cuatro, Giants uno. Cubs ocho, Brewers cero —y así hasta que entró la enfermera para decirme que tenía que marcharme.

La boda tuvo lugar seis meses antes de lo previsto.

Porque esta vez mi padre se estaba muriendo de verdad.

Y Nanette insistió en que la boda se celebrara lo antes posible, aunque ella hubiera puesto otra fecha, para que mi padre pudiera estar allí. Decía que la boda era también para la familia, y que podía hacer que la muerte de mi padre fuese menos dolorosa, más simbólica.

Todo comenzó cuando Mackie nos llamó a todos el sábado a las nueve de la mañana para decirnos que había llegado el momento.

A las nueve y media Nanette estaba cosiendo. Tenía que simplificar los modelos que había diseñado; a las ocho de la tarde ha bía acabado los vestidos de las cuatro damas de honor, mientras su madre iba a teñir los zapatos y compraba flores. Luego pensó que, aunque no había tiempo para hacer el vestido de terciopelo de su madre, al menos podía hacerle un chal de terciopelo con la rosa bordada. Y ella llevó un vestido blanco que se había hecho dos años antes, que había dejado de ponerse porque estaba pasado de moda. Le añadió unos cuantos lazos y se imaginó que era el traje de una reina.

Mi madre estaba furiosa.

—¿Por qué diablos quiere casarse en el hospital?

Yo había estado toda la mañana a punto de llorar, y eso hizo que me derrumbara.

—Él se está muriendo, mamá —le dije—. Se está muriendo de verdad.

Mi madre se encerró en su habitación el resto del día.

El domingo por la mañana salió con el pelo recogido.

—No voy a permitir que ese hombre consiga que me pierda la boda de mi hijo.

Luego me vio con el vestido verde lima. Me había pasado una hora con los rulos puestos para intentar que mi pelo quedara como quería Nanette. Y lo conseguí. Lo llevaba en lo alto de la cabeza sujeto con horquillas y medio bote de laca, con lo cual sobrepasaba el metro noventa.

—Estás ridícula —dijo mi madre después de mirarme bien.

—Ya lo sé —respondí—. Pero así es como quiere verme.

—Bueno, te has puesto tanta laca que cuando acabe el día parecerá que tienes caspa.

Me reuní con las otras damas de honor en la cafetería del hospital. No era la única que estaba un poco conmocionada por la repentina decisión de Nanette.

—¿Lo de tu padre es contagioso? —me preguntó una de ellas. Le aseguré que no.

—Los hospitales me marean —dijo otra. Yo le comenté en broma que podía ser por la laca.

Finalmente apareció Nanette. Para compensar la sencillez del vestido había elevado aún más la altura de su pelo. Y se había puesto en cada mechón un lazo adicional. Su madre venía detrás de ella, arreglando calmadamente cualquier cosa que pudiera retocar.

Caminamos juntas por el pasillo casi desierto. Yo llevaba la cabeza tan alta como podía, sabiendo que a Nanette le gustaría así. Unos cuantos pacientes nos miraron asombrados. O aturdidos, según su estado.

Mi madre estaba esperando fuera de la habitación de mi padre, negándose a entrar hasta que llegamos.

De repente estábamos allí todos juntos para la boda. Mi madre, Mackie, un J. J. radiante, y mi padre, que apenas se podía mover pero que de algún modo lo aceptaba. A esto había que añadir un cura nervioso y tres mujeres incómodas que parecían copas de sorbete. Estuvimos todos allí cuando mi hermano y Nanette juraron sus votos, él destrozado y ella aliviada por el estallido final de nuestra pena, una pena que de alguna manera había hecho suya.

Y estuvimos allí para ver el primer beso de los novios. Mi padre miraba con los ojos entreabiertos. Resultaba extraño que estuviésemos haciendo aquello. ¿Era consciente él de lo que estaba ocurriendo? Había estado al borde de la muerte tanto tiempo que era difícil saberlo. Luego murmuró un débil «Gracias». Todo el mundo estaba sollozando de pena y de dolor. Estábamos llorando porque sabíamos que dentro de unas horas él estaría muerto. Y porque estábamos unidos para siempre en un recuerdo que nunca podríamos explicar a nadie. Éramos un grupo de gente desesperada que por un momento intentaba no estar desesperada.

Era nuestro anuncio familiar.

Palabras de despedida

Al día siguiente de la muerte de mi padre me encontré pensando una y otra vez en los últimos días que habíamos pasado juntos. Rememorando todas nuestras conversaciones. Había tenido la suerte de estar a su lado antes de que muriera. ¿Pero qué había hecho con esos momentos?

Necesitaba buscar algo, cualquier cosa que demostrara que mis peores presentimientos no eran ciertos. Pero lo eran.

Había desperdiciado los últimos días con él hablando de cosas sin importancia.

¿Cómo pude leerle los resultados de los partidos de béisbol y no decirle nunca que no quería que se muriese?

¿Cómo pude hablar con él y con Mackie de lo que quería que inscribieran en su lápida y no decirles que me alegraba de que se tuviéran el uno al otro?

¿Cómo permití que mi madre se quedara fuera de la habitación llorando cuando sabía que tenía tanto que decir? No precisamente cosas negativas. Pero que todo aquello había sido muy duro. Sí, muy duro. ¿Por qué no la hice entrar?

¿Cómo pude regalarle un camión teledirigido para que jugara en la habitación y no decirle cuánto sentía haberle enseñado aquella revista, o no haber hablado con él durante tanto tiempo?

No debería haberme sorprendido. En la televisión hay familias que hablan de sus sentimientos. Que se dicen «te quiero» y todas esas cosas.

Nuestra familia nunca había sido así. No sólo mi padre. Ninguno de nosotros.

Pero hasta que no murió, y todas las palabras que podía haberle dicho se murieron con él, no me di cuenta de lo que me había perdido. De todo lo que podía haber compartido con él.

Madera curvada

Las primeras mecedoras las hicieron gente de este país en el siglo dieciocho; pensaban que mecerse era terapéutico. Y los *shakers* llevaron esta idea hasta el punto de construir cunas grandes para los ancianos y los enfermos.

Aunque Joe hacía de vez en cuando la mecedora con respaldo de listones por la que son famosos los *shakers*, prefería hacer algo más parecido a la mecedora número siete, con el asiento y el respaldo tejidos y los brazos estilizados.

Los pasos para hacer esta mecedora son los siguientes:

Cortar todas las piezas.
Moldear las patas, los barrotes y los travesaños.
Con una plantilla hacer el respaldo y los arcos.
Curvar el respaldo y los travesaños traseros.
Hacer las muescas en las patas y los listones.
Montar la estructura.
Aplicar el barniz.
Tejer el asiento y el respaldo.

Mi paso favorito era el cuarto: curvar la madera para el respaldo y los travesaños traseros. Para mí son las piezas más delicadas, porque hay que curvarlas sin que se rompan.

Para curvar la madera de este modo, hay que hacer un molde con un bloque cuadrado de madera. Primero se corta por la mitad, pero con un corte curvo, no recto, de modo que, si se separan las dos piezas un poco, parezca una cara triste o sonriente, según de qué lado se mire.

Después se somete al vapor la madera que se va a curvar, para que se vuelva flexible.

Y se mete esa madera entre las dos piezas del molde para que quede curvada como una cara sonriente. Luego se cierra el molde con el listón de madera dentro y se deja allí durante dos semanas para que se seque.

Al sacar la pieza, tendrá una curva más pequeña que la del molde, pero quedará curvada.

Así es como se curva la madera.

Mi nuevo apartamento era pequeño, con moqueta industrial y un estilo nada rústico, pero mi mecedora era mi mueble favorito. Era la primera mecedora que había hecho sola. Joe se limitó a ayudarme verbalmente, insistiendo en que un carpintero tiene que sentir su trabajo para hacerlo bien. Debía de tener ese sentimiento bloqueado, porque tardé días y días. Pero la terminé. Y podía sentarme en ella.

Cuando sentía nostalgia, cuando esa sensación de vacío me recorría el estómago, me sentaba en mi mecedora, cerraba los ojos y me balanceaba. Escuchaba cómo se asentaba la madera y me concentraba en el crujido. Y me imaginaba que estaba en el porche de madera de mi propia casa —mi propia Antoinette—, en un sitio sin humedad, rodeada de hierba movida por una suave brisa. Y crujía, y crujía, y crujía.

La segunda mecedora que hice fue un obsequio. Cuando J. J. y Nanette se casaron, les regalé una salsera con asas que me costó sesenta y siete dólares y cincuenta céntimos. Pero era algo impersonal. Seis meses después, aunque no me habían pedido ninguna pieza, decidí hacerles una mecedora. Un regalo de boda adicional. Un auténtico regalo de boda. Le pregunté a Joe si le parecía bien.

—Por supuesto. Prefiero que aprendas con tus cosas a que desarmes las mías —dijo dándome un golpecito en el hombro.

Joe me vendió las piezas para la mecedora de J. J. y Nanette a precio de coste y me permitió trabajar en ella cada día después del trabajo. Así que cuando terminábamos con los armarios, las estanterías y los demás pedidos, él iba corriendo a buscar dos latas de cerveza. Luego se sentaba en su mecedora, se arrellanaba y me miraba como si estuviese viendo un partido de fútbol en la tele. Y sonreía cada vez que me equivocaba. De vez en cuando me pasaba alguna herramienta. Pero por lo demás lo hice todo sola.

Cuando saqué el respaldo del molde, se lo enseñé esperando un cumplido, porque era la primera vez que lo había hecho sola. Él captó la idea.

—No está nada mal —dijo—. La verdad es que no es tan fácil.

Tampoco es fácil amoldarse en la vida. Por ejemplo pensaba que, después de haber perdido a mi padre, ya no me preocuparía el orden de la vida y la muerte; ese orden que había sido alterado por un cáncer que no pude controlar. Pero esa suposición sólo era cierta en parte.

Había llegado a comprender el orden de la vida. Por fin me había adaptado a sus variaciones.

Tal vez me casara. Tal vez no.

Pero mi padre nunca me llevaría al altar.

Era algo que tenía que aceptar. Me da vergüenza reconocer que, incluso cuando estaba enfermo, siempre había imaginado que me llevaría al altar. Hasta había amoldado esa idea para incluir a Mackie. Si hubiese conocido a alguien con quien hubiese querido casarme, me habría gustado que Mackie hubiese estado allí con mi padre. De hecho, la inclusión de Mackie hacía que esa tradición tuviera más sentido en mi mente. Una tradición nada tradicional.

Pero sin un padre aquello ya no era posible.

Y algo que me preocupaba se convirtió en una certeza, en algo que no podía controlar.

Mi padre nunca vendría a mi boda. Eso había llegado a aceptarlo.

Porque había vivido esa experiencia y sabía a qué podía amoldarme, a qué tenía que amoldarme.

Pero no se trata sólo de amoldarse.

¿Y si te mueres tú antes que yo?

Sin seguir el orden natural.

Primero el hijo.

Y luego la madre.

Me había pasado la vida amoldándome, pero contigo me di cuenta de que me podía romper.

Mil Lulas

Me había pasado veintitrés años odiando el día de Navidad. Lo odiaba porque creía que tenía que pasarlo con mi madre, que lo odiaba aún más que yo. Incluso cuando mi padre estaba con ella, ambos lo odiaban, y decían que tener hijos había arruinado su espíritu navideño. Después de tantos años de frustración, me parecía un día de grandes expectativas que nunca se cumplían.

Ese año mi madre y Hilton, su nuevo novio, iban a hacer un crucero. Lo había decidido ella. Decía que en Houston hacía tanto calor en Navidad que no parecía Navidad. No había nieve. Sólo una música diferente en los centros comerciales de siempre para que compraras cosas que no te podías permitir.

—No te importará que me la lleve este año por ahí, ¿verdad? —dijo Hilton arrastrando las palabras con su fuerte acento.

Le respondí que no. Hilton era un tipo alto y delgado que llevaba bigote e iba con sombrero vaquero incluso a la iglesia. No se detenía en nada más tiempo del que tardaba en hacer una broma y pasar a otro tema.

Cómo había tenido mi madre la suerte de encontrarle, nunca lo sabré. Él comentó que la había visto en misa haciendo una mueca graciosa al cura, reaccionando ante algo con lo que no estaba de acuerdo.

—El cura estaba leyendo ese condenado pasaje de la Biblia que dice que el hombre tiene que servir a la mujer —dijo ella—. Y me parece bien, pero luego en el sermón habló de los problemas de la nueva sociedad, donde según él las mujeres son tan independientes que no sienten la necesidad de ser fieles a los hombres, y yo estaba pensando: «¿Quién diablos ha estado a mi lado alguna vez?»

Hilton se rió mientras contaba cómo se había acercado a mi madre en la mesa de los donuts después de misa. Se aproximó a ella y le dijo:

—No te ha parecido muy bien ese sermón, ¿verdad?

—No —respondió ella, y luego le contó lo que le habría gustado decirle a ese viejo pesado si hubiera tenido valor. En aquel momento Hilton supo que era para él. Había perdido a su mujer en un accidente de moto cinco años antes, y decía que no había conocido a otra mujer recta hasta que encontró a mi madre.

—Me gustan las señoras con carácter —afirmó.

Bueno, ya tenía una.

Ellos iban a hacer un crucero a Cancún para celebrar las Navidades, y yo tenía que decidir cómo pasaba las mías.

Pensé en María. Seguía en Nuevo México, pero ahora casada con un tipo llamado Frankie que trabajaba como actuario. La llamé para hablar con ella y considerar si iba a visitarla, pero había dos bebés que no dejaban de berrear, así que decidí que no quería verla aún. Hay una barrera que divide a las mujeres que tienen hijos de las que no los tienen, en la que cada una cree que comprende a la otra, aunque no sea cierto. La que no tiene hijos piensa: ¿Cómo puede soportar a un crío que está llorando a todas horas? ¿Cómo puede tener su propia vida cuando ese crío le exige toda su atención?» Y la que tiene hijos se compadece de su amiga y le preocupa que tenga una vida vacía.

De acuerdo, estoy exagerando, pero eso no cambia el hecho de que no quisiera pasar las Navidades con una familia que no conocía demasiado.

Luego pensé en Milo. Supuse que ya había vuelto de México. Pero cuando llamé a su antigua casa me dijeron que se había ido a Carolina del Norte para estudiar arte.

Nanette insistió en que me quedara con ella y con J. J., pero en los últimos meses me resistía cada vez más a su insistencia. Iba a preparar una gran cena para J. J., todos sus amigos y su madre, y aquello sonaba como un cóctel. Y una de las pocas cosas que odiaba más que las Navidades eran los cócteles. Las conversaciones estúpidas que te hacen pensar que la vida sería más fácil si tuvieras un botón electrónico en el brazo con la palabra PLAY, para que cuando la gente te hiciera las mismas preguntas una y otra vez pudieras tener la respuesta preparada en vez de buscar distintas maneras de decir lo mismo, que se podría resumir en una simple frase.

Joe me dijo que durante los últimos quince años había pasado solo el día de Navidad.

—A mí me gusta así —comentó—. Sólo es un día tonto que hace que todo el mundo se sienta incómodo de alguna manera.

Así que había creado su propio ritual navideño, que en su opinión estaba más de acuerdo con el propósito de la fiesta. Después de insistir un poco me describió su ritual:

Me levanto a las diez de la mañana y voy a Shipley's Donuts. Pido el doble de donuts de los que suelo pedir y una taza de café, y leo tranquilamente el periódico.

Si ese año me siento religioso, me preocupa algo o me siento mal, voy a la última misa, me quedo atrás y salgo pronto para evitar las aglomeraciones.

Cuando vuelvo a casa construyo algo para mí. Algo trivial, como una pajarera o un molinillo de viento. El día de Navidad no se puede podar el césped.

Veo la película de Clint Eastwood que he alquilado el día anterior. Echo una siesta.

Preparo una gran cena con cosas que no me convienen. No ceno delante de la televisión. Pongo la mesa con lo mejor que tengo y disfruto de mi propia compañía.

Tomo helado delante de la televisión.

Escribo algo que aún recuerde pero que nunca haya escrito.

A Joe le daba miedo olvidarse de todo, y años atrás había hecho una caja de madera que llamaba su Caja de Recuerdos, pero siempre se le olvidaba escribir sus recuerdos. Así que el día de Navidad escribía algo que aún recordara para no olvidarlo.

Cuando le pregunté si podía participar en su ritual ese año, respondió que necesitaba dos días para pensarlo.

Exactamente dos días después me dijo que sí, pero que no podía reírme de nada o aparecer sólo para la película o el helado. Tenía que hacerlo todo.

Me reuní con él en su casa mientras sacaba la furgoneta para ir a Shipley's. Al verle caminar como un vaquero me di cuenta de que le faltaba un perro. Le pregunté por qué no tenía uno. Y me dijo que después de perder á *Choctaw,* un labrador de color chocolate, comprar otro le parecía como traicionar a una amante.

—Yo no soy un traidor, Taylor.

Él pidió dos donuts glaseados, y yo dos rellenos de chocolate. Los comimos en silencio mientras leíamos el periódico. La dependienta nos miraba como si quisiera decir: «Qué triste. Es Navidad y ni siquiera se hablan. Sólo leen el periódico». Pero así eran las reglas. Y me gustaban. Estaba bien no tener que fingir que todo era importante.

Como ese año se había muerto mi padre decidimos que sería apropiado ir a misa. Fuimos a la misa de once, y la iglesia estaba llena de gente que cantaba como si tuviera resaca o estuviese deprimida. Yo no canté, pero Joe sí, aunque sin mucho entusiasmo y desafinando. Cuando terminó la misa, Joe se quejó de que las misas navideñas fueran tan largas porque los coros creían que era su gran oportunidad para lucirse.

Después pasamos entre los feligreses que estaban fuera de la iglesia saludándose y deseándose una feliz Navidad. Como no conocíamos a nadie, nos fuimos sin tener que hablar con la gente ni estrechar la mano del cura.

La parte del ritual de la construcción cambió ese año por sugerencia mía. Se me ocurrió que podíamos hacernos algo el uno al otro.

—Yo no necesito nada —dijo Joe. Pero accedió después de que le explicara que daba igual que él se hiciera algo que no necesitaba o que yo le hiciera algo que no necesitaba.

Primero me enseñó lo que había hecho el año anterior. Me llevó al jardín y me enseñó una pajarera con forma de pájaro que había en un árbol.

—Pensé que era divertido —comentó encogiéndose de hombros como si quisiera decir que ya no le parecía tan divertido—. Pero no necesito nada —insistió.

—Allá tú —respondí.

Trazamos una línea imaginaria en mitad del cobertizo con una parte para cada uno. Teníamos tres horas. Trabajamos en silencio, escuchando el sonido del viento que golpeaba las paredes. De vez en cuando él levantaba la vista y se reía. En algún momento dijo:

—Tendría que haber estado aquí contigo hace cuarenta años.

Yo le hice un puzle de pino con la forma de una mujer voluptuosa, con el pelo rubio, un vestido rojo y unos ojos seductores que miraban hacia los lados. El puzle sólo tenía siete piezas:

2 piernas
2 brazos
1 cuerpo
1 cabeza
1 cabello rubio

La llamó Lula. En ese momento pensé que se lo había inventado.

Él me hizo un pequeño joyero de guayaco. Reconocí inmediatamente la veta de la madera brasileña. Me había enseñado ese trozo el día que hablamos de la restauración, porque es un tipo de madera en peligro de extinción. Lo había guardado durante años sintiéndose culpable por tenerlo, pero incapaz de usarlo o venderlo. Me entregó el exquisito joyero con timidez.

—Ya sé que es una tontería —dijo—, porque nunca llevas joyas. Pero puede que te resulte útil algún día.

Luego entramos en casa con los regalos y vimos *Paint Your Wagon*, Joe en su butaca y yo tumbada en el rígido sofá.

Nos saltamos la siesta, porque los dos habíamos echado alguna cabezada durante la película. Y después de poner los filetes a marinar con bourbon, me enseñó la botella de vino especial que había elegido.

—Taylor —me dijo en la cena—, no me entiendas mal. Tengo sesenta años y sé que soy tu jefe. También soy tu amigo, pero... —se detuvo y se limpió la boca con la servilleta antes de continuar—. Al tenerte aquí... Me gusta mi vida, no me malinterpretes, pero es curioso

estar a los sesenta años con la chica de tus sueños sentada delante de
ti. Estoy intentando imaginar que tengo cuarenta años menos y que
estoy seduciendo a una mujer encantadora, pero al ver mis viejas manos arrugadas me doy cuenta de que es imposible.

—No nos habríamos llevado bien cuando tenías mi edad —respondí.

—¿Por qué estás tan segura? —preguntó recordando sus dotes
de seducción.

—Porque tú eras un mujeriego. —Había pasado mucho tiempo
oyendo historias como para olvidarme de ésa.

—Bueno, puede que no hubiéramos congeniado —dijo—. Pero
habríamos tenido algo.

Asentí pensando que todo aquello era muy extraño, pero que tenía razón.

Él comentó que no sabía qué era más triste: ver a gente que nunca llegarás a conocer, o recordar a gente que podrías haber conocido
pero no conociste debido a las circunstancias o porque no hiciste
nada al respecto. Me habló de Lula. Era una cantante de cabaret a la
que solía ir a ver cuando actuaba en un bar de Amarillo. Y había una
canción que se titulaba *Mr. Blue Eyes.* Dijo que era una canción ton-
ta, pero que cada vez que la cantaba le parecía que le miraba a él.
Pensó en invitarla a una copa cientos de veces, pero no lo hizo porque supuso que la fantasía era mejor que la realidad.

—Y ahora lo recuerdo a menudo. Es patético.

Me explicó que no se trataba tanto de que pensara que ahora podría estar con ella, sino de que habría vivido una experiencia. Si hubiera estado con ella, le habría ocurrido algo. Le habría afectado de
algún modo.

Comimos nuestros helados Blue Bell Cookies'n'Cream con frui-
ción antes de sentarnos para escribir nuestros recuerdos.

—¿Significa eso que este año vas a compartir tus recuerdos?
—le pregunté.

—De ninguna manera —contestó—. No soy un buen escritor, y
tengo que ser capaz de mirarte a la cara cuando vengas a trabajar la
semana que viene. Sé que no debo permitir que una mujer me vea gi-
motear demasiado tiempo.

Así pues, no sé qué escribió Joe. Me dijo que era sobre Lula, pero creo que mintió. Pudo ser sobre mil Lulas.

Esto es lo que yo escribí:

Edad: 17

He vivido con mi familia toda mi vida, pero aún hay cosas que no saben de mí. Como que por la noche, cuando no puedo dormir, me siento en el mostrador de la cocina y como canela directamente del tarro. Eso es lo que estaba haciendo cuando entró Luther aquella noche en la cocina en calzoncillos y camiseta...

Yo tampoco le enseñé a Joe lo que había escrito. Simplemente nos despedimos y dormimos bien sabiendo que se había pasado otra Navidad.

Al escribir sobre la noche que besé a Luther me acordé de un día, menos de un año antes, en el que no sabía qué hacer conmigo misma y miré el número de Luther en la guía telefónica. Intenté buscar una razón para no llamarle. Pero al final pensé: «Si quiere verme, le veré. Y si no quiere, no le veré. Pero si no llamo, entonces seguro que no le veo. Así que, o le vuelvo a ver, o todo seguirá igual». El único inconveniente que se me ocurría era que aquello era una locura.

Pero había hecho cosas más locas.

Estaba segura.

De hecho, algunos de los momentos de los que más orgullosa me sentía eran los más locos. Porque al menos en esos momentos estaba haciendo algo.

Cuando llamé, respondió una mujer. En las milésimas de segundo que siguieron pensé en todo lo que podía hacer o decir, como colgar, o decirle que quería hablar con su marido, para averiguar si estaba casado.

O simplemente preguntar si podía hablar con Luther.

—¿El mayor o el pequeño? —dijo la mujer.

—¿Disculpe?

—Es mi forma de referirme al padre o al hijo, cielo.

—Ah —exclamé paralizada, a punto de colgar.

—¿Quién eres?

—Soy una amiga de Luther —contesté.

—Ya veo. Suena al pequeño.

—El médico —respondí.

—Los dos son médicos, cielo. Pero por tu tono de voz yo diría que quieres hablar con mi hijo. De todas formas es el más guapo —bromeó.

Hubo una larga pausa.

—¿Estás ahí, cariño?

—Sí. Lo siento. Mi teléfono no va bien.

—Vendrá para la cena, pero aún no está aquí. ¿Quieres que te llame más tarde?

—La cuestión es que... ¿Tiene su número? Con eso será suficiente.

—Nunca lo recuerdo —dijo. Mientras lo buscaba pude oír cómo tamborileaba con los dedos en el mostrador—. ¿Cómo has dicho que te llamas?

Mierda. ¿Debía mentir?

—Taylor —dije. Maldita sea.

—¡Taylor! Sé quién eres. Estuvimos hablando de ti el otro día.

—¿Ah, sí?

—Claro. Ya sabes que ahora está libre, ¿verdad? Esa Rebecca... Con todos los respetos, no era nada buena. Lo supe desde que la vi. Nunca iba a ninguna parte sin esos dóbermans.

—Me parece que...

—¿Entonces le digo que llamarás más tarde?

—Preferiría que me diera su número, si es posible —dije.

—Claro, claro. Estoy deseando decirle que has llamado —hizo una pausa y suspiró como si estuviera recordando—. Taylor Simone.

«¿Taylor Simone? ¿Quién diablos era ésa?»

Después oí que la puerta se abría y su madre le decía que Taylor Simone estaba al teléfono. Podía colgar y dejarlo ahí, o aguantar y pasar vergüenza.

Me quedé allí. Seguía siendo una locura. Pero no pasaba nada. Cuando le das muchas vueltas a algo, lo único que tienes que hacer es reconocer que estás un poco chiflada para poder hacerlo. Luego oí de nuevo a su madre.

—¿Taylor? Lo siento, pero... —hizo una pausa, sin duda para inventar una mentira—. A Luther le acaban de llamar del hospital. Es muy importante.

—¿Podría darme su número...?

Clic.

Y eso fue todo.

Decidí contárselo a Joe.

—Una vez perseguí a una Lula —dije.

Capté de inmediato su atención. Dejó de barnizar unas estanterías y me miró como si esperara una revelación mística.

—¿Y qué ocurrió?

—No creo que las Lulas se deban perseguir —repuse.

—¿Casado?

Negué con la cabeza.

—¿Gordo, desagradable?

Otra negación. Le expliqué que se habían interpuesto sus padres, que se acababan de trasladar a Houston, y que eran los únicos que aparecían en la guía con ese nombre.

—Creen que soy otra persona y... Es alguien que al parecer a él no le gusta. Y ahora sería absurdo volver a llamar. Además, ya se me ha pasado, ya sabes.

—Lo sabía —dijo, como si hubiese una ley universal que dijera que las Lulas son intocables.

Trabajamos lado a lado durante media hora antes de hablar de nuevo.

—Una chica como tú no debería tener necesidad de perseguir Lulas.

—Gracias —respondí.

Gracias.

◆ ◆ ◆

Al llegar a casa me comí un cuenco grande de Lucky Charms mientras veía un publirreportaje sobre el acné. Me había hecho adicta a los publirreportajes, con su animado espíritu práctico y sus imágenes del antes y el después. Así es como pasaba la mayoría de las noches. Viendo la tele y leyendo. Esa noche estaba leyendo *Sangre sabia,* de Flannery O'Connor, un buen complemento al publirreportaje, con similares personajes grotescos llenos de causas infladas.

Entonces sonó el teléfono.

—Taylor, soy tu madre.

—Hola.

—No estarás borracha o algo así, ¿verdad? —tuvo el valor de preguntarme.

—No.

—¿Sales con ese Joe? ¿Tu jefe? —Nunca me había perdonado del todo lo de Jeff, y cada vez que podía me preguntaba en broma si salía con hombres mayores.

—No.

—Alguien ha estado preguntando a tu hermano por ti.

Llamé a J. J. porque se le prometí a mi madre. No estaba en casa, pero Nanette me puso al tanto del asunto rápidamente.

—J. J. tiene un amigo del trabajo que es programador de ordenadores. Yo diría que mide uno noventa y algo, es reservado como tú, ha visto tu foto y le interesa conocerte.

—¿Por una foto?

—¿Qué quieres, un psicómetro? —dijo riéndose a carcajadas de su propio chiste.

—¿Qué foto es ésa?

—La de nuestra boda, en la que tienes el pelo tan bonito. Tu madre dice que parece tu tipo.

—¿Qué tiene que ver mi madre con esto?

—Taylor, ya sabes cómo es —repuso Nanette.

—Sí, ya lo sé.

—¿Por qué no lo intentas?

—No me gustan los ordenadores.

—No tienes que trabajar con él, por Dios —dijo.

—Nanette, me enorgullezco de no aceptar nunca una cita a ciegas. Nunca.

—Bueno, mira adónde has llegado así.

Estaba tan segura de mí misma que no reaccioné. Sólo estaba pensando: «No me gusta que me organicen la vida, pero he hecho algo tan antinatural como perseguir a un tipo al que besé una sola vez. En realidad ni siquiera le besé.

«*Estoy loca.*»

—De acuerdo —dije—. Lo haré.

Se llamaba Robert, pero todo el mundo le llamaba Bobbo (nombre que yo evité). Hablamos por teléfono.

Yo: Hola, ¿qué tal?

Él: Bien. Bien. ¿Y tú?

Yo: Muy bien.

Él: Estupendo. Es un poco raro que nunca nos hayamos visto y vayamos a salir, ¿verdad? Bueno, que tengamos una cita.

Yo: ¿Qué quieres hacer?

Él: No lo sé. ¿Te apetece ir a tomar una copa? ¿El jueves, por ejemplo?

Yo: Claro.

Él: Fantástico. ¿Te parece bien en el Sam's Boat? ¿A las seis?

Yo: Bien. Entonces te veré allí.

Él: Estupendo. Allí nos vemos.

Después de colgar vuelve a sonar el teléfono.

Yo: ¿Diga?

Él: Por cierto, ¿cómo sabré quién eres?

Yo: Pensaba que sabías cómo era.

Él: ¿Cómo iba a saberlo?

Yo: ¿Por una foto?

Él: Bueno, le puedo pedir a J. J. que lleve una foto al trabajo.

Pausa embarazosa.

Yo: Mido uno ochenta y ocho.

Otra pausa embarazosa.

Él: Bueno, supongo que me daré cuenta.

Yo: ¿Qué aspecto tienes tú?

Él: Mido uno noventa y tres y soy rubio. No sé. Llevaré una cami-sa roja. ¿Qué te parece?

Yo: Estoy segura de que nos reconoceremos.

Él: Claro. Entonces... Vale. Encantado de conocerte y nos vemos el jueves. Bueno, chao.

Yo (poniendo los ojos en blanco): Chao.

Nanette me dijo que tenía que ir.

—¿Qué más da que haya visto una foto tuya o no? —comentó mientras exprimía limones para su famosa limonada casera.

—¿Por qué me mentiste?

—Porque estoy empezando a conocerte. No sé cómo decírtelo, pero cada vez que voy contigo a algún sitio, la gente te mira como si fueses una supermodelo o algo así. Pero yo sé que tengo que ayudar-te a salir del cascarón.

—¿El cascarón?

—Sí, cariño. Te pasas todo el día con un hombre de sesenta años. Y aunque respeto lo que haces, y sabes que quiero que nos ha-gas una mesa con azulejos y todo eso... O sea, que eres buena para ese trabajo. Pero si tu trabajo te mantiene escondida, tendrás que hacer un esfuerzo para salir. ¿Cuándo fue la última vez que besaste a un nene?

—¿Un nene?

—Ya sabes lo que quiero decir.

—Hace dos meses.

No le dije que era un tipo que había conocido en un bar. Nos be-samos en el aparcamiento, pero le di un número de teléfono falso. Me estaba poniendo ya nerviosa (no dejaba de repetir que quería llevar-me a casa para buscar mi «punto especial»), y no me interesaba car-gar con él.

—Así no se puede vivir —dijo Nanette—. Si yo me pareciera a ti, me habría acostado con todos los ricachones del Estado de Tejas.

—Dios santo.

Nanette me pasó un vaso de limonada con aire triunfante y una leve sonrisa en la boca.

—No le digas a tu hermano que he dicho eso.

—Descuida.

—Y sal con Bobbo, ¿quieres?

El jueves estaba tan nerviosa por la estúpida cita que Joe se dio cuenta. Estaba lijando una mesa frenéticamente como si estuviera en una carrera, dando vueltas a su alrededor mientras trabajaba.

—¿Necesitas ir al baño? —me preguntó.

Me detuve y me limpié el sudor de la frente.

—¿Qué?

—Estás como solía estar *Choctaw,* saltando con impaciencia de un lado a otro.

—Lo siento —dije—. Es que estoy nerviosa. Tengo una cita —le expliqué antes de seguir lijando.

—Bueno, también me estás poniendo nervioso a mí. Y yo no tengo una cita.

Volví a detenerme y me desplomé en una mecedora.

—Lo siento —dije otra vez.

—¿Por qué no te vas pronto a casa si estás tan alterada? —sugirió riéndose de mí—. Dios mío, eres peor que una niña. —Luego me miró a los ojos y añadió—: No dejes que se dé cuenta de que estás nerviosa.

—No lo haré —respondí.

Estar en casa era peor. Vi la televisión hasta que alcancé un estado de quietud que me pareció deprimente.

Y luego fui a correr por la orilla del río.

No llevé los auriculares para poder liberar toda la confusión que tenía en la cabeza. Me concentré en la gente que también estaba corriendo y me pregunté cómo se ganarían la vida para poder hacer *jogging* un jueves por la tarde.

Y entonces ocurrió.

Como cuando aprendes una palabra que no has oído nunca y luego la oyes por lo menos un par de veces al día. Estás en sintonía con algo.

Y supongo que yo estaba en sintonía con Luther.

Porque cuando había recorrido unos seis kilómetros, mientras me estaba convenciendo de que aquella cita no iba a matarme, vi a Luther corriendo hacia mí.

O me pareció que era Luther. Al principio no estaba segura. Había visto a mucha gente que por un momento me había hecho pensar que podía ser mi Lula.

El corazón me latía a toda velocidad. A cada paso se parecía más a él. El tono aceitunado de su piel. Su pelo ondulado. Los hoyuelos de su boca.

Era él.

Dios mío.

Entonces me crucé con Luther.

E intercambiamos una mirada.

Primero me echó el típico vistazo de reconocimiento. Y luego, al cruzarse conmigo, puso cara de extrañeza mientras intentaba situarme. ¿Por qué le sonaba familiar? Imaginé lo que estaría pensando en esos momentos: «¿Intenté ligármela una noche que estaba borracho? ¿O puede que fuéramos al mismo instituto?»

Aunque él decidiera apartar esa idea, yo pensé que no se trataba sólo del destino. Si últimamente había pensado tanto en él, debía permitir que la desagradable historia de mi Lula llegara a su fin.

Me di la vuelta y comencé a correr detrás de él.

Cuando le alcancé, pasó en dirección contraria una adolescente muy delgada. Yo tenía un nudo en el estómago. Al mirarme, me di cuenta de que estaba preocupado. Porque si yo había dado la vuelta para correr con él, se suponía que tenía que acordarse de mí. Pero seguía sin reconocerme.

—Hola —dijo con tono desenfadado, esperando que la incógnita que tenía en la cabeza se resolviera pronto.

—Hola —respondí.

—¿Cómo te va? —me preguntó buscando una pista.

—No importa que no te acuerdes de mí.

Continuamos corriendo lado a lado mientras me miraba y sonreía.

—¿De qué te conozco?

—Soy la hermana de J. J. Jessup. Taylor.

Redujo el paso y comenzó a andar por la hierba. Yo le seguí, respirando aún con dificultad. Llevaba una vieja camiseta de Corona que estaba empapada. Se puso las manos en las caderas mientras recuperaba el aliento. Luego giró la cabeza hacia los lados y se le cayó el pelo a los ojos, que tenía entrecerrados por el sol.

—Vaya —se rió con timidez—. Ha pasado mucho tiempo.

Me estaba mirando a los ojos con tanta resolución que yo no sabía qué hacer. Tuve que apartar la vista.

—Sí. Es verdad.

—Estás estupenda.

—Gracias —respondí. Hubo otro silencio incómodo mientras pensaba: «¿Es tan difícil hablar? ¿Por qué no puedo hablar sin más? ¿Por qué soy incapaz de entablar una conversación?»

—¿Cómo te va? —me preguntó.

Yo me reí.

—¿Qué? —dijo cohibido, pensando que me estaba riendo de él.

—Nada. Es que han pasado seis años. No sabría por dónde empezar.

—Claro —respondió, pero más como una pregunta.

—No quería decir eso.

—¿Qué? —preguntó desconcertado.

—Lo siento. No pretendía ser grosera.

—No has sido grosera —contestó.

Hubo una larga y extraña pausa, que él rompió riéndose.

—¿Por qué es tan complicado? —dijo con esa naturalidad que aún recordaba, que incluso hizo que me sintiera capaz de expresar lo que pensaba.

—Porque yo estaba loca por ti —repuse—. Y soy complicada. Por eso es tan complicado.

—Oh —dijo sonriendo—. Ya veo que has crecido.

—Supongo. He oído que acabaste siendo médico.

—Sí. Estoy a punto de comenzar la especialidad. En pediatría. ¿Y tú qué?

—Hago cosas. Sobre todo muebles. Me gusta hacer mecedoras.

—Vaya. Es estupendo. Simple.

—¿Simple?

—No tenía que haber dicho eso.

—Me gusta.

Se secó la frente con la manga de su camiseta mientras consideraba algo.

—Esperaba que fueras así —comentó luego.

—Hace cinco minutos ni siquiera te acordabas de mí.

—Quiero decir entonces. Cuando te conocí. Pensaba que serías
justo como eres ahora.

Yo asentí sin saber qué decir. Y después nos sentamos en el suelo, como animales, para observarnos el uno al otro.

—¿Quieres que quedemos algún día para tomar una copa o...?
—me sugirió.

—Sí. Sería estupendo.

—En realidad, no quiero tomar nada —dijo casi como si hablara consigo mismo—. Pero me gustaría volver a verte.

—A mí también.

—Tengo un horario de locura. ¿Qué vas a hacer esta noche?

Le hablé de Bobbo y le dije que había quedado con él en el Sam's
Boat a las seis. A él le pareció muy divertido.

—No me apetece nada ir —afirmé.

—Pero deberías hacerlo, ¿verdad?

Pensé en Nanette. En mi hermano. En cómo me sentiría yo si me
dejasen plantada.

—Sí, tengo que ir. Pero podemos vernos después. —Nada más
decirlo me di cuenta de lo desesperado que sonaba.

—No. Deberías pasártelo bien con Bobbo sin preocuparte por
mí. Apuntaré tu número. ¿No tendrás un bolígrafo?

—No.

—¿Estás en la guía?

—No —respondí pensando que iba a perder la gran oportunidad de mi vida por un tipo que sabía que no me iba a gustar. ¿Qué me
pasaba?

—Tengo buena memoria —dijo Luther.

Así pues, le di mi número. Él lo repitió para sí mismo dos veces y luego seguimos corriendo en direcciones opuestas.

Bobbo tenía el pelo castaño claro, medía uno ochenta y cinco (no uno noventa y tres) y no dejó de rascarse los dedos mientras estuvimos sentados en el bar hablando de nada. Lo único que podía pensar yo es que aquello era una locura. ¿Por qué lo había hecho? Luther había estado justo allí. Y ahora que volviera a verle dependía de su memoria.

«Ciertamente estoy loca», estaba pensando mientras Bobbo me contaba que una vez su colega había llamado a una puta para que estuviera con él y con su novia, y luego resultó que la puta tenía una polla o algo así.

De repente oí decir a alguien:

—¡Taylor!

¿Estaba alguien diciendo mi nombre? Decidí que no, pero al oírlo de nuevo miré hacia atrás.

Entonces me di cuenta de que, afortunadamente, todo el mundo está loco.

Yo estaba tan loca como para perseguir a mi Lula.

Y mi Lula estaba tan loca como para venir a buscarme.

Antes de que pudiera enterarme de lo que estaba ocurriendo, Luther se presentó a sí mismo a Bobbo fingiendo que era un antiguo amigo mío.

—No había visto a Taylor desde el colegio. Es increíble cómo has crecido. Está estupenda, ¿verdad? —le dijo a Bobbo, que se lo estaba creyendo todo. Cuando Bobbo fue a pedir otra ronda, Luther se acercó a mí.

—Olvidé tu número —murmuró.

Miré hacia la barra, donde Bobbo estaba dando una palmadita en la espalda a un viejo colega.

—¿Sigues teniendo la noche libre? —le pregunté.

—Sí —respondió mientras me cogía la mano y la apretaba.

—Vámonos de aquí —dije.

—No querrás marcharte ahora, ¿no?

Yo asentí, y él se rió.

Ni siquiera miré por encima del hombro cuando salimos del bar agarrados de la mano. Al llegar a su Jeep, me abrió la puerta y fue corriendo al otro lado. Y nos quedamos allí sentados unos instantes. ¿Qué acabábamos de hacer?

—¿Y bien? —dijo arrancando el motor—. ¿Adónde quieres ir?

—Me apetece viajar —afirmé.

—¿Viajar? —hizo una pausa—. ¿Podrías ser un poco más concreta?

—Lo único que quiero es irme de aquí —dije.

Pasamos por una gasolinera y yo compré una cinta de música country por un dólar. Luego fuimos a Galveston. La hora de trayecto se me pasó volando. Mientras le miraba, estaba pensando que así era yo realmente. Había estado toda la tarde hablando como era. Y mi aspecto era así. Llevaba unos vaqueros desgastados con manchas de pintura y una camiseta de Bionic Man. Pensé en cambiarme para la cita con Bobbo, pero decidí que yo era así.

Y allí estaba como era.

Y Luther estaba allí conmigo.

Cuando llegamos a la isla, compramos una caja de pollo en Kentucky Fried Chicken y fuimos a una de las zonas de descanso de la playa para comerlo.

Nos perdimos la puesta de sol, pero no importaba.

Hablamos de muchas cosas. De mi hermano. De mi padre.

—Lo siento mucho —dijo—. Debió de ser muy duro.

Yo asentí.

—Al menos pudiste despedirte, ya sabes. Pasar un tiempo con él antes de que muriera.

Lo dijo de un modo tan sincero que me entraron ganas de reír.

—Estás intentando ser amable, ¿verdad?

—¿Cómo? —preguntó confundido.

—Nada.

—¿Qué quieres decir con eso? —dijo con curiosidad por saber qué estaba pensando.

—Te lo agradezco. Eres muy amable. Sí, fue muy duro. ¿Pero qué quieres saber exactamente?

Se quedó un rato pensativo.

—Quiero saber qué hacías para no pensar en ello a todas horas.

Le dije que básicamente lo reprimía, y que quizá por eso seguía teniendo unos sueños tan raros.

—¿Qué ocurre en ellos?

Le conté que en esos sueños subía las escaleras del apartamento de mis padres. Y que me quedaba un buen rato delante de la puerta con miedo a entrar. Pero cuando abría la puerta, resultaba que el apartamento era enorme, con más y más puertas que conducían a otras habitaciones. Y en el sueño mis padres me dan una vuelta. Siguen juntos, y se miran el uno al otro como si se quisieran de verdad, describiendo todos los detalles de su casa, hasta el triturador de basura.

—Curioso —dijo.

—Si lo hubiera soñado un día no sería tan extraño. Pero se repite cada semana.

Él me dijo que seguía teniendo pesadillas con su ex novia, que se llamaba Taylor Simone. Hablamos de ella, de mi Jeff, de su Rebecca. Poco a poco hicimos lo que se supone que no se debe hacer. Abrir las bolsas y sacarlo todo para ver si hay algo, alguna parte de ti mismo, que merezca la pena salvar. Mientras clasificábamos nuestras miserias, comencé a sentirme cada vez más ligera. Y luego le confesé que le había llamado una vez.

—¿Por qué lo hiciste? —preguntó.

—Por curiosidad.

—Parece que soy un monstruo o algo así.

—Todos somos un poco monstruos.

Cuando terminamos el pollo fuimos a dar un paseo por la playa. Hubo un momento en el que me cogió en brazos y fingió que iba a tirarme al agua. Después me dejó en el suelo. Mientras me estaba riendo de lo que había hecho, me atrajo hacia él. El viento soplaba con fuerza, y me puso el pelo detrás de las orejas.

Luego se echó a reír.

—¿Te parezco graciosa? —le pregunté.

—Esto es gracioso —respondió—. ¿No ves lo gracioso que es?

—En parte, sí —dije—. Y en parte, no —le susurré al oído como había hecho él aquella primera noche que sentí algo.

Después le besé en el cuello y en la mejilla. Él me agarró la mano y me acarició los dedos mientras me miraba y veía dentro de mí mi lado monstruoso y mi incapacidad para expresar mis sentimientos.

Me conocía.

Me conocía justo como yo lo había pensado.

Tumbados en la playa, olvidándonos de la arena y de todo lo demás, pensé que al fin y al cabo no estaba loca. Si me sentía así persiguiendo a una Lula, estaba dispuesta a perseguir mil Lulas.

Emparejados en espíritu

Me gustaba ser frívola. Sentir esa emoción que dan los comienzos. Levantarme feliz, deseando ver a Luther. Desde esa primera noche nos vimos con regularidad, tan a menudo como podíamos teniendo en cuenta que estaba muy ocupado en la Facultad de Medicina. Resultaba extraño intentar tener una relación normal después de un comienzo tan loco. Pero de algún modo estaba funcionando.

Era mucho más tranquilo de lo que pensaba. Prefería una película a un bar. O una carrera a una noche salvaje. Pero, en realidad, no importaba qué hiciéramos. Me gustaba estar con él al final del día y rascarle la espalda para ayudarle a dormirse.

No era él lo único que se estaba asentando. Supongo que se podría decir que también mi familia se estaba asentando. Luther decía que mis relaciones familiares estaban mejorando debido a influencias externas. Quería decir que Nanette era estupenda para J. J., porque le mantenía centrado. Y que Hilton había salvado a mi madre. Ya no bebía tanto, y era capaz de mantener una conversación sin quejarse. A veces incluso hacía comentarios positivos.

Pero yo no lo atribuía todo a las influencias externas.

A no ser que hablemos de mi padre. Mejor dicho, de la muerte de mi padre.

Cuando superé el hecho de que no le había dicho todo lo que quería mientras estaba vivo, fue como si descubriera una ruta más directa hacia él, como si hubiera alguien en el mundo espiritual que me cuidaba. Alguien con quien podía hablar cuando me encontraba sola. Es difícil de explicar, pero una parte de mí estaba segura de que mi padre sabía todo cuanto yo estaba haciendo. Cómo me sentía realmente. Cómo iba creciendo. Ya no se trataba de que viniera a mi boda, ni de los pequeños o los grandes momentos. Sentía que mi padre estaba allí en todos los sentidos.

Y sospechaba que lo mismo le ocurría a J. J., e incluso a mi madre.

Meses después de la muerte de mi padre, Nanette y J. J. decidieron organizar una comida dominical con toda la familia una vez al mes. Aquel domingo iba a ser el primero. Así es como se me ocurrió la idea de la mesa. Casi un año antes había prometido hacerles una mesa de comedor con azulejos de colores. Le había ayudado a Joe a hacer una sencilla con azulejos de terracota para uno de sus clientes, y esta vez quería hacerla yo sola para dársela en nuestra primera comida.

Para mí fue otro proyecto extraordinario. Y, como ocurrió con la mecedora, Joe estaba preparado para sentarse y observarme. Estuvo toda la semana sonriendo mientras me veía cortar la madera con la sierra. Después corté las piezas exteriores y los bordes. Y luego hice las patas y encajé los soportes. Joe se levantó de la silla en un punto pensando que iba a necesitar su ayuda, pero no fue así. La noche siguiente barnicé la mesa y dejé que se secara. Y le advertí a Joe que por la mañana íbamos a comprar azulejos.

—No creo que yo vaya de compras —dijo.

Sin embargo al día siguiente se afeitó, señal de que pensaba salir en algún momento del día. Fuimos a un almacén y miramos todos los diseños. Yo los reduje a tres y le pedí que eligiera uno tras recordarle que a Nanette le gustaban los colores vivos. Él señaló un azulejo azul intenso con un pequeño dibujo.

—Ése debería de irle a una chica vistosa —dijo.

Por la tarde, después del trabajo, pegué los azulejos en la mesa. Y al día siguiente, cuando se secaron, extendí la masa entre las juntas.

Estábamos ya a viernes. Le dije a Joe que iba a recoger la mesa el domingo, y que entonces quitaría la masa que sobraba.

—Eso lo haré yo mañana —respondió. Le dije que no se molestara, pero sabía que lo haría de todas formas.

—¿Qué vas a hacer con las sillas? —me preguntó. Se refería a una esquina del cobertizo donde había almacenado alrededor de diez sillas que había cogido de la basura el último año y había restaurado.

La mayoría eran de esas que tienen el respaldo curvado —que siempre asocio con las heladerías—, y que eran las que se encontraban con más frecuencia en la basura, quizá por su ligereza. En mi opinión para mucha gente era como tirar un papel de caramelo. Pero también había sillas de otros tipos. Sillas apilables desparejadas. Sillas con respaldo y asiento de listones. Y alguna que otra silla de tijera.

—¿Has planeado hacer algo con ellas?

—Ahora sí —le dije pensando que también podía regalarle a Nanette seis sillas. A él le gustó la idea. Después de rebuscar ambos en la pila de sillas, elegí mis seis favoritas. Cada una de ellas era diferente, pero al ponerlas juntas en la mesa no quedaban nada mal. Joe comentó que concordaban en espíritu, lo cual me sorprendió, porque esa mezcla de colores y estilos no tenía nada que ver con el trabajo que él hacía.

Ese domingo Luther vino al taller para ayudarme a cargarlo todo en su furgoneta. Le encantó la mesa. Le pareció una pieza bonita y sólida. Estaba seguro de que era algo con lo que podía ganarme la vida. De que mucha gente querría mesas como aquélla. Yo me encogí de hombros. Antes de nada quería ver la cara de Nanette cuando se la diera.

Después de asegurar la mesa en la furgoneta, volví a buscar las sillas. Joe estaba allí con los brazos cruzados, como si estuviera supervisándolo todo. Al principio pensé que estaba aburrido, hasta que me di cuenta de que tramaba algo.

Yo acababa de coger una silla recta que tenía un lazo tallado en el respaldo. Estaba pintada de color oro viejo, con el asiento tejido, y tenía un aspecto antiguo. La había encontrado tirada con un osito de peluche tan andrajoso que apenas le quedaba pelo. Me imaginé que había formado parte del escritorio de un niño, aunque tenía un tamaño normal. Tuve que desmontarla, repintarla y cambiar el asiento. Pero al terminar me quedé muy satisfecha cuando vi lo bien que había quedado. Y puede que Joe pensara lo mismo.

—¿Cuánto quieres por ésa? —me preguntó con expresión seria.

—¿Ésta? —dije levantando la silla que sin duda alguna estaba mirando.

—Sí.

—Nada —respondí entregándosela con mucho gusto—. ¿Por qué no me has dicho que la querías? —me reí—. Ha estado en esa esquina más de un mes.

—Porque sabía que me la darías —contestó.

—Bueno, has tenido suerte —dije en broma. Luego fui a buscar otra para sustituirla.

Cuando llegamos a casa de J. J. y Nanette, mi madre y Hilton ya habían llegado. Estaban todos sentados en la sala, y los que más hablaban eran Hilton y Nanette. Yo me reí para mis adentros, pensando que cuando Luther se integrara, los «allegados» de los Jessup mantendrían el ambiente de normalidad mucho mejor que nosotros hasta ese momento.

Cuando llevábamos alrededor de una hora charlando, después de que J. J. y Luther recordaran sus historias de la universidad, anuncié que tenía una sorpresa.

Todo el mundo salió a la calle y se acercó a la furgoneta.

Luther y yo subimos al remolque y sacamos primero la mesa, mientras Hilton repetía lo impresionado que estaba con mi trabajo y cuánto le preocupaba que cargara con algo tan pesado. Le aseguré que lo teníamos controlado, y que de todas formas yo era más fuerte que él. Pero, por si acaso, anduvo cerca de la mesa para cogerla si se me caía.

Como era de esperar, Nanette se deshizo en elogios cuando la pusimos en la cocina.

—Qué detalle —repetía una y otra vez.

Luego le dije con impaciencia que tenía algo más. Otra sorpresa.

—¡No, por favor! —exclamó—. Esto es demasiado.

—Taylor, ¿desde cuándo eres tan generosa? —preguntó mi madre con tono circunspecto, aunque estaba segura de que ya había decidido que la respuesta era Luther.

Todo el mundo volvió a salir a la calle.

Mientras estaban apiñados junto a la furgoneta, les conté la historia de las sillas. Le dije a Nanette que la sorpresa era que también había unas sillas para la mesa. Y después añadí que no tenía que quedarse con ellas si no le gustaban.

—Claro que me van a gustar —dijo ella—. Las has hecho tú.

Le aclaré que no era así exactamente. Que no iba a herir mis sentimientos si le parecían demasiado raras. Pero que no quería que fingieran que les gustaban para luego tirarlas a la basura otra vez.

—¿Otra vez? —preguntó Nanette—. ¿Qué quieres decir?

—Taylor —dijo Luther moviendo la cabeza. Decía que yo tenía la costumbre de meterme en líos cuando no era necesario. Pero yo no quería fingir que había hecho aquellas sillas, o que las había comprado en una tienda. Quería que supieran la verdad y que las apreciaran. De lo contrario, esperaría que otra persona lo hiciera.

Les expliqué que las sillas provenían de la basura. Les conté la historia de cada una mientras las sacaba de la furgoneta. Y luego le enseñé a Nanette cómo las había arreglado. Le mostré la silla verde de respaldo alto que habían tirado en una escuela junto con unas estanterías. Le hablé del chicle que había debajo del asiento, de las horas que había pasado quitando el barniz antiguo, y luego le enseñé las iniciales que habían grabado en una de las patas, que había decidido dejar.

—¡Oh, Taylor! —exclamó llevándose las manos a la cara—. ¡Me encantan! ¿No son maravillosas, J. J.?

Mi hermano estaba un poco desconcertado, pero como era de esperar le dio la razón.

Después cada uno cogió una silla y la llevó a casa. Una vez dentro, pusimos las sillas desparejadas alrededor de la mesa y nos sentamos en ellas para comer juntos, todos tan diferentes como siempre pero emparejados en espíritu.

4

*Si se considera restaurar un mueble debido a su posible valor como an-
tigüedad, la decisión es más complicada. En este caso uno de los facto-
res más importantes es el estado general. Si falta una cuarta parte de las
piezas principales, se pierde el auténtico valor. No obstante, si se puede
sustituir la pieza con madera antigua y un trabajo excelente, entonces el
mueble debería ser restaurado. De este modo las siguientes generaciones podrán disfrutar de él, y si el trabajo se realiza bien, es posible que
nadie lo detecte.*

«Reglas y herramientas para restaurar muebles antiguos»
Guía completa para restaurar muebles antiguos
Richard A. Lyons

Podría haberme ido

Podría haber llegado a ser antropóloga. Por ejemplo, después de acabar la carrera podría haber ido a África y descubrir una tribu perdida que nunca hubiese oído hablar de la guerra.

También la carpintería podría haberme llevado a algún sitio. Quizás a Florida, donde la gente necesita más mecedoras y muebles de jardín.

Si me hubiera casado con Jeff Romano, me habría ido por mi familia. Habría metido a los niños y todas sus cosas en nuestro pequeño utilitario y habríamos sido una familia feliz en Kansas City. Siempre pensando en el bien de los niños, por supuesto.

Más tarde me di cuenta de que podría haberme ido de forma consciente para vivir una aventura, para cambiar mi vida. Como si la gente de Montana fuese tan distinta de la gente de Tejas, después de captar su acento y descubrir que también allí hay tipos avaros, generosos, irresponsables, religiosos...

Todas aquéllas eran formas de irse.

Razones para irme que había imaginado.

Pero acabé yéndome por una razón que tiempo atrás consideraba una idea terrible.

Me fui por un hombre.

No por un trabajo, ni por un marido, ni por los niños, ni por vivir la vida.

Sino porque sencillamente debía hacerlo.

Había diferentes formas de verlo, a las que había dado mil vueltas en mi cabeza.

Se podría decir que me fui por un hombre.

O que me fui porque estaba empezando a comprender cómo era mi forma de amar.

Se podría decir que me fui por un hombre.

O que me fui porque había descubierto cómo era yo de verdad cuando me sentía feliz.

Se podría decir que me fui por un hombre.

O que me fui porque no quería pasarme la vida dudando, viviendo en el superpoblado mundo de las lamentaciones.

Luther y yo hicimos algunos viajes juntos antes de trasladarnos a Nueva York. Antes de que me dijera que me quería.

La primera vez, el tercer mes, fuimos a las White Mountains de Nueva Hampshire. Teníamos que estar en Concord el sábado para ir a la boda de un amigo suyo, así que tomamos un vuelo unos días antes para hacer una acampada.

—¿Nunca has montado en avión? —me preguntó la noche que ultimamos nuestros planes—. Vaya.

—¿Vaya qué? —dije llegando a ese punto en el que podía enfadarme o no según qué palabras salieran después de su boca.

—Qué suerte tienes —comentó.

Sin enfadarme, le pedí que me explicara qué quería decir.

Dijo que tenía suerte porque podría recordar mi primer viaje en avión, mientras que él lo había olvidado por completo.

En cuanto subimos al avión, comenzó a observarme para ver cómo reaccionaba.

Ante la excesiva amabilidad de los auxiliares de vuelo.

Ante las vibraciones de los compartimientos laterales al despegar.

Ante la actitud incómoda de todos los pasajeros.

No dejó de pedirme que le contara qué estaba pensando.

—¿Qué te parece eso? —me preguntó mientras sobrevolábamos Houston.

—No tenía ni idea de que era una ciudad tan ordenada —respondí.

—¿Y esto? —dijo cuando entramos en la primera nube.

—No me gusta. Pero impresiona verlo tan cerca —contesté.

—Tienes que decirme qué piensas ahora. Rápidamente, sin pensarlo mucho —dijo cuando pasamos por encima de la primera cadena de montañas.

—Dios mío —exclamé mientras pegaba la nariz a la ventanilla.

Luther estaba mirando por encima de mi hombro, intentando ver lo que veía yo.

—Es asombroso que nadie se fije ya en nada —dijo.

Al darme la vuelta, vi que todo el mundo estaba leyendo, dormitando o mirando las manchas de las mesas plegables. Tenía razón. Entonces juramos que nosotros nunca seríamos así por muchos viajes que hiciéramos, daba igual dónde.

Cuando le dije a mi madre que iba a ir con Luther a Nueva York, me respondió:

—Tu padre y yo vinimos a Tejas simplemente porque esa palabra sonaba bien, aunque no te lo creas. Pero al marcharte, abandonas tus raíces. Y siempre se paga un precio. No lo olvides.

Le recordé que una vez me había confesado que eso era lo más romántico que habían hecho. Que de esa forma habían conseguido alejarse de su madre y de sus antiguas vidas.

—Puede que creciera en algún sentido, pero mis verdaderas raíces siguen estando en otro lugar. Renuncié a mis raíces —dijo ella.

Ésta es la razón por la que estaba dispuesta a abandonar mis raíces:

El primer día en las montañas de Nueva Hampshire, Luther y yo caminamos ocho kilómetros para buscar un sitio para acampar. Yo llevaba una mochila con la mitad de la comida que íbamos a necesitar.

Pero Luther andaba mucho más rápido que yo.

A veces tenía que esperarme. Nunca más de cinco minutos.

Pero me tenía que esperar.

Porque yo me retrasaba.

Las primeras veces puse excusas del tipo «Lo siento, no estoy acostumbrada a la altura», «Me siento como una novata», o «Siento seguir disculpándome. No me gusta que me tengan que esperar».

A él no le importaba en absoluto. Mientras me esperaba, aprovechaba el tiempo para examinar algún insecto, beber agua, o simplemente escuchar los sonidos del bosque.

Cuando le alcanzaba seguíamos caminando juntos.

Pero antes de que me diera cuenta, yo volvía a retrasarme. A arrastrarme con un gran esfuerzo mientras parecía que él estaba paseando. Entre tanto no dejaba de darle vueltas a algo que no acababa de comprender.

Finalmente, subiendo una cuesta, dije con voz entrecortada:

—No puedo ganar.

—Nadie gana haciendo camping, Tay.

—No lo digo en sentido literal. Es que... Por el oído derecho mi hermano me está diciendo que deje de ser una niña. Que no debería quedarme atrás.

—No importa que tengamos que pararnos de vez en cuando. Relájate, ¿quieres?

Al darse la vuelta, me miró de un modo que a veces me fastidiaba. Normalmente era adorable. O fastidiosamente adorable.

Intenté explicarle que me sentía frustrada. Que era extraño ser a veces como una niña. Que, por alguna razón, caminar con él nunca podría ser divertido. Porque siempre yo había querido resistir, y si era posible ir por delante.

—Al mismo tiempo, no quiero dormir con ningún tipo al que pueda ganar en una carrera. Ni ganar ni perder. —Era curioso que yo dijese aquello. Él frunció el ceño con cara de preocupación.

Caminamos unos minutos escuchando el crujido de las piedras y las ramas bajo nuestros pies. Luego se detuvo para coger una piedra y me la dio. Un rato antes me había prometido que encontraría una piedra tan suave que se me quitarían las ganas de morderme las uñas. Yo cogí la piedra negra sin decir una palabra.

—Esto no es una carrera —dijo.

—Ya lo sé —respondí. Lo sabía.

Cuando llevábamos cinco meses juntos, Luther se enteró de que tenía que ir a la Universidad de Nueva York para hacer la especialidad. Vino al cobertizo de Joe y asomó la cabeza por la puerta.

—Ya sé adónde voy —dijo por fin.

—¿Adónde? —le pregunté.

—A la Universidad de Nueva York.

Sentí que todo cambiaba de repente. Que después de vivir sin
más disfrutando de la vida, tenía que valorarlo todo. Aquello significaba que lo nuestro se había acabado. Estábamos aún en esa etapa
maravillosa en la que todavía no habíamos descubierto cómo éramos
realmente. No podíamos fingir que sabíamos qué íbamos a hacer. Sí,
decidí en ese momento. Se había acabado. Sólo tenía veinticuatro
años, y sólo había salido cuatro meses con él. No nos conocíamos lo
suficiente. Se había terminado.

Joe también se dio cuenta, y salió rápidamente del cobertizo sin
poner ninguna excusa.

Luther y yo nos quedamos mirándonos, aunque sabía que estaba
más desconcertada de lo que parecía.

—Quiero que vengas conmigo —dijo después. Estaba a mi lado,
besándome el cuello—. En serio.

—¿Por qué? —fue todo lo que se me ocurrió decir.

—Bueno... Si te estoy pidiendo que me acompañes...

—¿Qué?

—Es porque te quiero. Sí, te quiero.

Me quedé aturdida unos instantes antes de responder.

—Me gustaría decir que yo también te quiero, pero siempre suena ridículo.

—Basta con que digas que vendrás conmigo a Nueva York.

La cabeza me daba vueltas.

No bases tu vida en la de un hombre.

Esto no es una carrera.

La gente dirá que te fuiste por un hombre.

Tienes que centrarte en ti misma, porque nadie lo hará por ti.

No te vayas por un hombre.

María se fue por un hombre.

Deja de fingir que esto va a durar.

¿Qué hay de las comidas de los domingos?

Ésta es tu vida.

Esto es algo real.

No vayas de acompañante.

¿Cómo sabes que no durará?

Esto es algo real.

¿A quién le importa que dure?

Esto no es una carrera.

No vayas de acompañante.

No estoy fingiendo. Es algo real.

—De acuerdo —dije pensando: *Se podría decir que me fui por un hombre.*

O se podría decir que me fui por mí.

O se podría decir que pensaba que volvía a irme.

Adiós a Joe

Antes de marcharnos ese día, Luther y yo fuimos a despedirnos de Joe. No hizo falta que le dijera nada. Supongo que lo leyó en mi cara, o en nuestra manera de estar allí, sonriendo como idiotas. En cuanto entramos, asintió con la cabeza y esbozó una sonrisa que resultaba dolorosa, como si se estuviera esforzando para fingir que se alegraba.

—Parece que tenéis alguna noticia —dijo.

—Así es —respondió Luther, mientras yo pensaba que debería habérselo dicho personalmente, de otro modo.

—Me voy a Nueva York —le dije antes de que Luther se adelantara.

—Lo sabía —comentó antes de levantarse de la silla para traernos una cerveza. Al pasar por delante de nosotros le pillé mirándome. No me habría extrañado que no apartara la vista cuando se cruzaron nuestras miradas.

Cuando fui a trabajar al día siguiente, encontré una caja para mí. Miré a Joe como queriendo decir que no era necesario. Él se encogió de hombros.

—No me dijiste cuándo te marchas. Y en estos tiempos nunca se sabe. La gente va de un continente a otro en sólo unas horas —dijo volviendo a encogerse de hombros.

Abrí la caja con avidez para ver qué había dentro. Eran unos libros antiguos sobre restauración, que sin duda alguna pertenecían a Joe. Estaban impecables, pero tenían las esquinas dobladas y anotaciones al margen.

—No puedo aceptarlos —le dije—. Son tuyos.

—Yo ya lo sé todo —afirmó con una sonrisa petulante.

—Son todos de restauración —comenté mientras abría uno lleno de fotografías de puertas antiguas.

—¿De qué esperabas que fueran? —preguntó en broma.

Luego abrí otro por la primera página y leí en voz alta:

—Restaurar, como su nombre implica, es el acto de reparar algo para que recobre su estado original.

Joe estaba nervioso.

—No quería que los leyeras ahora. Sólo pensé que te gustarían.

Me explicó que a él le gustaba leer los libros de restauración desde el principio. Que hubiera tantas formas de trabajar. Que le hicieran plantearse tantas preguntas. ¿Debía modernizar el proceso usando máquinas y herramientas más avanzadas? ¿O debía ser más purista y usar sólo las que existían cuando se crearon las piezas? Dijo que había pensado que me gustaría ese tipo de trabajo.

—Al fin y al cabo, es lo que tú haces con todas esas sillas —añadió—. Ahí encontrarás todas las maneras de hacerlo bien.

Unos días después nos despedimos definitivamente. Pero ése es el momento que siempre recordaré. El momento en que le miré a los ojos y comprendí que me estaba dando todo lo que había detrás de ellos. Y que no esperaba nada a cambio, excepto que usara lo que me ofrecía.

¿Quiere mantener la apuesta?

Nueva York era la única ciudad en la que había estado que se movía más que yo. Nada se paraba en ningún momento. Ni siquiera los perros podían quedarse quietos. Sus estresados dueños los sacaban a «pasear» esgrimiendo sus bolsitas de plástico y esperaban con impaciencia a que sus adoradas mascotas hicieran sus necesidades para poder ir a esa reunión a la que siempre parecían llegar tarde.

Y el olor era sorprendente. Todo tenía un aroma característico. Andar por la calle era como recibir un bombardeo de olores. A humos de coches. Pan recién horneado. Camiones de basura. Comida italiana. Cerveza. Vómitos. Aunque había olores que no me gustaban, no podía dejar de admirar el hedor general. Olía a vida.

Buscar un apartamento fue como jugar a la ruleta en un casino de Las Vegas. «¿Quiere mantener la apuesta? ¿O prefiere cambiar de número?» Había tanta gente en Manhattan que el único modo de encontrar una vivienda sin pagar mucho dinero era conocer a alguien que se fuera a mudar. O que se estuviera muriendo. La gente se peleaba por aquellos apartamentos diminutos como animales de presa. Cuando Luther y yo hablamos por primera vez de los detalles del traslado, le dije que prefería vivir sola durante un tiempo antes de convivir juntos.

Él se echó a reír.

—¿Sabes cuánto cuesta vivir allí?

Cuando me dijo que me costaría unos diez mil dólares al año, tuve que cambiar de opinión.

Así pues, contactamos con una agente inmobiliaria llamada Nickie, que nos enseñó cinco apartamentos minúsculos, con cocinas tan pequeñas como cuartos de baño y cuartos de baño del tamaño de una

bañera. Mientras los veíamos, Nickie no dejaba de repetir que teníamos mucha suerte de que aún estuvieran disponibles.

—¿Estáis seguros de que pasáis de éste? No sé si yo lo haría
—afirmaba. Y luego teníamos que tomar la decisión allí mismo, porque era muy probable que en dos horas ya estuviese ocupado.

—¿Os interesa éste? ¿O preferís apostar por algo mejor?

Aquello era como participar en el *Un, dos, tres* y pasar el día deci-
diéndose entre la puerta número 1 y la puerta número 2. Al final, lo único que hacíamos era apostar por algo mejor. Pero, si no se caía el yeso
del techo, el lavabo estaba en la cocina, o era un sótano sin ventanas y
con problemas de cucarachas. Había un apartamento que nos gustaba a
los dos, con paredes de ladrillo y una chimenea (no funcionaba, pero tenía mucho encanto), en el que se respiraba un aire histórico. Pero costaba más de dos mil dólares al mes, y aunque nos lo pudiéramos permitir, yo no podía aceptarlo por principio. Por ese dinero podíamos
comprarnos una casa en Tejas. Luther estaba de acuerdo conmigo.

Así que tuvimos que pasar en el hotel otra noche más.

Al día siguiente nos llamó Nickie muy pronto para decirnos que
tenía un apartamento disponible, pero que si no íbamos a verlo antes
de las nueve, a las diez ya estaría ocupado, porque era fabuloso.

Luther y yo acabábamos de pedir que nos subieran el desayuno
a la habitación para celebrar nuestra nueva vida. A ninguno de los
dos nos apetecía ir a verlo. Porque estábamos seguros de que sería
otra caja de zapatos de mala construcción.

Pero la pasión del juego nos venció. ¿Y si era el apartamento de
nuestros sueños? ¿Y si lo dejábamos pasar? Entonces jugamos a «piedra, papel o tijera» para ver quién iba a verlo, y gané yo. Luego me
quedé como una princesa en la cama, con el mando a distancia y una
taza de café al lado, mientras él iba a comprobar qué había tras la
puerta número 6.

Regresó al hotel tres horas después con una llave en la mano, que
me pasó por delante al saltar sobre la cama.

—No me lo creo —dije.

—Te va a encantar —respondió—. ¡Vístete!

Decidimos ir en metro. Ahora sé que podríamos haber ido andando, pero en ese momento era toda una aventura averiguar adón-

de llevaban las líneas de colores. Y era agradable compartir aquella experiencia cultural. El hecho de estar juntos en medio de tanta gente reforzaba nuestra relación. Aunque, claro, era algo que sólo nos interesaba a nosotros.

El apartamento estaba en el centro de la ciudad, en la llamada «Cocina del Infierno». Tenía un pasillo largo y estrecho que conducía a una sala pequeña con una ventana. Y en la parte de atrás había una habitación de un tamaño razonable. Habíamos visto sitios en los que nuestro colchón sólo habría cabido inclinado. Pero en éste había espacio para nuestra cama grande, un aparador e incluso una televisión.

Me encantó. Sobre todo porque tenía la energía de un lugar donde se había vivido. No en un sentido práctico, sino más bien histórico. Yo sabía que la Cocina del Infierno tenía un pasado de bandas, tugurios y delincuencia. En la época de la Guerra Civil había sobre todo bloques de pisos, fábricas y mataderos. La arquitectura de esa parte de la ciudad se consideraba de baja calidad. La construcción original de las viviendas era mala. Y la de algunas de las últimas reformas era aún peor. Sin embargo, ese edificio, ese apartamento, parecía tener un carácter propio. Me pregunté quién habría vivido allí. Cómo serían sus vidas. Imaginé que podría ser un escritor, o un músico, y antes de eso tal vez un obrero. Le di a Luther un fuerte abrazo, aliviada de tener un sitio donde dejar nuestras cosas.

—Pero aún no has visto lo mejor —comentó.

—¿Qué?

Le seguí hasta la esquina del dormitorio, donde había otra puerta.

—Un cuarto guardarropa —dijo abriendo la puerta.

Era la habitación más rara que había visto, aunque luego me enteré de que era algo habitual en Manhattan. En realidad, era media habitación, con una ventana en una esquina que sólo tenía tres de sus lados. Justo a lo largo del medio de la habitación habían levantado una pared, y estuve a punto de llamar con los nudillos para ver con quién iba a compartir esa estancia. Era una cosa de lo más extraña y poco práctica.

—Esto no es exactamente un guardarropa —dije aún sorprendida.

—Ahora lo será —respondió él—. Pero la gente que vivía aquí antes lo usaba como dormitorio. —Se rió mientras yo caminaba por dentro. Había suficiente espacio para un colchón e incluso una mesilla—. Es todo tuyo. Yo puedo usar el armario del pasillo.

—Pero yo no necesito tanto sitio —repuse pensando que era todo un detalle que no se diera cuenta de que él tenía más ropa que yo.

—No. Yo te he arrastrado hasta aquí y lo menos que puedo hacer es cederte un armario.

—¿No sería mejor que lo usaras como estudio o algo así? —le pregunté, convencida de que yo no necesitaba aquello. Al menos no para la ropa. Pero él insistió.

—Verás, quiero que una parte de tu nueva vida esté llena de encanto —dijo medio en broma. Intenté imaginarme con un armario lleno de zapatos caros y camisas de seda, pero no pude.

—Podría guardar aquí mis libros —comenté—. O mis herramientas.

—Sólo quiero que me des las gracias —me pidió él.

—Gracias —dije de corazón.

Esa noche fuimos a un restaurante francés del West Village que estaba recomendado en nuestra guía Zagat. Y descubrí otro aspecto curioso de Nueva York. Normalmente, la gente es muy impaciente. Si hablas muy despacio notas que se ponen tensos, con la sensación de que están perdiendo el tiempo. Sin embargo, en lo que se refiere a la comida, no parecen tener ninguna prisa.

Cuando llegamos al restaurante (que no hacía reservas), una encargada de rostro impávido nos dijo que tendríamos que esperar unas dos horas. Y todos aquellos neoyorquinos estaban esperando como si fuera la cosa más normal. Entonces me di cuenta de que, aunque llevaba varios días observando cómo se vivía en aquella ciudad, no comprendía a sus habitantes.

Nos fuimos de allí y acabamos en una hamburguesería donde la gente parecía menos elegante, aunque debo destacar que tuvimos que esperar una hora para conseguir una mesa.

Aquella noche nos emborrachamos. E hicimos planes.

—Es curioso que hayamos centrado toda nuestra energía en el traslado —le dije—, que apenas hayamos hablado de lo que iba a ocurrir cuando estuviéramos aquí.

—Sí —respondió—. Tienes suerte de no tener demasiadas preocupaciones.

—Quiero buscar un trabajo —repuse.

—Lo sé. Sólo te digo que no hay prisa.

Yo seguía asombrada del bullicio que me rodeaba.

—¿Habías pensado alguna vez que acabarías aquí?

—¿En Nueva York?

—Sí.

Se quedó un rato pensativo.

—La verdad es que no. Sabía que tendría que marcharme de Houston para hacer la especialidad, pero nunca he pensado mucho en ello, si te refieres a eso.

Le dije que María y yo solíamos hablar de dónde estaríamos en el futuro. Y que Nueva York salía con frecuencia.

—Es una oportunidad increíble —afirmé—. Mi madre soñaba con venir a Nueva York cuando era pequeña. Y nunca lo consiguió.

—¿Pero no crees que es una especie de cliché? —me preguntó.

—Puede ser —respondí—. Pero voy a averiguarlo conociendo esta ciudad lo mejor posible.

—Ésa es mi chica —dijo. Luego me agarró de la mano con suavidad—. Me alegro de que estés aquí conmigo. En serio.

—Salud —dije yo.

La primera semana fue muy ajetreada y divertida. Fuimos de copas al East Village y a ver museos. Dimos paseos por nuestro barrio. Recorrimos Central Park. E incluso nos montamos en el barco turístico que rodea la isla.

Pero la mayor parte del tiempo lo pasamos poniendo en orden el apartamento. Primero pintamos todas las paredes. Luego yo traté los suelos de madera, que estaban tan secos que parecía que iban a agrietarse. Y dediqué un montón de horas a destapar un tragaluz que alguien había pintado. Intenté imaginar a la persona que lo había cubierto para que fuera a juego con las paredes. Nadie que quisiera conocer. Yo creo que el tragaluz se sintió aliviado al permitirle que respirara de nuevo.

Cuando acabamos de limpiarlo todo, sacamos nuestras cajas. Mientras organizaba mi ropa, procuré que el armario pareciera lo más lleno posible para no herir los sentimientos de Luther. Pero al final lo llené con herramientas, tres sillas y una mesa auxiliar que no encajaba en ningún otro sitio.

Entonces no sabía cuánto debería haber apreciado la primera semana que pasamos juntos. Porque en esa semana vi a Luther mucho más que en los seis meses siguientes, debido a su horario en el hospital. Esperaba que fuera duro, pero no podía imaginar hasta qué punto.

Cuando Luther comenzó a trabajar, no le veía en todo el día. Lo único que hacía con regularidad era llamar a su madre los domingos por la noche. Pero conmigo nada era regular. A veces el único recuerdo que tenía de su presencia era sentirle acurrucado junto a mí en mitad de la noche. Le echaba mucho de menos, y no sabía qué hacer conmigo misma. Cómo afrontar el vacío que sentía cada vez que salía por la puerta. Intenté llenar mi tiempo, al principio con las opciones más fáciles.

Esto es lo que descubrí aquella primera semana que pasé sola:

Descubrí que no hacía falta salir del apartamento para nada, porque te llevaban a casa cualquier cosa, desde la comida hasta la ropa limpia.

Descubrí que aún podía ver programas de entrevistas. Aunque a veces tenía que cambiar de canal, porque sentía vergüenza ajena de la gente que aparecía en ellos, que creía que había alcanzado el éxito porque los demás escucharan sus problemas.

Por la noche descubrí que la televisión por cable de Nueva York es un mundo aparte, con su propio código de valores. Hay un canal en el paquete básico que emite un programa porno todo el tiempo, con una presentadora repulsiva, con la cara agrietada y los pechos inflados, que invita al plató a estrellas porno: chicas que bailan con tangas horteras, tipos que menean sus genitales como látigos. Eso demuestra que la gente de ese mundo es más rara de lo que se podría imaginar. O sea, que esos programas tienen audiencia porque excitan a la gente.

También descubrí que, aunque el teléfono es estupendo para conversaciones ocasionales, no ayuda a mantener el contacto con la gente. Llamé a cada uno de los miembros de mi familia, y todos ellos querían saber lo mismo. ¿Cómo es Nueva York, «la Gran Manzana»? ¿Dónde vives? ¿Cómo está Luther? ¿Cómo es eso de verdad? ¿Qué estás haciendo? Y tuve que contar la misma historia una y otra vez.

Por último, descubrí que quedarme sola en un apartamento pequeño era deprimente.

No quería quejarme a Luther. Sabía que no era culpa suya. Pero intentaba aprovechar al máximo el tiempo que pasábamos juntos. Cuando me enteré de que libraba el sábado por la noche, miré la guía Zagat unas cien veces para buscar el restaurante perfecto, y me acabé decidiendo por un cubano del East Village. Hice una reserva, me puse el modelo más sexy que tenía —unos vaqueros modernos que había comprado en una tienda de segunda mano y un top negro— y esperé a que volviera a casa.

Llevábamos tantas horas sin vernos que primero nos ocupamos de los asuntos prioritarios. En cuanto salió de la ducha le agarré y le llevé a la cama. Fue rápido para los dos. Cuando al terminar me di la vuelta para hablar con él, ya estaba dormido. Con un sueño tan profundo que no me atreví a interrumpir.

Así que me puse la bata y regresé a la sala para seguir viendo la televisión mientras se me caían las lágrimas. No porque estuviera enfadada con él. Él no tenía la culpa de estar tan cansado. Pero me sentía muy sola. Y ni siquiera podía controlarlo. Me di cuenta de que normalmente me gustaba estar sola cuando yo lo elegía. En Houston, por ejemplo, no me importaba quedarme los sábados en casa siempre que supiera que podía estar haciendo otra cosa si me apetecía.

Pero allí estaba aburrida y deprimida.

Y sabía que debía hacer algo al respecto inmediatamente.

◆ ◆ ◆

En mi primera salida me di cuenta de que, en cualquier ciudad, la gente siempre se queda intrigada cuando ve entrar a una chica de un metro ochenta y ocho en un almacén de maderas. Incluso en Nueva York es inevitable que alguien se sorprenda.

—¿En qué puedo servir a la señora? —dijo una voz con un leve acento. Era uno de los tipos que estaba delante del mostrador hablando de los Mets, que se alejó del grupo en parte para hacer su trabajo y en parte para averiguar qué estaba haciendo allí.

Le dije que pensaba que era un almacén de maderas, pero que por lo visto me había equivocado. Porque por su aspecto parecía una abigarrada ferretería, con herramientas colgadas del techo y unos pasillos tan estrechos que apenas se podía pasar por ellos. Entonces me condujo a una sección en la que había chapas y molduras embaladas que colgaban de la pared.

—¿Está arreglando su apartamento? —me preguntó para buscar una pista.

Negué con la cabeza.

—¿Vende trozos de madera?

—¿Qué va a hacer? —dijo él.

—Depende de lo que encuentre —respondí.

Entonces abrió una puerta que llevaba a un almacén con una altura de unas tres plantas, que estaba lleno de maderas en compartimientos de metal sujetos a las paredes. Al pasar por la calle era imposible adivinar que era eso lo que había dentro.

—¿Necesita madera grande? —prosiguió.

—De momento me basta con algo pequeño —contesté.

Acabé eligiendo unos cuantos trozos de abedul sin saber muy bien qué iba a hacer con ellos. Probablemente otro corazón para Nanette, que no parecía cansarse de esas cosas.

Mientras llevaba yo misma la madera al mostrador, señaló mis brazos.

—Es una mujer fuerte.

No sabía qué responder, así que no dije nada y me limité a levantar un poco las cejas.

—Quiero decir que debe de trabajar con las manos —añadió.

—Soy carpintera —dije por primera vez en mi vida.

—Una mujer carpintera —exclamó arqueando las cejas—. Me gusta.

—Gracias —contesté antes de despedirme.

—Me llamo Ernesto —dijo precipitadamente cuando ya me iba—. Vuelva cuando quiera.

Al día siguiente decidí caminar por la ciudad pensando que era la mejor manera de situarme, de saber dónde estaba respecto a toda aquella gente.

La vuelta desde mi apartamento a la punta sur de Manhattan me llevó todo el día. Bajé por Chelsea, West Village, Soho y Tribeca hasta el extremo de la isla, donde se encuentra la estatua de la Libertad, y luego subí al East Side por Chinatown y Little Italy pasando por East Village y Gramercy. Y después regresé a mi barrio por la parte inferior de Central Park.

Por el camino observé a la gente que me rodeaba:

A los que iban con traje.

A los que iban con ropa deportiva.

A los que iban con atuendos excéntricos.

A los transportistas que se pasaban el día cargando y descargando mercancías.

Y a los sin techo que vivían en la calle, la mayoría con trastornos mentales y casi siempre ignorados. Porque había tantos que al cabo de un rato te sientes abrumada. Era terrible. No me sorprendía exactamente, porque había oído hablar de aquello, aunque nunca habría pensado que podría pasar por delante de esas cosas. ¿Pero qué podía hacer si me paraba? ¿Qué podía decir? ¿Cómo podía cambiar algo? De todas formas les di unas monedas a cada uno, y lo único que conseguí fue sentirme peor. A veces ni siquiera sabía si se habían dado cuenta de que les había dejado unas monedas frente a ellos.

Pero enseguida me distraía con otra cosa. Un niño, un perro o un edificio que parecía salir de ninguna parte. Supuse que empezaba a pensar como los neoyorquinos, que reciben tantos estímulos que pocas cosas les impresionan.

Ese día me dejé llevar por todo tipo de distracciones, y me detuve en todos los sitios que captaban mi atención. Librerías. Tiendas de lencería. Jugueterías. Bares. Bibliotecas.

Y me fijé en la arquitectura. Estaba comenzando a apreciar nuestra búsqueda de apartamento. Al principio me parecía frustrante que fuera tan difícil encontrar un lugar para vivir. Pero al pasear por Manhattan ese día, me di cuenta de que en una ciudad tan pequeña, en una isla limitada por definición, a sus habitantes no les queda más remedio que aprovechar al máximo el espacio. Aquello no era Tejas, donde se construyen centros comerciales de material liviano, que se utilizan durante un año y luego se cierran porque han construido otro centro comercial más moderno al otro lado de la calle. No era la tierra de los bloques de «apartamentos con tu primer mes gratis», y hacen que la gente humilde tenga que trasladarse cada tres meses, siempre en busca de una nueva oferta. Nueva York está obligada a renovarse cada día. Lo que hoy es un garaje mañana es un piso lujoso. Y la mayoría de los apartamentos antiguos se consideran como tesoros, caros pero muy apreciados.

En el Soho me paré frente a una iglesia. Me llamó la atención porque surge de la nada en mitad de una calle normal y corriente. Está rodeada de un muro de ladrillo, con un pequeño cementerio al lado que linda con el edificio contiguo. Pasé por la verja de hierro forjado y contemplé la espléndida fachada. Delante de mí había tres gruesas puertas dobles de roble sobre las que se podía leer: ANTIGUA CATEDRAL DE SAN PATRICIO. ERIGIDA EN 1809. Era la iglesia original de San Patricio antes de que construyeran otra más grande en el centro. Me acerqué a la impresionante puerta, toqué la aldaba y entré.

Nunca he sido una persona muy religiosa, pero en un sitio como ése es inevitable sentir la presencia divina. Resulta extraño, porque en cierto sentido parece que el objeto de adoración es el propio edificio, con sus vidrieras, sus tallas y sus sólidos bancos. Me senté en uno de los bancos e incliné la cabeza para que no me viera nadie y para meditar unos minutos. Pero me di cuenta de que se me había olvidado rezar. Lo primero que me vino a la mente fue el Padre Nuestro: «Padre nuestro que estás en los cielos...» Incluso me acordaba de las pa-

labras en español, que nos habían enseñado en la escuela. Eso es lo
que estaba pensando mientras rezaba. Estaba comparando las dos
versiones para ver si las recordaba. Después intenté apartar esa idea
de mi cabeza para meditar. Y luego comencé a pensar en lo que «debería» estar pensando y tuve que detenerme de nuevo.

Finalmente me centré en los latidos de mi corazón. Porque había
tal silencio que podía oír en mi mente hasta la última palpitación.

Al principio pensé que había hecho bien saliendo a la calle. Que
me alegraba de estar allí. Y que me asustaba estar tan lejos de todo lo
que conocía. Es cierto que tenía a Luther, pero al estar sola con él me
daba cuenta de que había muchas cosas que no sabía de él, que no
podía saber aún. Aquella idea me apasionaba y me aterraba al mismo
tiempo.

Luego pensé en mi padre. Quería rezar por él, pero no sabía
cómo hacerlo. Podía pedir algo, como «Dios, por favor, cuida a mi
padre ahí arriba. Y a Mackie aquí abajo», o «Papá, bendíceme en estos momentos difíciles en Nueva York». Pero ninguna de esas cosas
me convencía. Acabé murmurando «Te quiero y te echo de menos»
y me levanté para encender una vela a la Virgen, pero no pude. Lo
único que había a los pies de unas quince figuras eran unas «velas»
eléctricas en recipientes rojos con luces que sólo parpadeaban. De todas formas, eché una moneda de veinticinco centavos y le di un golpecito al cubo rojo de plástico.

Mientras salía decidí que no se me daba bien rezar, pero que sin
embargo me sentía mejor.

Y después continué andando para volver a casa.

Tres cosas nuevas a la semana

Un mes después de llegar a Nueva York conseguí un empleo en un lugar llamado The Corner. Era una tienda de antigüedades del West Village, regentada por una señora que se llamaba Rosalind. Entré para buscar una mesa para Luther, y cuando encontré la que quería, ella me dijo el precio.

—Es un poco cara —comenté intentando ser amable. Luego le pregunté a modo de tanteo—: ¿Cambian los precios alguna vez?

Ella negó con la cabeza.

—No me gusta regatear. Me parece estresante —respondió antes de comenzar a frotar la mesa furiosamente, como si quisiera demostrarme su estrés.

—Es una pieza preciosa —dije.

Luego hablamos de la mesa y de la belleza de las ensambladuras de cola de milano, y sin saber cómo salí de allí sin la mesa pero con un empleo. Pensé que sería el trabajo perfecto para mí, al menos hasta que conociera un poco mejor la ciudad.

Aunque Rosalind era tranquila, se pasaba el día recorriendo la tienda, colocando bien los muebles de forma compulsiva y sacándoles brillo tantas veces que yo estaba segura de que iba a desgastarlos. Me triplicaba la edad, pero se movía con mucha más rapidez que yo. Y era fuerte. En la tienda había tantos muebles que todos los días sacaba algunos a la calle para que hubiera sitio para moverse. Y cuando llovía y no podía sacarlos, se movía por aquel laberinto como si su cuerpo hubiese memorizado la disposición del local.

Por mi parte, cuando no estaba atendiendo a los pocos clientes que entraban a diario, arreglaba los muebles que Rosalind me permitía tocar, que no eran muchos. Volvía a encolar ensambladuras de cola de milano, pulía piezas de cobre, ajustaba tiradores. Era un trabajo fácil y cómodo. Quería pensar que estaba ayudando a Rosalind de algún modo, aunque a ella no parecía importarle que estuviera allí. Yo creo que me contrató para no tener que tratar con ningún cliente. Podíamos pasar días enteros hablando sólo unos minutos, normalmente de lo que íbamos a comer a mediodía.

También parecía que Luther ya no se fijaba en mí.

Tengo que reconocer que yo tampoco le prestaba mucha atención, principalmente porque apenas le veía. Y también porque estaba muy ocupada. Me había prometido a mí misma hacer tres cosas nuevas cada semana. Hice de todo, desde visitar el Empire State, el IMAX y el Museo de Historia Natural hasta ir a conciertos gratis de música de cámara. Iba a cualquier sitio que me parecía interesante, sobre todo si era barato o gratis. Lo más curioso fue que, cuando comencé a salir y a ver todo tipo de cosas, empecé a descubrir más lugares para explorar. Clubs de jazz más pequeños. Teatros alternativos. Bares apartados.

Además de conocer mi barrio, me estaba familiarizando con aquella ciudad que hasta ese momento me había parecido tan distante. Pero mientras la ciudad me hablaba, Luther apenas se comunicaba conmigo.

—¿Cón quién hablas cuando vas por ahí? —me preguntó una noche que estábamos tumbados en la cama.

—Sobre todo conmigo misma —respondí, y era cierto. Nueva York era un lugar estupendo para pasar inadvertido. Le dije que la mayor parte del tiempo me sentía anónima, sin que nadie me observara. Luego le conté algunos detalles de los sitios donde había estado. Pero lo que le sorprendía a él es que hiciera todo eso sola.

—¿No te cansas nunca de andar tanto?

—Si me canso de algo, pruebo otra cosa.

Por alguna razón aquello le pareció bien.

—Me gusta que seas como eres —dijo.

Me acurruqué a su lado y percibí ese olor del que nunca me cansaba.

—¿Y cómo soy? —le pregunté.

—Te acercas a las cosas de un modo natural. Espontáneo.

Espontáneo. Le di varias vueltas a esa palabra, porque confirmaba algo que estaba sintiendo. No es precisamente el tipo de palabra
que se utiliza para describir a alguien que conoces bien. Y la verdad
era que no conocía a Luther muy bien. De hecho, estaba empezando
a pensar que sabía menos de él que cuando llegamos allí. O puede
que pensara demasiado en todo.

—¿Luther? —dije.

—¿Sí, cariño? —Por su tono de voz me di cuenta de que estaba
cansado.

—Dime algo.

—¿Qué?

—No sé. Cuéntame algo. Háblame de tu primera bici. O de tu
primer beso.

—Taylor, vamos a dormir —dijo antes de darme un abrazo que
yo acepté.

Había una tercera persona que no se fijaba en mí.

Era la vecina de enfrente, que según su buzón se llamaba Sarah
Anne Hoecker. Vivía en el apartamento número 9, y parecía tener
exactamente el mismo horario que yo. La veía por la mañana cuando
iba a trabajar, normalmente con unos vaqueros y un sombrero hippy.
Y la veía cuando regresaba del trabajo, escuchando música con los
auriculares puestos. Y solíamos vernos cuando íbamos a correr al parque. Siempre se nos ocurría salir a correr a la misma hora, ya fuera por
la mañana antes de ir a trabajar o los fines de semana. Y por la noche,
a través de la pared, la oía cantar y a veces hablar por teléfono.

Nunca me saludaba.

Por su aspecto tenía más o menos mi edad, el pelo muy corto y
los ojos rasgados. También parecía tener un carácter más exuberante
que yo, porque cantaba siempre en voz alta, incluso en el vestíbulo. Y
además parecía una persona con la que podría llevarme bien.

Al principio la observaba con curiosidad.

Pero un día, después de pasar una hora intentando convencer a
Rosalind para que viniera conmigo a un concierto gratis en el MO-
MA, se me ocurrió una idea.

Decidí conocer a Sarah Anne Hoecker.

Probé unos cuantos trucos que me planteé como experimentos. Pequeñas cosas, como rebuscar en mi mochila como si no encontrara las llaves para poder comentar que tenía que comprarme una nueva. A lo cual ella respondió asintiendo y abriendo con su llave la puerta del portal.

Después llegué a pedirle un huevo para un pastel que no iba a hacer. Cuando llamé al timbre, salió con la ropa de correr aún puesta.

Esto es lo que hablamos:

Yo: Hola.
SAH: Hola.
Yo: Siento molestarte. Me parece que no nos conocemos. Me llamo Taylor.
SAH: Sarah Anne.
Yo: Estupendo.
Pausa incómoda.
Yo: Soy tu vecina.
SAH (riéndose un poco): Ya lo sé. Vives con ese tipo fuerte.
Yo: Sí. Verás, estoy haciendo un pastel y... ¿No tendrás por casualidad un huevo de sobra?
SAH: Claro. Espera un poco.
SAH va corriendo a la cocina y vuelve sonriendo con un huevo.
SAH: Aquí tienes.
Yo: Gracias.
Se cierra la puerta. Fin del encuentro con SAH.

Se acercaba el día de Acción de Gracias y no iba a ir a ningún sitio. Había pensado en ir a Houston, pero cuando decidí que sería más divertido que quedarme allí esperando a ver si Luther tenía el día libre, los billetes de avión habían alcanzado unos precios astronómicos.

Llevábamos allí dos meses, y mi plan de hacer tres cosas nuevas cada semana comenzaba a fallar. Me estaba cansando de salir a todas horas. Quería quedarme en casa, pero con gente real. No con la gente de la televisión o con la del teléfono.

Al principio pensé que podía llorar y deprimirme. Sé que suena
ridículo, pero cuando pasas tanto tiempo sola puedes de verdad elegir si quieres llorar. Lo que tal vez no puedes elegir es *no* llorar. Y llorar un poco puede ser una opción cuando te encuentras sola en casa
y aburrida. Por ejemplo te planteas: «¿Qué me apetece hacer? ¿Picar
algo? ¿O tal vez llorar? *Pausa*. No, más tarde quizá». Y luego sigues
viendo la televisión o haciendo lo que sea para pasar el tiempo.

Decidí no llorar.

Y comencé a jugar con mis trozos de madera para ver si podía
hacer algo con ellos. Finalmente acabé desistiendo y cogí dos pequeñas y asquerosas planchas de madera contrachapada y un lápiz. En
una plancha escribí: «Por qué estoy triste», y en la otra «Qué puedo
hacer para evitarlo». En la primera garabateé unas palabras sobre la
soledad, el hecho de no tener amigos y de sentirme lejos de Luther,
sin que nadie tuviera la culpa. La segunda permaneció en blanco durante una hora. Ya no estaba en la escuela, donde el profesor se puede acercar y hacer que dos personas hablen o se reconcilien. Lo de
ahora era la vida.

Esto es lo que decidí hacer con esas personas:

Decidí que, aunque Rosalind no quisiera hablar, yo iba a hablar.
Haría otro experimento con ella para ver si había algo que pudiera
hacerla reaccionar.

Inicié mi proyecto de comunicación un lunes, cuando la tienda
estaba tan parada que Rosalind llevaba más de una hora sacando brillo a una mesa. Odiaba verla trabajar tanto a su edad. Pero cada vez
que intentaba ayudarla, me ahuyentaba. Me sentí aliviada cuando entró un hombre bajito, con los zapatos desparejados, para mirar relo-
jes. Pero quince minutos después se fue, y Rosalind siguió puliendo la
misma mesa. Entonces volví a mi taburete y comencé a hablar.

Incluso yo me sorprendí de lo que dije.

Le dije que echaba de menos Tejas. Que hasta el hecho de bajar
la ventanilla de un coche me hacía sentir nostalgia.

—No sólo echo de menos a la gente. También echo de menos
los recorridos que solía hacer por las carreteras, los perros a los que

veía cuando iba a correr, los paseos en coche con mi hermano. Y a mi padre.

Eché un vistazo para ver si estaba escuchando. Estaba inclinada hacia delante mirando por la ventana de la tienda un trocito de cielo.

—Va a llover —dijo. Mientras estaba pensando que no se había enterado de nada, me miró directamente.

—He oído que no hay nada en el mundo como una tormenta en Tejas.

—Así es —respondí considerándolo un triunfo.

El siguiente fue Sarah Anne Hoecker. Pero en su caso ocurrió de forma accidental.

Luther trabajaba de noche, y a mí no me apetecía ir sola al cine o a un bar lleno de humo. Así que decidí reparar una de las sillas de mi armario. Había una que estaba totalmente desconchada, y se me ocurrió pintarla. No era una gran artista, pero al menos podía hacer algunos dibujos bonitos.

Volví al almacén de madera-ferretería y encontré allí a Ernesto. Le saludé con la mano y después fui a coger unos botes de pintura y algunas brochas.

Cuando dejé mis bártulos en el mostrador, Ernesto me miró con una gran sonrisa.

—¿También es pintora además de carpintera?

—A veces —contesté. Luego me reí pensando que probablemente era el que más atención me prestaba en ese momento de mi vida.

—Vuelva cuando quiera —me dijo del mismo modo que la vez anterior.

Al regresar a casa busqué un sitio para trabajar. La falta de espacio no era el mayor problema. Me preocupaba el olor. En aquel apartamento no había mucha ventilación.

Así que abrí la puerta de entrada pensando que de ese modo parte del olor saldría al vestíbulo y a nadie le pasaría nada mientras tanto. Sujeté la puerta, abrí la ventana del descansillo, me senté en un taburete y comencé a trabajar.

Estuve un rato mirando la silla. Era una de esas sillas de heladería con un asiento redondo de plástico y un respaldo de madera curvado con forma de corazón. Como los corazones me parecían espantosos (a no ser que fueran para Nanette), pensé que me divertiría pintando la silla, y que luego podría dársela a alguien. ¿A Rosalind? No. ¿Al Ejército de Salvación tal vez? Esa idea me pareció divertida. Y decidí que si no podía desprenderme de ella en una semana, la donaría.

Me sorprendí incluso a mí misma con el diseño. Había pintado la silla de azul oscuro, y estaba intentando dibujar unas flores en el respaldo.

Y entonces llegó Sarah Anne Hoecker de una cita; su acompañante aún estaba con ella. Intenté pasar inadvertida. No parecía que se conocieran demasiado, y no quería meterme en medio de una situación incómoda.

Fueron hacia su puerta, que se encontraba a unos metros de la mía. Y cuando él le puso la mano en el hombro, ella fingió verme de repente.

—¡Taylor! —exclamó—. Tienes que enseñarme qué estás haciendo esta vez.

Yo me encogí de hombros, sin saber a qué venía aquel súbito interés.

—Estoy pintando —dije.

Ella arrastró al pobre chico para contemplar mi obra. Y siguió hablando.

—Taylor es tan creativa. Siempre pinta aquí fuera —mintió—. ¿Te importa que nos sentemos aquí y te veamos un rato?

—Mmm, no —respondí.

Entonces se sentaron en el suelo y observaron cómo pintaba las florecitas en el respaldo de la silla.

—No se me da muy bien —comenté avergonzada. «Soy buena en mi trabajo pero no en esto», pensé.

—¡Bobadas! —repuso ella, mientras yo pensaba que estaba chiflada.

Cuando llevábamos así unos cinco minutos, habló el señor Acompañante.

—No quiero estropearos la diversión —dijo levantándose con rigidez—, pero mañana tengo una reunión muy temprano.

—¡Qué le vamos a hacer! —respondió la nueva Sarah Anne agitando la mano por encima de la cabeza—. Te enviaré un e-mail esta semana.

Y el señor Acompañante se fue desconcertado.

Sarah Anne se quedó callada, escuchando, hasta que oyó cerrarse la puerta de abajo. Luego se volvió hacia mí y entrecerró los ojos como si quisiera decir que estaba abochornada. Yo la miré esperando a que hablara.

—No sabes cuánto lo siento —dijo con su voz normal antes de echarse a reír.

—¿De qué diablos iba todo eso? —le pregunté.

—Mientras subía las escaleras estaba pensando: «¿Para qué diablos le he dicho que me acompañe?» La simple idea de besarle me horrorizaba.

—¿Y por qué le has invitado a subir?

—Vas a pensar que soy terrible.

—¿Por qué? —dije suponiendo que era por dinero o algún otro motivo indescriptible.

—Lo siento por él. Es tan tímido. Y parece que le gusto. Dios mío. ¿Qué me pasa? —dijo mientras se tumbaba en el suelo riéndose, sin importarle que estuviera sucio.

—Por lo menos ya se ha ido —comenté con tono despreocupado, pensando que entonces se levantaría y se iría a su casa.

Pero no lo hizo.

—¿Te apetece una cerveza? —me preguntó mirándome de reojo.

—Claro.

—Quiero ver lo que estás haciendo. Es muy bonito. Me gusta.

Se inclinó hacia delante y pasó la mano por el asiento, con ganas de tocar la pintura pero sin tocarla, porque aún estaba húmeda.

—¿La quieres? —dije.

—¿Cómo?

—¿Te gustaría quedarte con esta silla? A mí no me cabe en ningún sitio.

—Pero no la has terminado aún.

—La acabaré esta noche.

—¿De verdad puedo quedarme con ella? —preguntó sin ocultar su entusiasmo. Luego la examinó como quien mira algo que le interesa comprar.

—Puedes quedarte con ella —repetí.

—¡Uau! —exclamó antes de desaparecer unos instantes para traerme una cerveza.

Estaba orgullosa de mí misma. Por fin había hecho una amiga. Llamé a María para decírselo, y se rió de mí.

—Estás como una cabra, Tay. Tú haces amigos todo el tiempo.

Le dije que allí era diferente, mucho más difícil. Pero fui incapaz de explicarle mi pequeña victoria.

Pensé de nuevo en lo fácil que era desaparecer en aquella ciudad. Y yo no lo había hecho.

Sin embargo, sentía que en casa estaba desapareciendo. Últimamente Luther y yo sólo hablábamos de cuestiones logísticas. Quería saber qué había hecho durante el día, y yo se lo contaba. Luego él me hablaba un poco del hospital y de sus casos sin darme ningún detalle. Y después hablábamos de lo que había en la tele o del sitio adonde íbamos a encargar la cena. Eso era todo.

Algunos días me molestaba más que otros. Era muy extraño, como si hubiera treguas en nuestra conversación. Sabía que estaba cansado y todo eso, pero a menudo me preguntaba de qué solíamos hablar en Houston. Íbamos a bares, restaurantes, fiestas. ¿Pero de qué hablábamos?

Eso es lo que estaba pensando el día de Acción de Gracias. Luther tenía el día libre, y nos quedamos en la cama vagueando. Acabábamos de terminar el desayuno que yo había preparado, y estaba con la cabeza apoyada en su regazo mientras él me hacía trencitas en el pelo.

—Dime algo —dije.

—Odio que digas eso —respondió.

—Sólo quiero hablar de algo.

—Bien —accedió con tono complaciente—. ¿Qué quieres hacer hoy? Podríamos ir al cine.

—No, no quiero hablar de eso —dije medio en broma.

—¿Y de qué quieres hablar? —preguntó irritado.

—Es que... ¿No te planteas a veces de qué hablamos?

—No —contestó.

—Verás... A mí me parece que sólo hablamos de la televisión, la cena y ese tipo de cosas, pero nunca sé qué pasa por tu cabeza.

—Taylor, estás diciendo tonterías.

—Ya lo sé. Pero me lo vas a permitir. Dime una cosa.

—No me apetece jugar a esto. Es ridículo.

—Cuéntame algo más de tu trabajo.

—Ya te he hablado del trabajo.

—No. Sólo me has dicho que tienes tres casos o algo así.

—¿Qué quieres que te diga? He ido a trabajar y ahora estoy aquí contigo. Y tú sólo quieres hablar de que no hablamos de las cosas adecuadas —respondió alterado. Me avergüenza decirlo, pero me alegré de que se enfadara. De haberle provocado algo más allá del plano superficial en el que vivíamos.

—Lo siento —dije sin sentirlo.

—¿De verdad quieres que te hable de mi trabajo? —preguntó.

—Claro —respondí sin saber ya cómo reaccionar.

—Muy bien. Esto es lo que he hecho en el trabajo —dijo Luther sin ninguna emoción en su voz mientras hablaba como si estuviera leyendo una lista—. Hoy ha venido un hombre con un niño que tiene parálisis cerebral. Su mujer no vive aquí, y él tiene que ocuparse de su hijo, que tendrá unos ocho años y pesa poco más de veinte kilos. Le ha traído porque le había dado una paliza de muerte. Primero ha dicho que se había caído de su silla de ruedas. Pero yo tenía que conseguir que reconociera lo que había hecho. Así que le he tenido que decir lo difícil que es atender a ese tipo de niños. Y he tenido que actuar como si estuviese de su parte para que se sintiera capaz de decirme que le había pegado. Al final ha confesado, y supongo que eso quiere decir que nosotros hemos vencido. Pero ahora el niño pasará un tiempo en un centro de acogida, que no es precisamente lo más adecuado para un niño enfermo. Y todos sabemos que acabará volviendo con su padre. Y eso es todo lo que he hecho hoy —dijo—. ¿Te sientes mejor ahora?

—Dios mío —exclamé—. Es terrible.

—Exactamente —afirmó—. Hay una razón para que no traiga el trabajo a casa, Taylor. La vida es demasiado corta para hablar de cosas desagradables.

Yo estaba pensando que no podía estar más en desacuerdo. Que había algo en el hecho de desnudar el alma que me parecía esencial. Y bello. En sacar esas debilidades a la superficie para compartirlas con la persona amada.

Fue curioso cómo reaccionó ante mi silencio. Comenzó a rascarme la espalda como si me estuviera reconfortando. Como si le resultara más fácil centrarse en mí que en él.

Después me besó en el hombro soltando un pequeño gruñido.

—Venga —dijo cambiando de tema—. Vamos a salir un rato de aquí. Siento haberte gritado. Vamos a levantarnos. ¡Es un día de fiesta!

Luego nos dimos una ducha rápida juntos para no llegar tarde al cine.

En contacto

Ésta es la conversación que manteníamos mi madre y yo por teléfono una vez al mes:

Mamá: ¿Van bien las cosas con Luther?

Yo: Sí. Todo va bien.

Mamá: ¿Sigue trabajando mucho?

Yo: Tiene que hacerlo.

Mamá: ¡Todavía no me puedo creer que estés en Nueva York!

Yo: Sí.

Mamá: Ya sabes que siempre he querido ir a Nueva York. Pero nunca he podido hacerlo.

Yo: Lo sé.

Mamá: Quiero decir que nunca he estado allí.

Yo: Sí.

Mamá: Podría ir a verte.

Yo: Claro. Sería estupendo.

Mamá: Pero no quiero ser una molestia.

Yo: Por supuesto que no, mamá. Deberías venir.

Mamá: ¿Tú crees?

Yo: Claro que sí.

Mamá: Estoy intentando pensar cuándo podría ir.

Yo: Bueno, yo tengo bastante tiempo libre. Cuando lo sepas te buscaré un hotel o algo así. Y puede que consiga entradas para algún espectáculo.

Mamá: ¡Eso sería estupendo! Muy bien. Voy a mirar mi agenda. Ya es hora de que nos veamos, ¿no te parece?

Yo: Sí, mamá. Manténme informada.

Mamá: Lo haré. Lo haré.

El dios de la quietud y del silencio

—¿De verdad es la primera vez que ves nevar? —me preguntó Luther mientras yo estaba sentada en el borde de la cama con la nariz pegada a la ventana.

—Sabes que he vivido en Houston toda mi vida —respondí.

—¿Nunca has ido a esquiar?

—No.

—¿Ni a andar por la nieve?

—Eso es difícil sin nieve —dije para tomarle el pelo.

—Dios mío —exclamó volviendo a la cama—. Entonces dime qué ves —se dio la vuelta para observar mis reacciones.

Le dije que todo estaba muy blanco. Que el cielo se veía muy cargado. Y que incluso a través de la ventana todo parecía estar tranquilo.

—Fantástico —comentó—. Bueno, lo primero que se hace cuando nieva es pasar unas horas más en la cama —se rió y me puso encima de él.

Un rato después sonó su busca.

—Odio que tengas que marcharte —dije abrazándole para intentar que no se sintiera culpable.

—Yo también.

Seguía nevando fuera. Y era mi día libre. Y no tenía nada que hacer. Decidida a no llorar, llamé a la puerta de Sarah Anne, que abrió un minuto después aún medio dormida.

—Hola —saludó. La seguí hasta la sala y ella se tumbó de nuevo en el sofá, sin duda alguna con ganas de seguir durmiendo.

—Levántate —dije.

—¿Qué pasa? —preguntó.

—Nunca he salido a la calle con nieve.

—¿Cómo?

—Es la primera vez que veo nevar. Soy esa chica de Houston, ¿recuerdas? La que nunca ha estado en parte alguna.

Abrió los ojos de par en par.

—No puede ser.

—Sí —contesté arqueando las cejas.

—Pero ahora está nevando.

—Ya lo sé —respondí.

—Pues entonces vete a quitarte ese pijama, Taylor —dijo intentando despertarse para mostrar su entusiasmo—. Dios mío. Necesito un café.

Primero me hizo ponerme en mitad de la calle. Estaba nevando tanto que no se veía ningún coche. Parecía que la ciudad había sido secuestrada por el dios de la quietud y del silencio.

—Hemos llegado a tiempo —dijo Sarah Anne. Luego me explicó que el mejor momento para pisar nieve era cuando comenzaba a caer. Antes de que se convirtiera en barro—. ¿Ves qué blanca que es?

Lo veía. El viento levantaba la nieve, y era imposible saber de dónde venía. La calle parecía una pecera. Y yo estaba allí en medio, viendo cómo subían las burbujas hacia lo alto.

—Escucha cómo cruje bajo tus pies —añadió—. Es realmente impresionante. —Luego dio unos pasos y se detuvo. Y yo di unos pasos y me detuve sin dejar de percibir el sonido.

—Muy bien —dijo—. Ahora tenemos dos opciones. Podemos ir a Central Park para que veas lo que es un montón de nieve, o podemos ir a un pub para emborracharnos y mirarlo todo por la ventana.

Opté por ir primero al parque y luego a un pub.

—Buena respuesta —comentó mi guía.

Entonces fuimos al parque e hicimos un muñeco de nieve.

Y nos sentamos junto a él para descansar mientras la nieve seguía cayendo a nuestro alrededor. Yo seguía asombrada de que todo estuviera tan limpio y tan blanco.

—¿Está la ciudad más limpia cuando se derrite? —le pregunté.
Ella negó con la cabeza.

—La verdad es que no. Puede que cuando se derrite del todo.
Pero mientras se está derritiendo, se queda todo sucio. Y después
empiezas a ver dónde se han parado los perros y los borrachos a mear.
Y luego ves porquerías y cagadas de perro heladas. Es mucho mejor
en el campo —dijo. Y me habló de la granja donde había crecido en
el estado de Nueva York. Y de cómo jugaban allí con la nieve.

—¿Echas de menos todo eso?

—No —respondió sin pensarlo—. Siempre he sabido que lo mío
era ser actriz. Y que no había nada que pudiera impedírmelo. —Luego suspiró, probablemente porque se dio cuenta de que aún no lo había conseguido. De momento era más camarera que actriz.

Le dije que estaba segura de que todo le saldría bien.

—¿Cómo lo sabes? —me preguntó riéndose de mí—. ¿Es la primera vez que ves nevar, y pretendes que crea que vas a iluminarme
con tu experiencia de la vida?

Le tiré una bola de nieve que tenía en la mano.

—Estoy empezando a sentirme en esta ciudad como un animal
enjaulado —confesé.

—¡Pero si esto te encanta! —exclamó—. Has hecho más cosas
aquí en menos de un año que yo en tres.

—Sí, pero...

—Bueno —dijo con tono práctico—. ¿En qué otro sitio te gustaría vivir?

Me quedé callada un rato.

—¿No te parece extraño? —le pregunté.

—¿Qué?

—Que decidamos dónde queremos vivir con tanta facilidad.

—Estamos en la era moderna, Taylor. Las cosas son así.

—Sí, supongo.

—Además, ¿no dices que odias Tejas?

—No lo odio.

—¿Y qué hay de tu monólogo sobre la cultura de los centros comerciales?

—Es sólo que echo de menos mis raíces.

—¿Tus qué? —preguntó.

—Es una expresión.

—Un poco rancia, ¿no? Lo que te pasa es que sientes nostalgia.

Era cierto, y lo reconocí. ¿Pero de qué sentía nostalgia? Tal vez de lo que había renunciado al marcharme. O de lo que había dejado atrás.

—Piensas demasiado —respondió.

Unas horas después, húmedas y cansadas de jugar todo el día, salimos del pub para regresar a casa.

Y entonces la vi.

Esta vez era una puerta que estaba entre dos bolsas de plástico en la acera, que no recogerían de momento con aquel tiempo. Una puerta enorme cubierta de nieve que tenía un aspecto patético.

Me acerqué a mirarla. Sarah Anne me siguió para ver si había encontrado algo interesante. En Tejas, coger cosas de la basura no está muy bien visto. Pero en Nueva York las aceras se consideran las mueblerías de saldo de la ciudad. No es que antes me importara ese estigma, pero fue divertido encontrar la puerta mientras Sarah Anne valoraba mi hallazgo, puede que incluso deseando haberlo visto antes.

—Es enorme —dijo.

—Sí.

Era la puerta de roble más grande que había visto separada de un edificio. Medía unos dos metros y medio de alto por metro y medio de ancho, con bisagras de hierro forjado y la parte superior rematada en punta. Aparté la nieve para ver los detalles. El dorso estaba provisto de pequeños paneles cuadrados, cuatro a lo ancho y siete a lo largo aproximadamente. Y tenía un cerrojo antiguo al que le faltaban algunas piezas. Me quité el guante para tocarlo.

Le dije a Sarah Anne que en mi opinión era de una iglesia gótica.

—¿Y qué hace aquí? —preguntó. Yo eché un vistazo alrededor esperando ver una iglesia, pero no había ninguna. Lo que vi fue un club nocturno llamado El Calabozo.

Sarah Anne estaba examinando unos arañazos que había en la parte de arriba.

—Está en muy mal estado —dijo.

—Pero mira qué bonita es.

—Debe de ser muy antigua.

La saqué un poco más para poder verla mejor.

—Al cerrojo le faltan unas cuantas piezas —comenté mientras Sarah soltaba un taco.

Entonces vi a qué se refería. En la parte de abajo alguien había escrito con pintura rosa la palabra MARTIN.

—Martin —dijo Sarah Anne.

—Martin —repetí yo.

—¿Qué crees que significa? —preguntó.

—Que Martin es un capullo.

—Bueno, ¿qué le vamos a hacer? —repuso ella.

—Espera —dije—. Creo que me la voy a llevar.

—¿Qué vas a hacer con la puerta de Martin?

—Un regalo de Navidad.

—¿Vas a pintarla?

—Es demasiado bonita para cubrirla de pintura.

—Díselo a Martin —afirmó ella.

Tardamos casi cinco minutos en sacarla del montón de basura.

—¿Te sientes fuerte? —le pregunté.

—Un poco borracha, pero con mucha fuerza —respondió doblando los codos como si se estuviera preparando para una pelea.

Hicimos una pequeña prueba para ver si podíamos con la puerta, y Sarah Anne lanzó inmediatamente un gruñido.

—Dios mío, vaya muerto —dijo.

Pesaba demasiado, unos cincuenta kilos. Pero a esas alturas tampoco ella quería darse por vencida. Miramos en la basura hasta que encontramos una caja grande de cartón, probablemente de una nevera. Pusimos el cartón en la nieve y levantamos un poco la puerta para colocarla encima de costado. Y después la arrastramos por la acera.

—¿Qué vamos a hacer ahora? —preguntó Sarah Anne con la cara empapada de sudor al llegar a nuestro edificio, con un montón de escaleras por delante y sin ninguna posibilidad de subir solas la puerta.

Mientras estábamos esperando, descubrimos que era una de esas situaciones raras en las que la gente es más amable que de costumbre. Puede que fuera la nieve y la tranquilidad de las calles. O que Sarah Anne parecía una damisela en apuros, sin nadie que la auxiliara. El caso es que aparecieron dos tipos que dijeron llamarse Tim y Doug. Después de intercambiar unas palabras nos preguntaron si necesitábamos ayuda, y reconocimos que sí. Luego cada uno cogió una esquina de la puerta y la aguantamos así horizontal. Y después de decidir quién caminaría hacia atrás, la subimos por las escaleras hasta arriba, donde comenzaría su nueva vida.

Boo.com

Esto es lo que escribí en una de esas postales gratuitas que suele haber en los restaurantes cerca de los servicios. En la parte delantera, en letras amarillas, ponía Boo.com. Sin más. Como si fuera un mensaje para enviar a alguien. Y se me ocurrió que a Joe podría hacerle ilusión.

> *Querido Joe:*
> *He empezado a restaurar una puerta de una iglesia gótica. Y ahora mismo me gustaría comer cualquier cosa de ésas que haces a la parrilla. Te echo de menos.*
> *Taylor.*

Ese mismo día le hablé a Rosalind de Joe, y de la casa en la que vivía, con el cobertizo al lado.

—No es una mala vida —comenté.

—Tampoco ésta —contestó poniéndose a la defensiva.

Luego le pregunté por los muebles. ¿Por qué le gustaban? ¿Qué le interesaba de las antigüedades?

—Me he dedicado a esto toda mi vida —dijo, como si aquello pudiera ser una respuesta.

La restauración

El espíritu navideño estaba invadiendo la ciudad. Se veía en los árboles y los edificios iluminados. Se olía en los puestos callejeros de castañas. Y se oía por todas partes, porque desde el día de Acción de Gracias los villancicos sonaban en todas las tiendas. Pero a mí me encantaba todo aquello. La Navidad en Nueva York era algo fabuloso.

Y los pequeños rituales eran aún mejores. Como comprar un árbol de Navidad en un mercadillo y arrastrarlo hasta casa dejando un reguero de agujas detrás de ti.

O ir a patinar a Central Park.

También fuimos de tiendas, y descubrimos que el peor sitio para hacer las compras navideñas es Macy's.

Iban a ser nuestras primeras Navidades juntos. Solos en Nueva York. Habíamos pensado en ir a Tejas, pero Luther tenía que trabajar por la mañana el día de Navidad, y no tenía mucho sentido ir a otro lugar. Así que decidimos disfrutar de nuestro tiempo libre en Nueva York, lo cual no me resultó difícil.

Porque tenía que restaurar mi puerta.

Era como la cuenta atrás que vivía cuando era pequeña. Sólo que esta vez la cuenta atrás era para dar un regalo, no para recibirlo.

Con el fin de hacer sitio para trabajar con la puerta, despejé el cuarto guardarropa. Al revisar mis cosas —que sólo eran eso, cosas—, decidí que podía prescindir de unas cuantas, y doné lo que pude a un albergue cercano. Luego conseguí guardar todo lo demás en mi tocador, excepto los dos vestidos que tenía, que llevé al pequeño armario de Luther.

Después fui a ver a Ernesto, que ahora ya sabía mi nombre.

—Taylor, amiga mía —dijo—. ¿Qué necesita hoy la señorita carpintera?

Le expliqué que necesitaba unos caballetes.

—Aquí no vendemos esas cosas —respondió antes de decirme
que esperara. Luego oí unas frases en español y algunas risas en la
trastienda. Y al cabo de un rato volvió Ernesto con un caballete debajo de cada brazo—. ¿Te parecen demasiado viejos? —me preguntó.

La verdad es que estaban muy viejos y se tambaleaban un poco.
Pero me servirían. Le compré unas abrazaderas y le di las gracias por
las molestias.

—No es ninguna molestia —aseguró—. Vuelve cuando quieras.

Al regresar a casa puse los caballetes en el armario y luego fui a
buscar la puerta al apartamento de Sarah Anne, donde la tenía guardada. Ella me ayudó a colocarla sobre una plataforma improvisada, y
al ponerla de canto para poder arrastrarla, rozó ambas paredes.

—¿Qué ha ocurrido aquí? —preguntó Luther esa noche. Al abrir la
puerta de su armario había encontrado mis vestidos, que estaban col-
gados en unas perchas.

—Es una sorpresa —contesté.

—Una sorpresa, ¿eh? —dijo en broma—. ¿Y qué se supone que
tengo que hacer con esos vestidos?

—Ésa no es la sorpresa.

—¿Entonces cuál es?

—Estoy haciendo algo en mi guardarropa.

Volvió a colgar los vestidos en su armario y se sentó a mi lado en
el sofá.

—¿Qué estás haciendo en tu guardarropa? —dijo para continuar con el juego.

—Tu regalo de Navidad.

—¿Y qué es?

—Es una sorpresa.

—Ya veo —comentó—. ¿Y no me lo vas a decir?

—No.

—Bueno, ¿pero al menos podrías dejarlo un rato esta noche? —preguntó.

—Claro —respondí. Luego le hablé de una película que daban en el Ziegfeld que creía que le gustaría.

—Yo estaba pensando que podíamos salir a cenar tranquilamente. Y hablar.

Desde la noche que le dije que ya no hablábamos de nada, había estado esforzándose. Eran unos esfuerzos transparentes, pero yo los apreciaba de todos modos. Me recordaban las llamadas que hacía todas las semanas a su madre. Esas llamadas eran más un gesto de que se preocupaba por ella que otra cosa (a veces veía la televisión mientras hablaban). Sin embargo, me dije a mí misma que había escuchado mis quejas y estaba intentando mejorar. Al menos era un paso en la dirección adecuada.

—Muy bien —afirmé—. No suena nada mal.

Le hablé a Rosalind de la puerta un día que parecía estar de buen humor, tal vez porque el negocio iba en aumento a medida que se acercaba la Navidad.

—¿Sabes a qué tipo de puerta me refiero? —le pregunté.

—Por supuesto —respondió—. Aunque sólo las he visto en iglesias. Nunca me he quedado ahí de pie, ¿para qué? Pero supongo que es una cuestión de gustos.

¿Qué quería decir con eso? Resultaba difícil saberlo. Rosalind era una de esas personas que, dijera lo que dijera, siempre parecía tener un trasfondo negativo.

—Me alegro de trabajar aquí —le dije para ver cómo reaccionaba. Si optaba por hacer un comentario amable del tipo «Yo también, querida», o bien decidía ignorarme por completo. Lo que hizo fue algo intermedio. Me miró con curiosidad, y luego siguió cambiando el rollo de papel de la caja registradora.

◆ ◆ ◆

Cuando comencé a trabajar con la puerta, me di cuenta de que echaba de menos la madera. Y tener la mente organizada unas cuantas horas al día. No en blanco. Tan sólo organizada.

Trabajé frenéticamente. Primero desmonté todas las bisagras y quité un poco de roña con un estropajo metálico. Y luego busqué la pieza del cerrojo que faltaba, que acabé encontrando en la tercera feria de antigüedades.

Después compré un par de guantes y delantales y le pedí a Sarah Anne que me ayudara; ella pensó que podía ser un buen ejercicio para su formación como actriz. Así que cogimos nuestros estropajos y raspamos la superficie hasta llegar al acabado original. Pero Martin seguía allí. Al final tuve que levantar una fina capa de madera para eliminarlo.

Mientras trabajábamos, le dije a Sarah Anne que aquella puerta era una de las últimas piezas de auténtica artesanía. Le expliqué que, cuando llegaron las máquinas, la mayoría de los trabajos que exigían paciencia, exactitud y atención al detalle se desecharon en favor de la eficacia. Las ensambladuras perdieron calidad; el sistema de caja y espiga fue reemplazado por simples clavijas. La madera era cada vez más fina. Se hacían más muebles, pero cuanto más eficaz era el trabajo, más se parecían todas las piezas.

Ella me escuchó con atención acariciando los bordes de la puerta.

—Eso quiere decir algo, ¿no?

Luther cada vez tenía más curiosidad, sobre todo porque muchos días nuestro apartamento olía como una planta química.

—No puede ser bueno que estés ahí encerrada tanto tiempo.

Le di la razón, pero le dije que trabajaba en el pasillo cuando tenía que hacer algo con sustancias tóxicas.

—Los vecinos deben de estar encantados —comentó en broma.

—Sólo está Sarah Anne —respondí—. Y hay una ventana grande. —Luego le hablé de mi plan. Estaba pensando que, después de Navidad, podía dejar The Corner y buscar trabajo en otro sitio.

»He estado indagando —le expliqué—, y sé que hay buenos restauradores en Queens.

—¿Queens?

—No me voy a ir a Egipto ni mucho menos —repuse.

—Pero eso está muy lejos.

—Sí, bueno. No me apetece seguir con Rosalind haciendo tan poco cada día.

—¿Y tiene esto algo que ver con la sorpresa que guardas en el armario?

—Tiene que ver con todo —dije antes de recordarle que no iba a decirle qué era. Tendría que esperar.

Tengo la impresión de que estuve lijando un año entero. Intenté convencer a Sarah Anne de que era un ejercicio estupendo, pero sólo consiguió aguantar una hora. Y estuvo todo el tiempo quejándose de que la lija que estábamos usando era demasiado fina y diciendo que no acabaríamos nunca. Le expliqué que con una lija muy gruesa sólo se consigue una superficie más rugosa, pero no hubo manera de convencerla.

Dejé unas cuantas grietas en la madera, pero había una que era demasiado grande. La tarea de repararla en un espacio tan pequeño fue bastante risible. Después de encolar la grieta tuve que hacer contorsiones para poner las abrazaderas. Cuando logré ajustarlas, las tensé hasta que salió una gota de cola de la grieta; la limpié y luego dejé que la puerta se secara toda la noche.

Para la fase siguiente necesitaba la ayuda de Joe. No le había llamado nunca porque odiaba el teléfono. Lo había escuchado hablar una vez, y era algo tremendo. De repente se ponía tenso y sólo hablaba con frases completas. Era una cosa en verdad muy extraña. Pero esto era una emergencia.

—¿Cómo sabes si una rascadura es buena o mala? —le pregunté.

—Lo siento —dijo en voz alta—, pero me parece que no te sigo.

Le expliqué que estaba intentando reparar los arañazos y las marcas de la puerta, pero que no quería quitarlas todas porque me interesaba que tuviera un aspecto antiguo cuando la terminara. Y si no iba a eliminarlas todas, ¿cómo podía decidir cuáles eran buenas y cuáles malas?

—Ya veo —respondió tras una larga pausa—. ¿Dicen algo esas marcas, como por ejemplo «Jódete»?

—Qué gracioso —dije.

—Muy gracioso —repitió.

Le comenté que en la puerta había un nombre, Martin, pero que ya lo había quitado.

—Entonces yo diría que son todas buenas —dijo—. Siempre que quieras conservarlas. Eso es lo único que importa.

Puede parecer ridículo, pero elegí unas cuantas que quería conservar tal y como estaban. En el resto de las ranuras «levanté el grano». Cogí una brocha y la pasé sobre las marcas con agua varias veces. De este modo las fibras se hincharon, y al secarse las ranuras desaparecieron.

Dos semanas después llegó al momento de la fase final: aplicar el barniz. Había decidido no teñirlo, porque quería ver la madera en su estado original. Acabé usando lo que se denomina barniz para yates, un barniz de poliuretano para exteriores, por si acaso la puerta tenía que vivir en la calle en algún punto de su vida. Le di cuatro capas, y tuve que esperar varios días para que se secara cada una de ellas.

Por último coloqué de nuevo las bisagras y el cerrojo.

Y terminé la puerta dos días antes de Navidad.

Al día siguiente deseé no haberme dado tanta prisa con el trabajo. Porque ya lo echaba de menos. Intenté pensar si había algo más que pudiera hacer, pero no había nada.

Esa noche no pude dormir. Fui hacia la sala para ver la televisión, y acabé en el guardarropa contemplando mi puerta. La puerta de Luther. Me pregunté cómo habría sido su pasado. Sé que puede parecer extraño que me pusiera sentimental con una puerta. Pero para mí era más que eso. Era un símbolo del trabajo en su sentido más puro, casi como una forma de adoración. No había dedicado tanto cariño y esfuerzo a ninguna otra pieza. Y era, con diferencia, la más bonita que había hecho. Y también la más rara.

Lo único que me emocionaba más que la pieza en sí era la idea de regalarla. Como las sillas. Puede que fueran obsequios extraños, pero no se los podía regalar a cualquiera. Sólo a la gente que tenía algo que ver conmigo. Que podía apreciar el esfuerzo y la historia que había en ellos.

Me dolió que Luther se marchara al hospital en Nochebuena para trabajar por la noche. Ni siquiera sabía cuánto tiempo podría pasar en casa el día de Navidad si tenía que volver. Pero me prometió que, aunque tuviera que ponerse palillos en los ojos, estaría despierto el tiempo suficiente para celebrar nuestro pequeño ritual.

Afortunadamente esa noche tuve una distracción. Sarah Anne organizó una fiesta con un montón de gente ruidosa, en su mayor parte actores. El punto culminante de la velada fueron las rondas etílicas de cánticos navideños. Le habían prestado un karaoke, y sólo podíamos cantar canciones navideñas. Nadie lo hizo bien, pero de todos modos fue divertido.

Cuando el apartamento se despejó hacia las tres de la mañana, ayudé a Sarah Anne a limpiarlo todo. Mejor dicho, limpié yo mientras ella se enrollaba en su habitación con un petimetre disfrazado de Santa Claus. Pero no me importó. Incluso fue apacible recoger los papeles y las copas vacías y poner bien el árbol. Y cuando terminé estaba tan agotada que no tardé en dormirme.

Cuando me levanté al día siguiente llamé inmediatamente a Joe para desearle una Feliz Navidad antes de que saliera a comprar sus donuts. Así fue la conversación:

Yo: ¡Feliz Navidad!

Él: Feliz Navidad. ¿Cómo va tu puerta?

Yo: Está acabada.

Él: ¿Ya la has acabado?

Yo: Sí, ha quedado muy bien. Creo que te gustaría.

Él: Estoy seguro. Supongo que tendrás cosas que hacer. Que pases un buen día.

Yo: Tú también.

Él: Bueno. Adiós.

Yo: Adiós.

Colgué el teléfono maldiciendo su incapacidad para acercarme al Joe real. Pero entonces, tras decidir que no iba a llorar, pensé que Joe se pondría furioso si supiera que en ese momento sentía lástima por él. Y por mí.

Así que comencé a adornar el apartamento. Había comprado suficientes luces para que la sala pareciera un jardín luminoso. Las puse por el techo, las paredes y los muebles hasta que la estancia quedó resplandeciente.

Miré la puerta unas cincuenta veces antes de que Luther volviera a casa. Sin duda alguna había unas cuantas zonas en las que podía haberme esmerado más, en las que haría un buen trabajo la próxima vez. Y entonces me acordé de lo que me había dicho mi padre un día que le ayudé a construir uno de sus modelos:

—¿Te das cuenta de que cuando lo acabe habré tocado todas las piezas?

Cuando Luther llegó a casa, tocó el timbre del portal antes de subir. Eso es lo que habíamos acordado para que yo pudiera preparar mi sorpresa. Mientras subía por las escaleras, encendí las luces y puse un disco de Chet Baker, que va muy bien en Navidad.

Abrió la puerta cansado pero con la cara iluminada.

—Ven aquí, nena —dijo antes de darme un abrazo—. ¡Esto está precioso!

Luego nos acurrucamos juntos en el sofá y estuvimos un rato en silencio, relajándonos simplemente.

—Te he echado de menos —dije.

—Yo también. ¿Qué has hecho? —me preguntó.

Le hablé del karaoke y de las luces. Y le comenté que había pensado asar un pavo, pero que al final había encargado la cena para no complicarme.

Después Luther fue a la habitación para cambiarse de ropa. Yo le seguí. Ver cómo se vestía era uno de mis pasatiempos favoritos. Siempre tenía un aspecto elegante y desenfadado. Pero verle vestirse iba mucho más allá. Normalmente se probaba varias cosas, e incluso miraba las camisetas en el espejo para ver si le quedaban bien, y escogía los calcetines a juego, aunque no se notara. Y si te fijabas en sus calcetines, creías que hacían juego por casualidad. Por último, después de probarse dos conjuntos azules casi idénticos, me dio un beso en la mejilla.

—¿Cuándo vamos a abrir los regalos?

Siempre he sido terrible con las sorpresas. De hecho, me asombraba que yo hubiera conseguido esperar tanto tiempo sin decírselo.

—¿Ahora? —sugerí.

—Ahora, ¿eh?

—Sí.

—Muy bien —dijo. Fue a su armario y volvió con dos cajas—. ¿Cuál quieres abrir antes?

—La grande —respondí—. La has envuelto tú, ¿verdad? —pregunté en broma. Era evidente que se la habían envuelto en la tienda, con papel de diseño y sin ninguna arruga. Dentro había un paquete de papel de seda rosa. Corté la cinta intentando no romper el papel y saqué el regalo. Era una falda de cuero negro muy bonita.

—No te ofendas —dijo—, pero al ver esos dos vestidos en mi armario se me ocurrió que te vendría bien un cambio.

Podría haberme ofendido si no hubiera estado de acuerdo. Esos vestidos eran horrorosos, como la mayoría de los vestidos y las faldas, aunque aquélla no estaba nada mal.

—He pensado que podrías enseñar un poco más esas piernas —añadió.

—Ahora te toca a ti —dije llevándole al armario.

—¿Qué tengo que hacer? —preguntó—. ¿Abro el armario y ya está? ¿O cierro los ojos?

—Basta con que abras la puerta.

Abrió la puerta del armario y echó una ojeada. Su regalo estaba sobre los caballetes, con uno de esos lazos adhesivos de plástico.

—¿Esto es? —dijo—. Dios mío, es enorme.

Miró la puerta un buen rato como si le diera miedo tocarla. Luego pasó el dedo por una de las bisagras. Le expliqué que la habían tirado de un club nocturno llamado El Calabozo.

—¿Un club nocturno? —exclamó—. ¿En serio?

—En serio —respondí. Después salió del armario y me dio un fuerte abrazo.

—Muchas gracias.

—¿Dónde podríamos ponerla? —le pregunté.

—Bueno, no creo que sirva como puerta de entrada —comentó.

—Yo estaba pensando que podíamos ponerla ahí —dije señalando una esquina junto al sofá—. También podría hacer con ella una mesa. O un cabecero. O podríamos hacer un calabozo —añadí en broma, pero no le hizo gracia.

—Lo que tú quieras —contestó mientras me daba el regalo más pequeño.

Miré la caja unos segundos. Llevaba mucho tiempo deseando regalarle esa puerta, y ya estaba. Ni siquiera creo que se diera cuenta del trabajo que había en ella. Me dije a mí misma que debía ser razonable. Que no a todo el mundo le entusiasmaba la madera como a mí. Luego me sentí incómoda al pensar que quizás era un regalo poco práctico. Me centré en la caja que tenía sobre las piernas. Estaba envuelta con una hoja del *New York Times*, y sin duda alguna esta vez lo había envuelto él.

Dentro de la caja había una ficha en la que ponía: «Vale por dos entradas para esa obra de August Wilson que quieres ver».

—¡Es un título de propiedad! —dije como si toda mi vida hubiera esperado tener uno. Sin embargo, era un bonito regalo. Y práctico.

»¡Gracias! —respondí antes de inclinarme para darle un beso en los labios.

Luego nos volvimos a sentar en el sofá sin decir nada.

Y disfrutamos del silencio hasta que me invadió una especie de tristeza.

De repente me encontré pensando en la Navidad que había pasado con Joe. Esto es lo que odiaba de las fiestas. Que había que valorar todo. Me sentía muy decepcionada, pero no sabía exactamente por qué. Es cierto que esperaba una respuesta más efusiva con la puerta. Pero había algo más. Tenía la impresión de que me había sentido más cerca de Joe mientras cada uno leía el periódico y comía una ración doble de donuts que de Luther en esos instantes.

—Taylor —dijo apretándome la rodilla con los hoyuelos radiantes—. Se me ha olvidado decirte que tienes otro regalo.

—¿Qué es?

Después de sonreír me susurró al oído:

—Yo.

—¿Tú? —pregunté, odiando reconocer que en ese momento no estaba con ánimos para hacer el amor.

A Luther le hizo gracia mi reacción, pero pensó que era por la incertidumbre de lo que fuera a decir después, no por miedo a lo que pudiera ser.

—Tengo vacaciones hasta el día de Año Nuevo.

—¡Dios mío! ¿En serio? —dije. La verdad es que no había nada que pudiera hacerme más ilusión. No sólo porque yo tampoco tenía que trabajar, sino también porque estaba pensando que eso era lo único que necesitaba. Pasar más tiempo con él. Recordar por qué estábamos tan bien juntos.

Arena entre los dedos de los pies

Recuerdo que María me dijo una vez que había dejado a un tipo porque se empeñó en ir con zapatos a la playa.

Fue después de acabar el instituto, cuando llevaba un par de meses saliendo con Peter. Había decidido llegar con él hasta el final, así que un fin de semana organizó un viaje a Galveston, donde se alojaron en un motel junto al mar.

El primer día, cuando fueron a la playa, Peter dijo que, aunque le encantaba la playa, no podía soportar la sensación de la arena entre los dedos, y le preguntó si le importaba que no se quitara los zapatos.

—Claro que no —respondió ella.

Pero luego, además de no acostarse con él, le dejó en cuanto regresaron.

—Toda mi vida he tenido la sensación de tener arena entre los dedos de los pies —me dijo.

Aunque estaba decepcionada, también comentó que le gustaría que todas las rupturas fueran así, con alguna experiencia significativa que te dijera inmediatamente que aquello no iba a funcionar.

Luther y yo acabamos pasando casi todo el día de Navidad en la cama. Despiertos y dormidos. Con y sin ropa. Cenamos con una botella de vino, vimos la televisión y nos acostamos hacia las diez de la noche. Me sorprendió que él aguantara tanto, porque apenas había pegado ojo en las últimas veinticuatro horas.

A la mañana siguiente estaba nevando fuera. Le llevé un café, emocionada de que fuésemos a pasar tantos días juntos.

—Tengo unas cuantas ideas —dije.

—¿Sobre qué?

—Sobre lo que podemos hacer hoy.

—Dispara.

Le detallé las opciones. Hacer un muñeco de nieve en Central Park. Ir a tomar copas. Ir a una tienda de música, comprar tres cedés y volver a casa para escucharlos. Ir a patinar al Rockefeller Center. Comprar unos cuantos juegos de mesa y organizar un torneo.

—Bueno, ¿qué prefieres tú? —me preguntó.

Le dije que a mí me gustaría hacer un muñeco de nieve y luego ir a comprar los cedés.

—Me parece bien —respondió.

Era terrible haciendo muñecos de nieve. Se empeñó en hacer uno enorme, e incluso pensó en comprar una zanahoria para la nariz y limas para los ojos antes de marcharnos.

Luego fuimos a una macrotienda en busca de buenos cedés y elegimos tres: Stan Getz con João Gilberto, Nick Drake y Rush (éste fue idea mía como homenaje a los viejos tiempos). Al principio intentamos barajarlos, pero no se mezclaban muy bien. Así que pusimos primero a Rush para comenzar por lo más cercano.

—¿Qué es lo que más echas de menos de Tejas? —le pregunté.

—Eso es fácil. A ti.

—Pero yo estoy aquí.

—Es verdad —dijo intentando ser gracioso—. Supongo que echo de menos mi coche. Y vivir en un sitio bonito y grande.

—Yo también echo de menos conducir. —Me quedé pensando desde cuándo no había conducido. ¿Me acordaría aún? Claro que sí. Aunque allí había otras ventajas—. Aunque el metro es muy cómodo.

—¿Muy cómodo? —repitió.

—¿Te gusta aquí? —le pregunté.

—Tiene que gustarme —repuso.

—Pero no es así.

—Bueno, ¿qué sentido tiene vivir en un sitio si al menos no finges que te gusta?

◆ ◆ ◆

Al día siguiente le dije que lo que hiciéramos ese día dependía de él.

—Esto no te va a gustar mucho —comentó.

—¿Qué?

Quería quedarse todo el día en casa. Supongo que no podía culparle, porque no tenía muchas oportunidades de hacerlo. Así que desapareció en la televisión. Yo me senté un rato con él, pero luego me aburrí y fui a ver a Sarah Anne.

—¿Cómo está el nido de amor? —me preguntó.

—Bien.

—Debería estar mejor que bien con todo lo que te quejas de que no le ves nunca.

—Está muy bien —dije.

—¿Entonces qué haces en mi apartamento?

—¿Quieres ir a correr?

Durante los tres días siguientes hicimos el amor cuatro veces, vimos dos películas y salimos una noche a cenar. Jugamos al póquer, pero no fuimos a patinar. Intentamos buscar un sitio para la puerta, pero no pudimos porque los dos nos pusimos testarudos. Yo quería que él decidiera dónde iba a ponerla. Y él quería que lo decidiera yo. También hicimos una sesión de yoga (a mí me apetecía mucho), y fuimos a correr juntos una vez.

Pero sobre todo nos aburrimos. Mejor dicho, yo me aburría.

Y, por supuesto, eso me preocupaba.

Me acordé de que había leído en alguna parte que no hay gente aburrida. Que si te aburres con alguien, eres tan culpable como la persona a la que acusas de ser aburrida.

«Pero yo he estado haciendo planes —me dije a mí misma—. He hecho todo lo posible para evitar aburrirme.» Comencé a pensar de nuevo: «¿De qué hablábamos antes? ¿De qué hablo con Sarah Anne? ¿Estoy siendo dura con él?» No tenía ni idea. No había ninguna certeza de que hubiera un problema. Sólo la sensación de que me estaba desenamorando, o de que me encontraba en una extraña fase de autodescubrimiento. O de que estaba loca.

◆ ◆ ◆

Sarah Anne me dijo que estaba loca. No por sentir lo que sentía sino por esperar algo diferente.

—Antes pensaba que cuando fuera mayor todo acabaría teniendo sentido —afirmó—. Pero no es cierto. Nos han enseñado a creer que las cosas tendrán sentido cuando seamos mayores. Cuando consigamos un trabajo determinado. O cuando nos casemos. Las zanahorias suelen cambiar. Pero la verdad es que nada acaba teniendo sentido del todo, a no ser que te engañes o que seas muy religiosa.

—Gracias por animarme —comenté en broma.

—Sólo estoy diciendo que, dadas las circunstancias, tu descontento no es sorprendente.

Lancé un bufido de exasperación y puse los pies encima de la mesa.

—Esto es una mierda.

—Bueno, si quieres saber si eres aburrida, la respuesta es no.

—Luther me pone nerviosa.

—Yo suelo saber si me estoy cansando de un tipo cuando le escribo una canción —dijo—. ¿Te apetece escribir una canción sobre él?

—¿Cómo podría saberlo?

Estuvimos charlando hasta que Luther volvió de correr y le oí abrir la puerta. Para entonces me sentía culpable por hablar de él a su espalda. Y, por supuesto, me seguía preocupando que fuera aburrida.

Cuando regresé a casa, ya se había duchado.

—¿Qué tal? —dijo dándome un abrazo—. Es estupendo salir a la calle y respirar aire fresco. Ojalá hubieras venido.

—Sí —contesté.

Se estaba secando el pelo con una toalla que me tiró en broma.

—¿Qué te apetece hacer esta noche?

Fuimos a ver una película. Después decidimos ir a comer algo y acabamos hablando de lo que íbamos a hacer en Nochevieja. Entonces se le ocurrió una idea: organizar una cena. Sabía que muchos de sus amigos del hospital tenían que trabajar como él de mañana el día de Año Nuevo, así que estaría bien que hiciéramos algo que no acabara demasiado tarde. Y yo podría conocer a unos cuantos. Le pregunté si también podía venir Sarah Anne.

—Claro. Así podremos conocerla mejor.

Me sentí aliviada de que quisiera hacer aquello. No tanto porque yo tuviera ganas de dar una fiesta, sino porque sería una buena manera de llenar un día entero.

Organizar una cena parece fácil sobre el papel. Invitas a unas cuantas personas a tu casa y preparas un poco más de comida. Pero siempre se complica de forma inevitable. Recuerdo que cuando le tocaba a Jeff ser el anfitrión, nos pasábamos toda la noche planeando lo que íbamos a cocinar, normalmente con un tema geográfico y mucho queso.

Luther y yo decidimos preparar un menú básico. Pavo con puré de patatas, judías verdes y panecillos. Sólo íbamos a tener cuatro invitados, incluida Sarah Anne, pero estuvimos todo el día cocinando, sobre todo por el pavo. Sarah Anne se ofreció a ayudarnos, lo cual fue una gran suerte, porque nuestra cocina era tan pequeña que necesitábamos otra para hacer la comida. Y, desde luego, porque cocinaba mucho mejor que cualquiera de los dos.

Yo me encargué del vino y el champán. Y de decorar la mesa. Hice un centro con recortes de madera que no quedó demasiado bien. Y luego puse la mesa con la vajilla de porcelana de Luther que él insistió en usar.

Después de meter el pavo en el horno, Luther propuso un brindis.

—Por los cocineros —dijo, como era previsible. Luego nos sentamos a esperar a que llegaran los invitados.

Éstos eran los invitados:

Primero estaba Simon, que era cirujano residente. Luther me había hablado alguna vez de él, sobre todo porque no le gustaba a nadie en el hospital. Por lo visto era uno de esos cirujanos vanidosos con un ego desmesurado. Sin embargo, todos actuaban como si les cayera bien.

Luego estaba Joey, que nos caía bien. Era pediatra de urgencias, como Luther. Tras salir de la nada en Queens había conseguido llegar a la Universidad de Colgate antes de entrar en la Facultad de Medicina. Hablaba con un acento concentrado, o sin acento, como si le diera miedo parecer barriobajero, lo cual me parecía adorable.

Sólo había un problema con Joey: su mujer, Karen, que era asesora de inversiones. También era la típica cotilla que juzgaba a todo el mundo inmediatamente y hacía un montón de preguntas para clasificar a la gente en distintos apartados (como «nivel de estudios» y «profesión»). Lo peor de todo era que se consideraba más inteligente que cualquiera de sus compañeros de trabajo, como si fuera el alma de... algo. Además era muy educada, y por lo tanto tenía la manía de asegurarse de que recordaba el nombre de todo el mundo usándolo cada vez que podía.

Y estaba Sarah Anne Hoecker, que esa noche llevaba un traje de fantasía plateado de escote en pico al estilo *Fiebre del sábado noche*. También tenía un bigote en el bolsillo, que no iba a ponerse hasta que se fuera de la cena para ir a una fiesta de disfraces. Tras llegar unos minutos tarde, explicó a nuestros invitados que era Míster Disco. Al escuchar aquello, Karen se sintió ocurrente y decidió hacer una broma.

—Bueno, Sarah Anne, ¿puedo llamarte Míster?

Sarah Anne se quedó un rato pensando, tomándoselo en serio.

—Sí, creo que me gusta.

También estaba Luther, con su buen humor habitual pero más animado. Tan animado que bailó al ritmo de la radio y abrazó a su novia más que nunca. Se jactaba de que era famoso como anfitrión. Y cuando Sarah Anne le dijo a Karen que podía llamarla Míster, salvó el incómodo silencio soltando una risotada tan sonora que todo el mundo siguió hablando sin que se percibiera ningún antagonismo.

Y estaba yo, que en esos momentos estaba pensando en los últimos detalles de la fiesta. Y en las cenas de Jeff, que tanto me gustaban. ¿Me gustaría aquella? Por cierto, llevaba mi falda nueva de cuero.

◆ ◆ ◆

Hubo muchos temas de conversación. Primero Karen nos evaluó a todos. Hablamos de la universidad, lo cual llevó al juego del «sabes que...» Esa primera fase fue breve, porque ni Sarah Anne ni yo nos habíamos licenciado. Entonces Simon aprovechó nuestra ausencia de formación como excusa para hablar de un safari que hizo cuando se tomó un año libre. Aquello se alargó y centró el tema en los viajes. Esa gente conocía más ciudades de las que yo pensaba que existían. También hablamos del mercado. Luego le agradecí a Joey que intentase hablar de deportes. No me interesaba en absoluto, pero al menos habría obligado a todo el mundo a reducir el nivel de vocabulario. A esas alturas Sarah Anne estaba simplemente asintiendo. Y supuse que estaba tomando notas mentales para intentar recordar los rasgos de aquellos personajes. La cadencia de la presunción. Las expresiones relacionadas con la riqueza, como «mi ama de llaves» o «nuestra casa en Stowe».

Luego pasamos a la política.

Joey comentó que Giuliani había hecho un gran trabajo para limpiar Nueva York. Dijo que tenía la costumbre de pasear por Washington Square Park y contar cuántos tipos le decían «Costo, costo» para ofrecerle hierba.

—Antes, y hablo en serio, pasaba catorce o quince veces. Ahora una como mucho. Y si pasa, los tipos tienen que ser más listos. Ya no dicen «Costo, costo». Ahora dicen cosas como «Bonitos zapatos, señor».

—Es una vergüenza que se dedique a eso —afirmó Sarah Anne.

No lo dijo de forma desagradable. Y no era un debate nuevo. En aquella época Giuliani era famoso por criticar con vehemencia un cuadro de la Virgen cubierta de estiércol y por pensar que el arte no tenía ningún valor. Y la visión del mundo de Sarah Anne se basaba en que, como alcalde, tendía a despreciar el arte, o al menos a ponerle límites.

Karen sintió la necesidad de intervenir.

—Pero hay que reconocer que ha hecho mucho por esta ciudad.

—¿Mucho de qué? —preguntó Sarah Anne—. Si hablas de seguridad, de acuerdo. Pero si hablas de arte o educación, entonces tendríamos que entrar en otra discusión.

Aquello se ponía interesante. Cuando estaba con Jeff, ése era el momento en que la gente acercaba las sillas y se inclinaba hacia delante para hablar sobre lo que decían los otros. El momento en el que se disecciona lo que la gente cree, e incluso se desafía el punto de vista de los demás.

Y ése fue el momento en el que Luther, para evitar una situación incómoda, cambió de tema.

—¿Sabéis qué pienso yo? —dijo marcando los hoyuelos—. Que es Nochevieja y que deberíamos dejar la política para otro día.

Lo cual los llevó a hablar más de trabajo.

Y a centrarse en *mi* trabajo.

—¿A qué te dedicas tú, Taylor? —me preguntó Simon amablemente.

—Trabajo en una tienda de antigüedades que se llama The Corner.

Karen dijo que la conocía. No estaba lejos de su apartamento. Puede que se pasara algún día para saludar.

—Y también hace muebles —añadió Luther.

—¿En serio? —exclamó Joey.

Entonces Luther abrió el armario y les enseñó la puerta que yo le había regalado.

—Taylor, eres como una vaquera moderna —comentó Karen.

—Un trabajo muy interesante —opinó Simon.

—Fantástico —dijo Joey.

—Yo le ayudé a traerla a casa —explicó Sarah Anne.

Y Luther sonrió satisfecho.

No estaba preparada para esa reacción. Era como si tuvieran una extraña curiosidad por lo que había al «otro lado». Y comenzaron a hacer preguntas.

¿Fui a una escuela especializada para aprender a hacer eso? *No. Dejé la universidad y me enseñó un viejo carpintero llamado Joe. Al que echo de menos.*

¿Es un trabajo gratificante? *A veces.*

¿Te gusta trabajar con las manos? *Bueno, aquí no he hecho muchas cosas. Pero es agradable.*

—Me parece que tú lo tienes claro, Taylor —dijo Karen—. En esta ciudad muy poca gente consigue saber qué tiene importancia realmente. Equilibrio. Necesitamos equilibrio.

—¿A ti no te gusta tu trabajo? —se atrevió a preguntar Sarah Anne, cosa que me encantó.

—No como a ti el tuyo, Míster. Eres actriz, ¿verdad?

Sarah Anne asintió tragándose el insulto. Preguntar a alguien si es actriz es como decirle que te parece una persona hiperactiva y un poco alocada.

—Sí —respondió con una seguridad ensayada—. Así es.

—Yo creo que las dos estáis siguiendo vuestras pasiones —añadió Karen—. Y es muy importante que la gente haga eso.

Entonces me di cuenta de que Karen sería capaz de acercarse a un novelista para decirle: «Yo habría sido novelista, pero decidí ser asesora de inversiones». Y eso es lo que hizo a continuación.

—Me habría encantado pasar el tiempo como tú, Taylor. Volver a estar en contacto con ese tipo de cosas que mi horario no me permite.

Al decir «horario» puso los ojos en blanco, como si quisiera manifestar que últimamente había estado muy ocupada.

—Bueno —repuse—. Podrías hacerlo. Algunas cosas son más difíciles de conseguir que otras. Si yo quisiera ser asesora de inversiones, tendría un problema. Porque nunca podría hacer lo que haces tú. Nadie me contrataría para hacer eso por el hecho de haber dejado la universidad. Pero si tú quisieras ser como yo, lo único que tendrías que hacer es renunciar a todo lo que tienes, y entonces podrías ser carpintera, pintora o cualquier cosa que te parezca romántica.

Todo el mundo se echó a reír. Porque Karen nunca dejaría su trabajo. No era de ésas. Y yo nunca tendría un trabajo convencional. Así de simple.

—Una forma encantadora de decirlo, Taylor —comentó.

—Bueno, a mí no me verás nunca haciendo lo que tú haces —aseguró Simon—. Me encanta mi trabajo.

Una vez más miré a Luther para ver cómo reaccionaba. Sabía que no tenía demasiado que ver con esa gente. ¿Pero qué pensaría en esos momentos? Era cierto que estaba poniéndole a prueba. Es terrible llegar a una situación crítica que demuestra si una pareja se comprende o no. Si está de acuerdo o no. Aparentemente nosotros no estábamos de acuerdo. Al menos aquella noche. Toda la irritación que yo sentía no se reflejaba para nada en su cara. De hecho estaba atendiendo a Karen con mucha amabilidad cuando le miré. Siempre había sido bueno escuchando. A la gente le gustaba hablar con él porque hacía que se sintiera cómoda, interesante. Pero yo no creía que lo hiciera con cualquiera. Me acordé de una expresión que había oído: que nadie aguanta lo que no quiere. Al mirar a Luther en ese instante, me pareció que estaba aguantando todo aquello de buena gana.

Gracias a Dios ya habíamos terminado de cenar y me levanté para recoger la mesa. Sarah Anne me siguió, y nos cruzamos en la cocina el tiempo suficiente para intercambiar un gesto expresivo. Y cuando acabamos de recogerlo todo nos quedamos allí para «preparar el postre».

—¡Madre mía! —exclamó antes de sacar un porro—. Eso es lo que quería evitar al no ir a casa en Navidad.

—¿Cómo?

—Lo siento más por ti. Al menos yo puedo largarme a otra fiesta.

—Que se joda —afirmé sabiendo que Karen le caía fatal.

—Sí, que se joda.

Me pasó el porro justo cuando Luther entró en la cocina. Parecía haber dejado el papel de anfitrión, y yo recé esperando que estuviera de nuestra parte. Que los tres pudiéramos sentarnos allí y reírnos un rato antes de volver al reino de la bruja dominante. Levanté el porro y se lo pasé por delante para ofrecerle una calada.

—Taylor —dijo con un tono que indicaba que no estaba de nuestra parte—. ¿Qué estás haciendo?

Solté una carcajada que le puso aún más furioso.

Sarah Anne se dio cuenta de lo que ocurría y se incorporó un poco, como si intentara parecer más adulta, lo cual resultaba gracioso con aquel traje de fantasía.

—Le estaba dando a Taylor las gracias. Y supongo que también te las tengo que dar a ti —dijo inclinándose para darle un beso en la mejilla—. Gracias otra vez por la cena, pero tengo que marcharme si no quiero llegar tarde a mi fiesta. —Luego salió para despedirse de los demás invitados mientras Luther me miraba decepcionado.

—No creo que haya sido para tanto —comenté.

—Me parece que no estás siendo muy educada, eso es todo. Tenemos invitados ahí fuera.

—No me gustan.

—Pues deberías aprender a comportarte —dijo antes de volver a la sala y contar una historia ridícula sobre una lámpara que no funcionaba que no tenía ningún sentido.

Me quedé un rato apoyada en el mostrador intentando poner en orden mis ideas. Nos habíamos pasado toda la noche charlando. Y Luther era un experto en eso. Siempre tenía a punto una respuesta o un comentario positivo, escuchaba con atención y hacía que la gente se sintiera cómoda, aceptada. ¿De qué me sorprendía? Me reprendí a mí misma. ¿Por qué actuaba como si aquello fuera nuevo para mí? Por eso me había gustado la primera vez que le vi, cuando lo que necesitaba era que fingiera que todo iba bien.

Estuve a punto de lanzar ese grito que había aplazado durante tanto tiempo cuando la pared comenzó a temblar. Se oyó un ruido sordo y hubo una pequeña vibración en el suelo. «Dios mío —pensé—, es un terremoto.»

Fui a la sala para ver qué diablos había ocurrido, y los encontré a todos pegados a la televisión. Dick Clark estaba dirigiendo a millones de personas en la cuenta atrás de Times Square mientras la bola iba descendiendo detrás de él. El apartamento temblaba con cada número, porque nuestro edificio no estaba lejos del alboroto de las calles.

—¡Diez!

—¡Nueve!

—¡Ocho!

—¡Siete!

Aunque Times Square estaba a unas cuantas manzanas de distancia, se podían sentir las vibraciones. Y oír los gritos de la gente.

—¡Seis!

—¡Cinco!

—¡Cuatro!

El estrépito era cada vez mayor a medida que la bola se acercaba.

—¡Tres!

—¡Dos!

—¡Uno!

—¡Feliz Año Nuevo!

Justo entonces Luther y yo nos miramos. Y no vimos nada. Después se acercó a mí y me dio un beso sin mucho entusiasmo. Y pensé para mis adentros que por una vez no estaba fingiendo.

El día de Año Nuevo Luther se levantó a las seis de la mañana para ir al hospital. Y yo crucé el descansillo y llamé a la puerta de Sarah Anne hasta que por fin abrió.

—Dios mío, Taylor, ¿quieres matarme? —preguntó mientras volvía conmigo a la sala tropezándose por el camino con la esquina de la mesa—. Me parece que todavía estoy borracha.

Entonces me senté y empecé a llorar.

—Se suponía que no debía perseguir a mi Lula —dije, con lo cual me sentí peor al acordarme de Joe—. Y Joe se va a morir mientras yo estoy viviendo aquí.

—Creo que me he perdido —dijo ella.

Le expliqué qué era una Lula. Luther era mi Lula. Y ya no le quería. Pero había ido allí con él.

—Vamos por partes. En primer lugar viniste aquí. Estupendo. La gente se traslada todo el tiempo. En segundo lugar, si necesitas marcharte, sólo tienes que pasar unas cuantas cosas de un lado a otro. Mi sofá es tu sofá.

—Gracias —respondí sin sentirme mejor—. ¿Por qué no puedo ser feliz por una vez? ¿Por qué no puedo llevar bien las cosas como todo el mundo?

—Porque tú eres tú —contestó.

Le dije que quería volver a casa, pero que me daba miedo. Porque me había costado tanto marcharme de Tejas que me sentía ridícula. Toda mi vida había querido ir a alguna parte, y ahora me estaba acobardando.

—No te estás acobardando. Eso es una tontería —dijo—. Si quieres volver a casa, vuelves y ya está.

Luego me dio uno de los muñecos de peluche que tenía por todo el apartamento. Era un perro enorme, que me hizo sonreír al pensar que acababa de hacer algo que habría hecho María.

—Y si estás llorando por eso de tu Lula, a mí me parece que es un mito.

—Pero es tan bueno. No tiene nada malo.

—Hay mucha gente buena, cielo. Pero eso no lo es todo.

Para entonces había dejado de lloriquear y había recuperado un poco la compostura.

—Gracias —dije—. Me siento un poco mejor.

Nada más decirlo me di cuenta de que, si era verdad lo que había dicho, tendría que romper con él. ¿Cómo iba a hacerlo? No quería hacerlo. No sabía si sería capaz. Comencé a llorar de nuevo.

—Lo superarás —dijo ella.

—Ya lo sé, pero...

Las cosas cambiaron entre Luther y yo. No sabía si era porque yo había cambiado y él lo notaba, o por qué. Pero había un tono antagónico en nuestras voces. Hacíamos el amor, pero no nos quedábamos juntos mucho tiempo. Y si antes pensaba que no hablábamos de nada, ahora llenábamos días enteros con comentarios intrascendentes: «Que te vaya bien en el trabajo», «¿A qué hora vuelves?», «¿Quieres que coja algo a la vuelta?», y ese tipo de cosas.

De vez en cuando me metía en mi guardarropa para hacer cosas que no necesitaba. Incluso empecé a comprar trastos viejos a los vagabundos —como revisteros y cajas pequeñas— para tener algo con lo que entretenerme.

Es extraño pasar por una situación en la que no puedes expresar qué va mal exactamente. Qué te falta. Simplemente lo sientes. Y a veces discutes por tonterías como puertas o cenas. Y en algún momento haces un gran esfuerzo para describir tus emociones, cuando en realidad sabes que estás esperando a que se acabe. Después de cruzar la línea, es cuestión de tiempo que uno de los dos tenga el valor de reconocerlo.

◆ ◆ ◆

Unas semanas después, Luther y yo pasamos nuestra última noche juntos. Nanette me había enviado unas fotos de cuando J. J. y Luther estaban en la universidad. Según ella, tenía que verlas porque le parecía emocionante que los cuatro estuviéramos emparejados y pensaba que algún día seríamos los dos matrimonios más felices del mundo.

Luther y yo las vimos un día después de recibirlas. Tras una cena tranquila él dijo que estaba cansado. Yo dije lo mismo. Después fuimos a la cama, nos metimos debajo de las sábanas y yo saqué el sobre del cajón de mi mesilla. Estaba desnuda, con la pila de fotos sobre el pecho, cerca del cuello. Él las fue mirando y me contó la historia de cada una de ellas.

Como la del día que fueron a una barbacoa y Luther conoció a una chica de Venezuela que sólo hablaba español. Aunque de todas formas volvieron juntos a casa.

Y lo bien que se lo pasaban cuando J. J. y él trabajaban en Tejas A&M. Era increíble que la gente pudiera hacer cosas tan sorprendentes.

Y lo estupendos que eran los partidos de fútbol, con aquellos gritos. No había nada mejor que un partido de fútbol en Tejas.

Y lo estupendo que era todo.

Luego yo dije lo primero que se me ocurrió para liberarme del peso que sentía en el pecho.

—¿Cómo resumirías el tiempo que hemos pasado juntos? ¿Qué tiene de estupendo?

—¿Para qué quieres que haga eso?

—No importa —respondí.

—¿Adónde quieres llegar?

—No lo sé.

Estuvimos un rato mirándonos hasta que dije yo:

—A veces, cuando te miro, me parece que lo que te hace feliz a ti no tiene nada que ver conmigo. Y me pregunto qué diablos ves en mí.

—Te aseguro que veo algo. Pero no puedo ser tu autoestima.

—No estoy hablando de mi autoestima. De mí, sé qué me gusta a *mí*. Pero no sé qué te gusta a *ti*.

—Eres una chica guapa —respondió.

—¿Cómo?

—No me apetece seguir con esto —dijo mostrando por fin su irritación.

—Muy bien. No hace falta que contestes. Da igual.

—¿En qué estás pensando?

En ese momento estaba pensando en que nunca le había visto llorar. Ni siquiera le había visto con los ojos húmedos.

—Tengo la sensación de que las cosas que más me gustan no son las mismas que te gustan a ti.

—¿Como qué?

—No lo sé. A mí me encantan las cosas raras, las debilidades, los líos. Y a ti... —No sabía qué decir. Le miré directamente a los ojos—. Vamos, Luther. No pasa nada por reconocerlo.

—¿Qué?

—Que somos diferentes. ¿No te das cuenta?

—Todo el mundo es diferente.

—Pero no duerme en la misma cama.

—¿Eso es lo que significa esto para ti? —preguntó—. Vinimos aquí juntos. ¿Lo recuerdas?

—Yo creo que... —¿Me atrevería a decirlo?—. Puede que estemos cometiendo un error. Eso no quiere decir que hayamos fracasado. Cuando vinimos aquí no conocíamos a nadie. Y ahora tengo la impresión de que estamos juntos porque necesitamos tener a alguien. Algo. Pero las cosas que más me gustan de mí misma son las que tú no ves o crees que debo «superar».

—No importa —dijo.

—Si no importa, ¿por qué estamos cada vez más lejos? —le pregunté.

Se puso de lado dándome la espalda con un gesto que parecía avergonzado, o tal vez furioso.

—Si hubiera sabido que esto iba a ser así, no te habría pedido que vinieras conmigo —respondió. Yo sabía lo que estaba pensando. Estaba pensando que me había fallado. Que se había precipitado. Que se había equivocado. Y eso para él era una terrible ofensa.

Me tumbé a su lado meciendo su cuerpo.

—Lo siento —dijo.

—No es culpa tuya. Ni mía. Simplemente es así.

—Pero fui yo quien te pidió que vinieras. ¿Qué vas a hacer ahora?

Comencé a ponerme la ropa mientras me miraba como me había mirado tantas veces. Y pensé que era extraño que de repente me librara del peso de las expectativas. Que me sintiera sola, tal y como era, cuando hasta entonces había ocurrido todo lo contrario.

Don de lenguas

Ocurrió unos días después de la ruptura. Me había trasladado al apartamento de Sarah Anne, y tenía problemas para dormir. No podía dejar de pensar qué estaría haciendo Luther al otro lado del pasillo. Me despertaba en mitad de la noche, oía el ruido de la cerradura y pensaba que por fin había llegado a casa. Que estaba a punto de meterse en la cama conmigo. Y entonces me acordaba.

También estaba nerviosa porque no acababa de decidirme. ¿Quería quedarme en Nueva York, o quería volver a casa?

Le pregunté a Sarah Anne qué opinaba. Ella dijo que prefería que me quedara, pero que no podía ayudarme a aclararlo todo. Era mi decisión.

Decidí recorrer de nuevo la ciudad.

Era un sábado un poco fresco, pero no hacía frío. Decidí hacer la ruta que había hecho meses atrás, pero en sentido contrario.

Esta vez hice menos paradas.

Un bar. Una librería. Una tienda de animales.

Luego compré algo de comer en un restaurante latino.

Una tienda de fotografía. Una tienda de ropa moderna.

Después entré a tomar una cerveza al Soho Grand Hotel y observé a la gente rica que entraba y salía. Ésa era la gente que iba a alguna parte, me dije a mí misma. Con la excepción de algunos turistas, todo el mundo parecía importante. No tanto por sus teléfonos móviles, sino por su mirada, que parecía decir: «Sí, hago una terapia. Pero soy inteligente y conozco mis defectos».

Cuando fui al servicio intenté adoptar esa mirada, pero no lo logré.

Volví a la catedral de San Patricio, y una vez dentro tuve que contenerme para no gritar. Había un profundo silencio, y me pregunté qué ocurriría si gritaba algo, cualquier cosa. Como hace la gente que sube a una montaña y quiere comprobar si hay eco. Cuando estaba a punto de salir, pensé: «¡Qué diablos!» Me quedé paralizada mientras pensaba qué podía decir. «¿Aleluya?» «¿Jesús?» ¿O quizá «Rayos y centellas»? Cerré los ojos con todas mis fuerzas e intenté dejar la mente en blanco para poder gritar lo primero que se me ocurriera. «¡Kimineyo!», grité, y se oyó un pequeño eco. «¡Kimineyo!», dije una vez más. Mi madre, que de vez en cuando iba a misas comunitarias, me había dicho que si en alguna ocasión sentía la necesidad de desahogarme, podía decir «¡Kimineyo-ko-shek!» varias veces. Y lanzar un «¡Kimineyo!» jubiloso para terminar.

—Con eso no puedes equivocarte —dijo.

La gente que estaba en la iglesia no pareció apreciar mi don de lenguas. Dos monjas se acercaron a mí por la nave lateral. Pero me marché convencida de que mi arrebato no había ofendido a nadie. Fue una experiencia apasionante.

Sin embargo, no me ayudó a decidir si debía volver o no.

Al final tomé la decisión sentada en un banco de Central Park. En esa zona en la que estás dentro del parque pero puedes ver fuera los coches de caballos. O el tráfico de Central Park South. Y puedes mirar hacia arriba para contemplar el perfil de los rascacielos. Es una vista asombrosa.

Detrás de mí sólo había hierba.

Y delante de mí edificios.

Central Park es la personificación del pensamiento avanzado. Parecía un milagro que alguien hubiera decidido salvar ese trozo de tierra de la especulación urbanística. Pero allí estaba yo sentada, escuchando la extraña mezcla de sonidos de aquel lugar. Sonidos naturales como el ladrido de los perros y el arrullo de las palomas. Y a lo lejos, el bullicio de la ciudad. Las bocinas de los taxis. El zumbido de los móviles. Las voces enérgicas de la gente.

Era como si alguien hubiera trazado una línea en la arena. Y nadie me estuviera llamando de ningún lado. Estaba yo sola mirando la línea, intentando decidir si mi centro se encontraba a la derecha o a la izquierda.

Eché otro vistazo al hotel Plaza, que se elevaba sobre los árboles y la gente. Y a los ángeles con sus trompetas delante de su cumbre. Y entonces lo supe.

Esa noche llamé a mi madre para decirle qué había decidido. Pero respondió el contestador.

—Mamá —dije—. Quiero que vengas a verme dentro de unas semanas. Llámame para que veamos cuándo nos va mejor. Y esta vez lo digo en serio —añadí.

Sabía que ella nunca me habría perdonado que me fuera de Nueva York sin que viniera a visitarme.

Y tampoco yo me habría perdonado por haber dejado pasar aquella oportunidad.

Usted está aquí

Estaba lloviendo, y Sarah Anne llegó tarde al café Le Gamin, donde habíamos quedado, probablemente por su audición. Yo había conseguido una mesa junto a la ventana y estaba mirando los dibujos que formaban las gotas en el cristal. Cinco minutos después de aparecer me estaba contando la historia de Drake, que ya había oído unas cuantas veces. Era la primera vez que se había enamorado de verdad. Drake era alto y guapo, y cuando hablaba, le brillaban los ojos. Fue la primera persona que le dijo a Sarah Anne que la quería. Cuando la dejó por una chica llamada Belle, se quedó desolada. Pero al final fue mucho mejor, porque se enteró de que después de casarse engañaba a su mujer, y ella había tenido mucha suerte. Porque prefería estar sola toda la vida que tener un marido infiel. Eso demostraba que todo acababa saliendo bien. Y yo estaba allí sentada deseando estar en otro lugar donde la gente no contara historias que no tenían nada que ver conmigo. Pero asentí de todos modos. Al menos lo había intentado.

No estaba preocupada por Luther. No exactamente.

Nos quedamos calladas un rato sin que dejara de mirarme.

—Tienes una pinta horrorosa, cielo. No sé cómo decírtelo.

—Creo que ya lo has hecho —comenté fingiendo una sonrisa.

Hubo una larga pausa antes de que Sarah Anne siguiera hablando con calma.

—Me parece que tienes uno de esos días en los que da igual qué te diga.

Asentí retorciendo la servilleta para no morderme las uñas.

—Pero, si quieres, puedo quedarme aquí leyendo o tomando el café. Por si te apetece hablar.

Negué con la cabeza.

—Puedes quedarte el tiempo que quieras —afirmé.

Terminó de tomar despacio el café y luego me preguntó si quería compartir con ella un taxi.

—Prefiero andar —dije.

—Pero está lloviendo.

—Da igual —respondí.

Luego salí a la calle y comencé a caminar.

Me crucé con una señora elegante que iba con dos niñas muy morenas, que parecían haber pasado unas vacaciones en alguna isla. Las niñas llevaban paraguas con mariquitas estampadas, y se quedaron pegadas al escaparate de una juguetería hasta que ella accedió a entrar.

Me crucé con una mujer de mediana edad con gafas que iba recitando algo con la vista clavada en la acera, ignorando la lluvia. Probablemente se dirigía a una audición.

Me crucé con una mujer vestida de negro que llevaba su violonchelo por delante para intentar esquivar los charcos.

Me crucé con una mujer que hablaba por un móvil mientras su pequeño dóberman intentaba seguir su paso.

Me crucé con una mujer con las uñas impecables, cuyo marido le tapaba la cabeza con un paraguas para proteger su peinado.

Y me pregunté qué haría cada una de ellas por la noche. Cómo serían sus vidas. ¿Ganaban más que yo? Probablemente. ¿Las querían más que a mí? Tal vez. ¿Eran más felices que yo? No tenía ni idea. Pero estaba segura de que afrontaban las cosas igual que yo.

Me crucé con una pareja que se estaba peleando en la calle. Ella se echó a llorar, y él acabó consolándola con esa cantinela de «te quiero, nena» que suele acompañar a las lágrimas. Pero no les creí. ¿Se acordarían de ese momento el resto de su vida? Y todas las demás personas que, como yo, los veían llorar cada uno por su lado bajo la lluvia.

Intenté imaginar los lugares que Luther y yo habíamos compartido. El banco donde solíamos esperar para entrar en nuestro restaurante italiano favorito. La esquina en la que solíamos quedar para ir al cine. El bar en el que discutimos un día por las tarjetas de cumpleaños. Porque yo me negaba a mandar tarjetas de cumpleaños a nadie y prefería enviar cartas cuando tenía algo interesante que decir. Al pasar por ese bar, recordé que él se había disculpado enviándome una tarjeta Hallmark con un poema y una firma: «Te quiero. Luther». Si hubiera apreciado entonces ese gesto, ¿estaría ahora donde estaba?

Pasé por la cafetería a la que solía ir a tomar café con cafeína y pensar. Donde decidí que Luther y yo no estábamos hechos el uno para el otro. Que estaba dejando de ser quien era al estar con él, amoldándome a su forma de ver la vida.

Toda la ciudad parecía estar llena de gente que podría haber sido yo. Que una vez fue como yo. Y ya nunca sería.

Llovía tanto que me refugié en el metro y esperé junto a un mapa ampliado que cubría una pared. Era un mapa detallado de la zona para ayudar a la gente a orientarse al salir de la estación. Con todas esas calles. Todas esas esquinas con sus historias. Y en el medio un punto rojo un poco descentrado: USTED ESTÁ AQUÍ.

Estaba allí. Nada iba a cambiar eso.

Me había imaginado mi vida de mil maneras, por mil caminos, pero estaba allí.

Me encontraba en otra ciudad.

Había roto con mi novio.

Pensaba que había creado mi propio mundo, definido por mí.

Pero estaba allí.

En Nueva York.

Sola.

Y embarazada.

Consejos para vivir

Estas son las cosas que la gente ha intentado enseñarme a lo largo de mi vida.

No dejes de estudiar.
Elige una carrera que te guste.
El trabajo no es suficiente.
No se puede tener todo.
Las mujeres son protectoras por naturaleza.
Tienes que centrarte en ti misma, porque nadie lo hará por ti.
El control de la natalidad ha permitido a las mujeres, y a los hombres, separar por fin el sexo de la procreación.
Abortar no es bueno para la cabeza.
No se puede tener todo.
Una mujer sin carrera se sentirá vacía.
Una mujer que nunca ha dado a luz no sabe qué significa ser mujer.
No bases tu vida en la de un hombre.
No se puede tener todo.
Las mujeres que intentan tenerlo todo acaban sintiéndose insatisfechas toda su vida.
Tal vez no quieras tenerlo todo.

La clínica

Las paredes de la clínica, que diez años antes resplandecían con un color amarillo, tenían ahora un color nauseabundo.

La otra chica que estaba en la sala de espera no podía tener más de quince años. Estaba muy nerviosa. Me dijo que se había escapado un fin de semana, perdió la cabeza y acabó acostándose con un tipo al que ni siquiera conocía.

—¿Qué otra cosa puedo hacer? —dijo encendiendo un cigarrillo.

Yo cerré los ojos.

Y pensé en Nueva Orleans.

En aquella noche con Carlos.

En que podía haber acabado como esa chica.

Entonces.

Pero ahora no era como ella.

Lo que enseñaría a mi hija

—No sé qué pretendes de mí —dijo Luther. Estábamos sentados en el sofá de la sala, él tomando una cerveza y yo bebiendo agua con avidez, como si fuera tequila o algo parecido.

—Vaya —afirmé.

—¿Vaya qué?

—Me conoces aún menos de lo que pensaba —respondí—. Pero tienes razón. Tenía tantas ganas de arruinarte la vida que he mandado a la mierda todo lo que había imaginado para mí misma.

—Lo siento. ¿Por qué has esperado tanto para decírmelo?

—Sólo hace una semana que lo sé.

—¿Cuánto retraso tienes? —me preguntó.

—Estoy de siete semanas.

—Ya sabes que lo pagaré —dijo con tono comprensivo.

—¿Que vas a pagar qué? —Sólo quería oírselo decir.

—Me parece que es evidente.

—Oh —exclamé.

—¿Por qué no te lo tomas en serio? Yo estoy pensando en ti. Pero no tienes que sentirte culpable.

—Es sólo que me siento unida a... —Estaba pensando qué extraño era tener algo vivo dentro de mí. Era aterrador y maravilloso al mismo tiempo.

Luego, por primera vez desde que le conocía, Luther se echó a llorar. Le costó tanto esfuerzo que al principio no sabía qué estaba haciendo. Contrajo la cara hasta arrugarla por completo. Pero tenía lágrimas en los ojos. Se los secó rápidamente, y el estallido de rabia y tristeza desapareció en cuestión de segundos.

—¿Estás segura de que es mío?

—No he estado con nadie más.

—¿Por qué nos está ocurriendo esto? —preguntó.

Entonces comencé a llorar yo. Sollozos penosos, desagradables.

—No pensaba decírtelo. Iba a acabar con este asunto. Pero no he podido.

En la clínica pensé que las cosas no son nunca perfectas. Es cierto que aquella situación era más complicada que otras. Probablemente era lo más complicado que podía pasar. Pero todo se complica tarde o temprano. Y lo único que podía hacer mal era no seguir mis instintos, aplicar lo que me habían enseñado en lugar de lo que sabía.

—Es asombroso que no hayamos pensado nunca que esto podía pasar —dijo él.

—Tú no lo habrás pensado —repuse—. Yo he tenido pesadillas de ese tipo toda mi vida. Como todas las mujeres.

Mi madre había soñado que estaba embarazada con cincuenta años y después de que le hubiesen practicado una histerectomía. Un día se despertó de repente con un sudor frío pensando: «Soy demasiado vieja para tener un bebé. Esto no puede ser cierto».

Luther estaba mirando al suelo con la cabeza apoyada en las manos.

—¿Podemos seguir hablando de esto mañana?

—No voy a cambiar de idea —dije. La verdad era que estaba empezando a reconsiderarlo, y me sentía furiosa conmigo misma. Porque estaba permitiendo que me controlara, que manipulara mis instintos.

Lanzó un pisapapeles al otro extremo de la habitación. Cayó en la base de plástico de un tiesto y rebotó en el suelo sin romper nada.

—¿Y ahora qué? —preguntó.

—No lo sé.

—¿Qué quieres que haga?

—No sé —respondí. No tenía ni idea.

—Tal vez podríamos cambiar.

—¿Cambiar?

—No sé, hacer que todo sea diferente. ¿Por qué rompiste conmigo?

—Ya lo sabes.

—Sí, claro. Por veintitantas razones personales estúpidas. Porque somos diferentes.

—Nos separamos.

—Sin una buena razón.

No podía creer lo que estaba oyendo. No tenía sentido. O quizá sí. Porque todo tenía que ser perfecto en su vida. No quería ser de esos que dejan a una chica embarazada. Quería ser un marido y un padre perfectos, que trabajara como médico en Tejas y viviera a la vuelta de la esquina de sus padres.

—¿Adónde pretendes llegar?

—¿Por qué no nos casamos?

Enseñaría a mi hija que el matrimonio no tiene nada de fascinante. Que no es un trabajo fácil. Que unir tu vida y tu identidad a la de otra persona no se debe tomar a la ligera.

«¿Por qué no nos casamos?» Estuve dándole vueltas a esa pregunta durante una semana. Y después recibí una llamada.

—Taylor, soy tu madre.

—Hola.

—¿Qué tiempo hace ahí? Estoy preparando la maleta y no sé qué chaqueta llevar.

—¿Cuándo llegas? —Se me había olvidado por completo que iba a venir.

—Este viernes.

—No está mal. Habrá unos diez grados —le dije.

—Entonces será mejor que lleve ropa de abrigo.

—No hace tanto frío.

—Para mí, sí. Dime, ¿qué tengo que hacer para asegurarme de que el taxista no me time?

Enseñaría a mi hija que no hay nada más agobiante, ni más indispensable, que una madre.

◆ ◆ ◆

Decidí que no iba a decírselo. No pensaba decirle a mi madre que estaba embarazada.

Y de momento no iba a darle a Luther una respuesta.

—No comprendo por qué te cuesta tanto —dijo—. ¿Qué es lo que tienes que pensar?

Revisé los puntos mentalmente: acaso le quería, acaso acabaríamos odiándonos, acaso él acabaría odiando al bebé, acaso podía mantenerme sin su ayuda.

—Hace dos semanas habíamos terminado. Y ahora estamos pensando en casarnos. Esto no tiene sentido. Necesito tiempo para asimilarlo.

—Es lo más adecuado —afirmó.

Otra vez esa palabra. Hace una semana lo más adecuado era acabar con ese asunto lo antes posible.

—¿Quieres que salga contigo y con tu madre? —me preguntó.

—¿Quieres venir?

—No creo que tenga tiempo este fin de semana.

—Estupendo —dije—. De todas formas, tampoco esperaba que vinieras.

Fue una conversación muy extraña. ¿A qué estábamos jugando?

Enseñaría a mi hija a confiar en sus instintos. Y que la intuición femenina existe.

Lo primero que dijo mi madre cuando entró en el apartamento de Sarah Anne fue:

—Podrías alquilar una casa entera en Houston por lo que pagas por este cuchitril. Es como una caja de zapatos.

Salimos a cenar y me lo contó todo sobre Hilton. Y su casa. Y sus dos pequineses. Siempre había querido tener pequineses. Pidió una Coca-Cola con lima con mucho énfasis para demostrarme que ya no bebía. Y durante la cena llegó a decir:

—Parezco más joven, ¿verdad? El dinero ayuda. Es agradable tener algo de dinero por una vez.

—Supongo —respondí.

—¿Cómo va la carpintería? —dijo con una gran sonrisa en la cara. Últimamente estaba orgullosa de lo que yo hacía. Pero me molestó el tono de la pregunta. Resistí la tentación de enfadarme. Y le hablé de la puerta, mi primer trabajo de restauración importante.

—¿Y Luther? —preguntó—. ¿Cómo está Luther?

—Hemos roto, mamá.

—¿Qué? —exclamó. Era obvio que quería saber quién había dejado a quién.

Le dije que era de esos que al levantarse por la mañana miraba por la ventana y decía: «¡Hace un día estupendo! Qué suerte tengo de estar vivo y poder compartir este bonito día con todas las criaturas de este bello planeta».

—Bueno, parece un buen complemento para tu personalidad.

—Yo no soy así.

—Vamos, Taylor —dijo.

—No es que sea negativa. Pero no congeniábamos. Él quería que las cosas fueran perfectas y... Para mí la vida es como tener arena entre los dedos de los pies.

—No lo comprendo.

—Da igual.

Cuando llegó el camarero con la pasta, comenzamos a comer aliviadas. Luego soltó una risita.

—¿Qué? —Quería saber qué era tan divertido.

—Hace tiempo quería vivir en Nueva York, y solía decirles a mis amigas que iba a ser bailarina. ¿Te lo he contado alguna vez?

Asentí con la cabeza. Muchísimas veces.

—¿De verdad? Ahora me daría vergüenza. Sobre todo con los muslos explosivos que tengo.

—¿Explosivos?

—Eso es lo que dice Hilton.

—Demasiada información, mamá.

—Lo siento.

—¿Cuándo dejaste de bailar?

—A los doce años más o menos. No era nada buena. Y cuando renuncié a ese sueño, el único que me quedaba era casarme. Así eran las cosas antes. En cambio tú viniste a Nueva York.

—Me parece que voy a volver a Tejas —murmuré, porque era extraño reconocer algo así en medio de aquella conversación.

Pero mi madre no me oyó.

—Dios mío —exclamó—. Está ahí esa chica pelirroja.

Estiré el cuello justo a tiempo para ver a Molly Ringwald sentándose unas cuantas mesas más allá, e intenté fingir que no estaba impresionada.

—Siempre actuaba en esas películas de adolescentes —dijo mi madre.

Yo pensé en el beso que le da a Andrew McCarthy en *Pretty in Pink*.

—Me encantaban aquellas películas.

—¿Cómo será eso de ser famoso y que la gente te mire mientras revuelves la pasta?

—No lo sé.

—En otra vida, Taylor. Eso es lo que dice Hilton. En otra vida puede que sea famosa. De cualquier manera, es divertido pensarlo.

Enseñaría a mi hija a escuchar a su madre, porque las mujeres de todas las generaciones pasan por lo mismo, aunque lo expresen de forma diferente.

Al día siguiente recibí una llamada a eso de las seis.

—Te espero junto a Alicia —era Luther, que acababa de salir de trabajar.

—Son las seis de la mañana.

—Te lo pido por favor, ¿quieres?

—Muy bien. Dame media hora.

—De acuerdo.

Alicia era la estatua de *Alicia en el país de las maravillas* que hay en Central Park. Está junto a un parque infantil en el que Luther y yo solíamos sentarnos y veíamos jugar a los niños, imaginando (pero nunca reconociendo) que algún día podríamos estar allí con los nuestros.

Cuando llegué vi que tenía dos bollos y dos cafés. Y se había puesto sus pantalones favoritos y una chaqueta. ¿Cómo pude tardar tanto en darme cuenta de lo nervioso que estaba?

—Gracias —dije cogiendo el café al que había tenido el detalle de echar azúcar—. ¿Qué ocurre?

Entonces sacó una cajita, de la que sacó un anillo.

—Cásate conmigo —dijo.

—Ya me lo pediste hace unos días —respondí sintiéndome fatal. Unos meses antes me habría parecido maravilloso. Pero ahora me molestaba.

—Sólo quería hacerte una petición adecuada. Habría sido terrible mirar hacia atrás y pensar que te lo propuse justo después de una pelea. No quiero recordarlo así.

—Pero así es como fue.

—Ya no —sacó el anillo de la cajita y lo puso delante de mí—. Taylor Jessup —dijo arrodillándose—, ¿quieres ser mi esposa?

Me apetecía decir que sí. Era muy romántico. Y un poco embarazoso. Pero me sentía presionada. ¿Iban a cambiar las cosas porque hubiese un anillo de por medio? Era sólo un anillo. Y una tradición. Eso no hacía que dos personas estuvieran más unidas.

—¿Por qué no te lo pruebas? —me preguntó poniéndomelo en el dedo—. Esto no quiere decir que tengas que aceptar. Es sólo un pequeño recuerdo —se volvió a sentar a mi lado y se limpió las rodillas.

—Bien.

Después nos quedamos allí sentados hasta que llegaron los primeros niños con sus padres y empezaron a deslizarse por el tobogán.

—Bueno, será mejor que me vaya.

—Sí, yo también me tengo que ir —dije.

◆ ◆ ◆

Enseñaría a mi hija que la tradición es una cosa, y la vida otra.

◆ ◆ ◆

Aquella tarde mi madre y yo pasamos dos horas en el TKTS, y por fin conseguimos dos entradas para el «aclamado espectáculo de Broadway *Five Guys Named Moe*.

—La próxima vez podríamos estirarnos un poco más —dijo. Pero a esas alturas nos habíamos reído tanto de la obra que acabamos decidiendo que a veces el teatro malo es más entretenido que el bueno.

«Está ocurriendo algo», pensé mientras paseábamos por la ciudad.

—Se me había olvidado que podías ser tan divertida —me dijo de repente.

—A mí también— respondí, aunque yo estaba pensando en Hilton. Era sorprendente que le hubiera enseñado a reírse otra vez. Pero no quería decírselo. Tenía miedo de que dejase de hacerlo.

Enseñaría a mi hija que es bueno cambiar. Y crecer. En cualquier momento.

Mientras íbamos andando, arrastrando los pies, le dije a mi madre que entrara conmigo en un aparcamiento.

—¿Qué vamos a hacer?

No pensaba decírselo.

—Confía en mí.

Cuando el encargado del aparcamiento nos miró, le pedí a mi madre que diera un paso de baile.

—¿Como el de *Cabalgando hacia Buffalo*?

Le dije que me parecía bien, y dio un par de pasos torpes moviendo los brazos antes de volverse hacia el encargado.

—Creo que mi hija se ha vuelto loca.

Él esbozó una sonrisa que indicaba que estaba acostumbrado a los turistas excéntricos.

A la salida señalé el rótulo del edificio.

—Ahora ya puedes decir que has bailado en el Met.

◆ ◆ ◆

Enseñaría a mi hija que los sueños son buenos. Aunque sean ridículos. Porque después de todo, ¿qué no es ridículo?

Al día siguiente llevé cruasanes y café al hotel de mi madre. Tenía puesta la bata blanca vaporosa, y estaba viendo uno de esos debates dominicales sin sonido.

—Simplemente me gusta ver cómo se excitan con las cosas —comentó.

Mientras desayunábamos vimos a unos tipos trajeados discutir y gritar en silencio. Luego se volvió hacia mí, cerró los ojos un momento como para reunir fuerzas y dijo algo que sin duda había ensayado.

—Hace tiempo que quería decirte esto —hizo una pausa antes de soltarlo—. Siento no haber sido una buena madre. Lo intenté, de verdad. A veces quieres hacer las cosas lo mejor posible y te salen mal. Pero has hecho todo lo que podías.

—No te preocupes —contesté.

—Estoy muy orgullosa de ti —dijo sin ningún rastro de ironía—. Has conseguido ganarte la vida tú sola. Y parece que tienes buenos amigos aquí. Siempre has sido fuerte. Tú no lo sabías, y a mí se me solía olvidar. Pero así es.

—Estoy embarazada —dije sin más.

—¿Qué?

No podía repetirlo. Agaché la cabeza avergonzada.

—Dios mío.

Hubo un largo silencio.

—¿Qué vas a hacer? —preguntó después—. Estoy segura de que tu hermano y Nanette lo criarán si...

—Tengo veinticinco años.

—Eres demasiado joven.

—No tan joven. Más de lo que esperaba, pero...

—¿De quién es?

—De Luther.

—Déjame adivinar. Él no quiere nada contigo.

Me estaban temblando los labios, y tuve que hacer un gran esfuerzo para no llorar.

—Quiere casarse.

Ella me miró fijamente durante un rato, examinándome, con la mano apoyada en el hombro.

—Y tú no quieres casarte con él.

—Supongo que debería. —*Debería. Debería. Debería.*

—¿Qué tiene de malo?

—No es como yo... Pero eso es muy egoísta. Ya no se trata de mí —dije.

—¿Y tú crees que ese bebé va a ser feliz con una madre que llora al pensar en su marido? Crece un poco.

No sabía qué responder. Y ella no podía soportar el silencio.

—Te voy a decir algo. Nunca te había imaginado en esta situación. Pero sigo respetándote. ¿Has pensado alguna vez que son siempre las mujeres las que quedan marcadas? Cuando un tipo deja embarazada a una chica, sigue andando por ahí con total libertad. Y la chica comienza a renunciar a todo desde ese mismo momento. Pero yo estoy aquí contigo. —Me miró a los ojos y no siguió hablando hasta que consiguió que la mirara—. No permitiré que te hundas. —Luego añadió—: Y por lo que sé de ti, tampoco tú lo permitirás.

Enseñaría a mi hija que hay cosas que sólo las madres comprenden.

Estábamos sentados en el sofá del apartamento de Luther. Él estaba jugando con las pilas del mando a distancia, más nervioso de lo que le había visto nunca.

—¿Y bien? —me preguntó pasando las pilas de una mano a otra.

Entonces le dije que la respuesta era no. Que había decidido que no debíamos casarnos.

Tras una breve pausa lanzó un suspiro y me dijo que había estado despierto toda la noche pensando en lo mismo.

—No he pegado ojo —añadió—. Hasta he vomitado una vez.

—¿Y si te hubiera dicho que sí?

—Entonces habría seguido adelante.

Esa idea sigue aterrándome aún.

Qué cerca.

Qué lejos.

Estamos todos.

O estábamos.

De algunas cosas.

El viaje a algún lugar

—Me encanta el olor a gasolina —le dije al empleado de la gasolinera mientras llenaba el depósito.

—¿Quieres que te eche un poco? —preguntó en broma acercando la manguera a la ventanilla.

Me reí y negué con la cabeza.

—¿Adónde vas?

El empleado no tendría más de dieciséis años. Y demostraba mucha curiosidad por mi viaje. O por los viajes largos en general.

—A algún lugar —dije.

—Oh —exclamó defraudado por mi respuesta.

—A Tejas —le informé.

—¿Tejas?

—Sí.

—Qué bien —dijo.

Iba en una furgoneta que había alquilado. Al principio pensé en alquilar un U-Haul, pero la idea de cruzar el país con ese trasto me daba un poco de vergüenza. Así que me quedé con la furgoneta. No iba a tener la oportunidad de volver a hacer algo así. Al menos durante un tiempo.

Había llenado la furgoneta con las pocas cosas que tenía. Sarah Anne me ayudó a prepararlo todo. Incluso fue a su dormitorio y volvió con otra caja para mí.

—Son libros y algunas tonterías —dijo.

También me ayudó a trasladar otra vez la puerta de la iglesia con la colaboración de dos amigos suyos. Curiosamente, la bajamos por las escaleras con mucho más cuidado que al subirla.

Mientras la estábamos atando con unas correas, un tipo curioso con bigote se acercó a ayudarnos, como si le preocupara que no pudiéramos hacerlo bien. Que la puerta saliera volando sin su destreza. Pero el gesto nos pareció amable, así que aceptamos su ayuda de buen grado.

Hasta que me preguntó:

—¿Qué vas a hacer con esto?

Le dije que no tenía ni idea.

—Es una tontería cargar con este bulto para nada —comentó.

Sarah Anne le respondió con una mirada desagradable. Estaba triste por mi marcha, pero hizo todo lo posible para no emocionarse.

—Conduce con cuidado —dijo, y me abrazó con fuerza. Yo estaba segura de que ella lo sabía. Sabía que iba a ser una de las personas más importantes de mi vida, alguien que había influido en mí y me había apoyado.

En mi viaje hacia algún lugar.

El viaje a algún lugar fue largo. Tardé cinco días en llegar a mi destino. Paré en Super 8's, en Las Quintas, en cualquier sitio de la autopista que no se estuviera cayendo a pedazos. Comí sola en restaurantes baratos, leí mucho, llamé a mi madre unas cuantas veces. Y pensé en mi padre cada vez que me adelantaba un camión.

En Louisiana llovió. En Kentucky hubo una ola de calor. Y la mejor puesta de sol fue en Oklahoma. Era tan impresionante que me detuve, me senté en el capó de la furgoneta, abrí un Little Debbie y me quedé contemplándola un buen rato. Comencé a pensar en el día que robé la furgoneta de los helados. En cómo me sentía entonces, en saber que estaba cambiando.

En esa sensación que se repite casi a diario.

Y ahora, al recordar mi viaje a Tejas, pienso en todo lo que no sabía.

Entonces.

Hubo dificultades que ni siquiera podía haber imaginado. Como el primer año con la pequeña Taylor, que redefiniría mi personalidad, dándome más alegría de la que creía posible, y a veces más desesperación de la que nunca había sentido. Hubo noches en las que pensaba que no sería capaz de mantener sola a mi hija, cuando no me llegaba el dinero y no podía darle lo que necesitaba de mí. Tampoco podía haber imaginado lo difícil que sería explicarle cómo era el mundo a medida que iba creciendo.

Pero lo que menos imaginaba era que también habría pequeñas victorias.

No sabía que la puerta que arrastré de Nueva York a Tejas acabaría convirtiéndose en la puerta de mi primera casa. Que marcaría el comienzo de mi reputación como restauradora en Houston, que nunca decía que no porque ningún trabajo me parecía trivial o excesivo.

No sabía que dos años después conocería a otro hombre que, como yo, estaba reconstruyéndose cada día. No sabía que aquel hombre maravilloso se convertiría en el padre adoptivo de Taylor. Mi marido. Y que pasaríamos las Navidades en familia con Joe, y alguna que otra vez con Sarah Anne.

No sabía que mi madre y yo llegaríamos a estar más unidas, y que Hilton se convertiría en un amigo inestimable.

No sabía que Luther sería tan buen padre. Que acabaría trasladándose a Dallas y casándose con Priscilla Banks, que se había convertido en una persona agradable.

No sabía que, a diferencia de mi madre y de Luther, yo no intentaría olvidar los baches de mi vida. Que incluso tengo la intención de contarle alguna de esas historias a mi hija, si resulta ser una de esas niñas que se dan cuenta de que deberían interesarse por ese tipo de cosas.

No sabía que el viaje a algún lugar sería el viaje de vuelta a casa.

Que las cosas inesperadas son las que menos quisieras cambiar.

Si pudieses.

Pero no puedes.

Al menos hasta que las sacas de la basura.

Y comienzas a reconstruirlas.

De nuevo.

Visite nuestra web en:

www.umbrieleditores.com